岳麓書社

读名著　选岳麓

古典名著普及文库

柳宗元集

张　洲　导读 注译

岳麓書社 · 长沙

出版说明

中国古典名著是中华优秀传统文化的重要载体，今天人们要学习传统文化，如果说有所谓捷径可寻，那恐怕就是直接阅读古典名著了。长期以来，为大众读者出版古典名著的普及读物一直是本社的重要使命。约三十年前，我们便出版了“古典名著普及文库”，收书五十余种，七十余册，蔚为大观。这套书命名为“普及”，首先是因为采用了简体字横排的排版方式。当时的古典名著图书，以未经整理的影印本和繁体竖排本居多，大众读者阅读有障碍，故本文库的推出，确有普及之效。其次，我们提出要让读者“以最少的钱买最好的书”，定价远低于当时同类型品种。基于此，这套“普及文库”迅速流向读者的书架，销量极大，功在普及不浅。

当年这套书，所收各书都是文言文全本，无注释，不翻译，对于今天的大众读者来说，已经很难起到普及作用了。而且，读者如果仅仅出于品鉴、入门的需要，也无需通读大部头的全本古籍。因而，我们推出这套全新的“古典名著普及文库”，在选目上广泛听取国内名校学者们的建议，收录经、史、子、集四部之中第一流的名著一百余种，邀请学有专攻的学者精心注释、翻译，并加以导读。篇幅大的经典，精选菁华，篇幅适中的出版全本，个别篇幅小的，则将主题相近的品种合刊为一册。

我们希望有更多的人能够买得起、读得懂中国的古典名著，接受中华优秀传统文化的滋养。这一套轻松好读又严谨可靠的普及文库，便是我们努力实践这一理念的结果。

前　言

柳宗元（773—819），字子厚，唐代河东解（今山西运城西南）人，世称柳河东。后人对柳宗元的认识和纪念，主要缘于他的文翰和思致。其一，柳宗元的文章实践以及在古文运动中对文学理论的构建，使他在后世被尊为“唐宋八大家”之一。其二，柳宗元的诗丽则清越，继承了古代“清逸”一脉的诗风，与韦应物并称“韦柳”。其三，柳宗元富于政治革新的勇气和敢于挑战权威的思辨力增添了其人格魅力，对他的文学创作亦颇有助益。

从文体方面考察，柳宗元的文学创作涉猎甚富，五言和七言各体诗、史传文、杂记文、应用文、论说文等兼备，而成就最高的集中在诗歌、论说文、史传文、杂记文。柳诗明净清越，游记幽深闲淡，论说严谨犀利，寓言幽默精警，史传灵动新锐。虽各具特色，但在鲜明的文学理论框架下，他的创作实践具有跨越文体的统一性特点，其诗文相谐、步调齐同，皆彰显出中国古代文学中“清逸”一脉的特质，在具体的文学表现手法上，各体裁的作品亦颇多共同之处，兹列如下：

一、简峭清越

所谓简峭，从文意而言，指其谋篇峻节而逸迈。所谓清越，从文气而言，指其语句清扬而铿锵。文意与文气勾连出文境，蕴聚成文风。

在文意方面，《杨评事文集后序》是现存柳文中最早体现其文学思想的一篇，柳宗元明确指出文章要“高、壮、广、厚”，就是要求文章要格调高超、气势磅礴、内容丰富、内涵深厚、辞令庄正而说理充分，即从文意的角度构建峻节逸迈的境界。如其《吊屈原文》，既悲吊屈原又哀叹自身；既揭露历史上迫害屈原的守旧贵族势力，又抨击当时朝廷中颠倒是非的昏庸之人；既歌颂屈原忠君爱国之精神，又进而勉励自己坚守赤子之心。全文一唱三叹、凄婉萦回。

在文气方面，他在《杨评事文集后序》一文中提出诗歌要“丽则清越，言畅而意美”，即是对诗歌声韵和意境的要求。在中国古代诗歌流派中，“清逸”一脉在陶渊明、谢灵运、王维、韦应物、柳宗元、倪瓒等人的作品中代有延承，是古代诗风的一个重要组成。清逸，是指清新与闲逸，在创作中主要体现为诗歌的气质和意蕴传达。而柳宗元不限于诗歌，其文章亦有清新闲雅之气，尤其是他的游记，以《永州八记》最为凄幽清越，如《至小丘西小石潭记》，以清简的笔法营造出“清凉”的气氛。首先是风景的清新，用衬托的手法，以石写潭之清，以鱼写水之透，以静写景之幽。其次是心境的清凉，以不敢逗留幽静的处所而衬托出心境的凄寂。又如《石渠记》从多个维度清新描写，显现石渠的幽美以及自己心境的清幽。这些诗、文笔调相谐，是柳宗元文学主张明确而坚定的表达。

柳宗元所处的中唐时期，文坛靡丽之风炽盛，不少文人在追求骈体文的形式、音韵时忽视了文章的内涵和境界，即柳宗元所言的“为炳炳烺烺、务采色，夸声音而以为能”（《答韦中立论师道书》）的写作状态。因此，他才旗帜鲜明地反对徒谋藻绘、“骈四俪六”的骈偶之文，提出文章“节”“清”“幽”“洁”的实践路径，结合自己激切孤傲的心性气质，从而形成发纤秾于简古、寄至味于淡泊的简峭清越的风格。

二、以景言情

抒情和言志是中国古代诗歌的传统。《诗经》中先言他物以引起所咏之词的“兴”发展成为我国古代诗歌抒情手法的典范。即从景物描写兴发到对自身情感的描述，于此抒情手法中，景和情（乃至事）都是必须出现的各自独立的两个（甚至三个）要素，并且都是明确的。其后，不少擅于抒情的诗人，又进一步做到情景交融，即文艺作品中环境的描写、气氛的渲染跟人物思想感情的抒发结合得很紧密。而时至中唐，柳宗元又出新格，在诗、文中开始运用“以景言情”的方法，在他不少作品中，情绪被隐藏起来，通篇只有对景物淡然的描写，而读者却能在这些编排过的景物中体味到作者情感的涟漪或波涛。其《苦竹桥》“危桥属幽径，缭绕穿疏林。迸箨分苦节，轻筠抱虚心。俯瞰涓涓流，仰聆萧萧吟。差池下烟日，嘲哳鸣山禽。谅无要津用，栖息有余阴”，全诗皆为对苦竹空负“苦节”“虚心”之美质，只能用以歇息遮阴的描写，而读者透过重重竹影，却能看到那位正低声嗟叹怀才不遇的作者。还有其名作《江雪》，通篇都是勾勒一幅江雪垂钓图的笔墨，并无情语，而其孤独感和与世界的疏离感却跃然纸上。

同样，在柳文中，此以景抒情的手法亦常出现。《石涧记》中“水平布其上，流若织文，响若操琴。揭跣而往，折竹箭，扫陈叶，排腐木，可罗胡床十八九。居之。交络之流，触激之音，皆在床下；翠羽之木，龙鳞之石，均荫其上”，以平和的景语为滤镜，散发出情绪沉淀过后心境澄澈的光芒。

柳宗元此不明言情而以景言情的抒情手法有其身世背景的缘由。柳氏本是河东望族，世居长安（今陕西西安）。唐贞元九年（793），21岁的柳宗元中进士第，5年后，通过制科考试被任命为集贤殿正字，正式步入仕途。此后一路顺遂，历任京兆府蓝田（今陕西蓝田）县尉、京城监察御史里行，贞元二十一年（805），更被越级提升为正六品的礼部员外郎，并成为当时王叔文改革集团的骨干成员，时柳宗元仅33岁，可谓意气风发。而持续100多天的永贞革新失败后，王叔文集团众官员皆被宪宗贬谪，史称“二王八司马”事件。永贞元年（805），柳宗元被贬为永州（今湖南永州）司马。元和十年（815）被召回京城。同年，再贬至柳州（今广西柳州）。元和十四年（819），以柳州刺史病逝柳州，终年47

岁。柳宗元从京城被贬，远谪他乡，终日与忧愁为伴。所谓“不平则鸣”，这也成为其文学创作的高峰期。在作品中，这些愁绪有时喷薄而出，张扬恣肆，而更多的时候，是深幽潜藏，静默萦回。因此，柳宗元描绘的风景，总弥漫着清寂的气息。

三、以奇制胜

唐初，殷璠《河岳英灵集》提出诗歌在体调、立意、语言方面都应以奇警为要务。中唐时期，杜甫直言作诗要“语不惊人死不休”，要求诗歌遣词造句和构思需淬炼出奇。高仲武所编《中兴间气集》以“新奇”褒扬诗人。孟郊、韩愈皆推崇诗歌去陈言、崛新奇。柳宗元在《读韩愈所著〈毛颖传〉后题》中称誉韩愈的文章奇谲不常，这不仅体现了他对古文功用的通达态度，更显示了他对推陈出新的文学理想的追求。由上可知，唐代文人对文章的新、奇诉求并非鲜见，而柳宗元之求奇，不止于前人所指称的诗、文构思和语言，而是将“奇”之诉求完整地落实到写作的体裁语式、叙述构思、表现手法三个方面：

所谓体裁语式求奇，指柳宗元在写作中往往模糊体裁的边界和程式，而将各种体裁独特的语式和方法融会到一篇作品中，具体表现为以寓言入诗歌、入传记、入戒文、入论说文，以诗为文，传记论说化、杂文化、寓言化、小说化等。

唐以前，寓言大多仅为文章的组成部分。时至唐代，寓言进入复兴期，并且出现了大量独立成篇的作品。柳宗元擅写寓言，不仅创作了如《捕蛇者说》《罴说》等独立完整的寓言，还将寓言引入散文、诗歌中，使寓言体在不同体裁的作品中闪现出别样的光芒。

此外，受郦道元《水经注》的影响，柳宗元的不少游记散文，如《钴鉧潭记》《钴鉧潭西小丘记》《小石城山记》《游黄溪记》等，大量使用了地理志的叙述手法交代方位、环境、路线等，而他对《水经注》又有所发展。在这些散文中，他往往以诗语写景语，诗语体清丽琳琅、方志体明晰洗练，两者参差构叠、并相映照，营造出别致而清新的文风。此类突破了固有体裁程式的创作，扩宽了各种文体的表现领域，增强了文章表现力。

叙述构思求奇，是指柳宗元的诗、文在结体构思上，常追求出奇之笔。如《闻黄鹂》，篇幅不长，却以黄鹂为线索，将思怀的时空依次分为楚江畔、故乡、京都、楚地四个部分，构思恢弘有致。《愚溪对》通过虚拟作者与溪神在梦中的对话，巧妙地脱离了现实与自身身份的种种限制，而尽情将内心的不平之气宣泄一番。《别舍弟宗一》："零落残魂倍黯然，双垂别泪越江边。一身去国六千里，万死投荒十二年。桂岭瘴来云似墨，洞庭春尽水如天。欲知此后相思梦，长在荆门郢树烟。"首联写此时此地，颔联写往时往地，颈联和尾联写将来的彼时彼地，在时空的纵横交错中铺写兄弟间不同意味和深度的愁绪，构思精巧。

表现手法出奇，是指柳宗元的诗文在描写具体事物上求奇。如《零陵早春》的拟人手法，《与浩初上人同看山寄京华亲故》奇峭的比喻之法，以及《贺进士王参元失火书》以祝贺的方式表达对家中失火的好友的问候，皆推陈出新，彰显了作者的想象力。

柳宗元曾言，为达到文章"有乎内而饰乎外"，需要作者的"切磋琢磨、镞砺栝羽之道"（《送豆卢膺秀才南游诗序》），并且，文章应允许"尽天下之奇味以足"的审美（《读韩愈所著〈毛颖传〉后题》），这都为柳宗元文学创作的多角度"求奇"提供了理论支持。同时，长期在贬谪生涯中消磨，柳宗元胸中的不平之气需要非常规的通道疏解，而因远离话语圈，其凄清寂寞，也从潜意识中促使他在表达方式上偶尔不走儒家中正平和的道路，而剑指偏锋，以奇崛之笔来彰显其特质、宣达其文声。

四、思辨见长

柳宗元将文学的社会功用归结为"辞令褒贬"和"导扬讽谕"（《杨评事文集后序》）。在《答韦中立论师道书》中，他提出文章应以"明道"为宗，具体的写作路径是："参之穀梁氏以厉其气，参之

《孟》《荀》以畅其支，参之《庄》《老》以肆其端，参之《国语》以博其趣，参之《离骚》以致其幽，参之太史公以著其洁。”即要求写作者通过博采众长以达到磨砺文气、畅达条理、恣纵文思、丰实志趣、穷达微隐、彰明精炼峻洁的旨趣。其中畅达条理、恣纵文思、穷达微隐，体现出他对思辨精神的诉求。

“畅达条理”指作品的创作逻辑。如其诗《与崔策登西山》以登山者视线的变化逐步描绘西山之胜。《秋晓行南谷经荒村》按人的漫步路线，移步换景地描绘所见所闻。诗歌的思维可以是跳跃的，而这些游记类的诗歌，柳宗元选择以游历空间转换为逻辑关系的表现方式，能让读者有身临其境的亲近感。在论说文中，其思辨逻辑更为彰显，如《驳复仇议》理论与事例分析结合，逻辑严密，论证步步为营、犀利明快。《梓人传》夹叙夹议，先抑后扬，逐步推进。

“恣纵文思”指作品的表现力。柳宗元并不抵触凭借“文采”以“竦动其听，夸示后学”（《杨评事文集后序》），认为创作应“文质相资”。因此，为尽情表达，他的文章常使用大量的排比句，铺张而绚丽。这些逻辑严谨的排比增强了说服力，又达到了“词正而理备”的效果。

“穷达微隐”指说理的深度。受佛教的影响，柳宗元的论说文为明辨道理，常使用对比手法。如《守道论》紧扣守官与守道的关系，以官为道之所由、道之所存、道之所行三个层面论证道与官的密切一致性。《瓶赋》以拟人的手法将装酒的鸱夷与井边的水瓶对比，推崇淡泊、清白、务实的精神而唾弃如鸱夷一样媚献众人、颠倒黑白、败众亡国的人。《捕蛇者说》为表达“赋敛之毒甚于蛇”这个“比较级”的论点，运用了大量的对比，如蛇毒与异效的对比、捕蛇者情绪的前后对比等。

柳宗元的作品今存近700篇。本书底本主要参考中华书局2013年出版的《柳宗元集校注》，对个别的文字和标点做了修正，并选诗54首，文56篇，按体裁、成文时间顺序编排（无确切写作时间者置于其所属体裁类别之后），以便读者在阅读的过程中对柳宗元的心路历程有最直观的感受。在吸收前人和当代学者研究成果的基础上，本书对作品加以导读、注释、翻译，导读部分偏重于对文本宏观的阐释，注释、翻译部分则力求让读者对文本有更准确的理解，而事难学浅，思力不周，尚祈各位方家赐教。

张 洲

目　录

诗

五古

五绝

五律

七古

七绝

七律

文

柳宗元集

诗

五古

酬娄秀才寓居开元寺早秋月夜病中见寄

导读

唐元和四年（809）于永州（今湖南永州）寄赠好友娄图南而作。时柳宗元 37 岁。“壁空残月曙，门掩候虫秋”，清圆流丽，为其五言诗中的佳句。

原文

客有故园思，潇湘[1]生夜愁。病依居士[2]室，梦绕羽人丘[3]。味道怜知止[4]，遗名得自求。壁空残月曙，门掩候虫[5]秋。谬委双金重[6]，难征杂佩酬[7]。

译文

娄秀才有故园之思，于永州夜生乡愁。病卧于寺院客舍，梦萦仙人之国。体悟大道而喜爱“知止”的嘉训，抛开名利而得自己所求。在残月照彻石壁的清晓，我虚掩门户，静待秋虫的早秋。承蒙错爱，你赠予我黄金般珍贵的诗作，却难以得到相对的回应，如杂佩相应的酬答。希望你仕途通达，

碧霄[8]无枉路，徒此助离忧。	不走冤枉路，而我只得写下这首诗来消解所遭之忧。

注释

1 **潇湘：**永州为潇、湘二水汇流之处。此处代指永州。

2 **居士：**佛教对在家修行之人的泛称。

3 **羽人丘：**仙人之国。

4 **味道：**体察道理，体悟大道。**知止：**适可而止，不作无限的要求。语出《老子》："知足不辱，知止不殆。"

5 **候虫：**随季节而鸣叫的昆虫。此处指秋虫。

6 **谬：**错误。此处为谦辞。**双金：**双南金之简称。此处指黄金般珍贵的诗作。

7 **杂佩：**连缀在一起的各种佩玉的总称。**酬：**以财物报答。此处指作者与娄秀才之间的唱酬。

8 **碧霄：**蓝天。此处比喻通达的仕途。

芙蓉亭（《巽公院五咏》之四）

导读

唐元和五年（810）作于永州。时柳宗元38岁。初到永州时，柳宗元寓居龙兴寺，与龙兴寺和尚重巽交善，曾作组诗《巽公院五咏》，分别以"净土堂""曲讲堂""禅室堂""芙蓉亭""苦竹桥"为题。

原文

新亭俯朱槛，嘉木开芙蓉[1]。清香晨风远，溽彩[2]寒露浓。潇洒出人世，低昂多异容。尝闻色空喻[3]，造物谁为工？留连秋月晏[4]，迢递[5]来山钟。

译文

新建的亭子低徊着红色的栏杆，四周开满了美丽的木芙蓉。清早淡淡的花香随晨风飘远，傍晚冰凉的露水映照在绚丽的花朵中。花儿洒脱出尘地盛开，高低起伏，姿态各呈不同。我曾听说“色即是空”的佛喻，而它是造物界谁巧夺天工创造的？我流连亭中美景直至秋月向晚，远处山寺传来声声暮钟。

注释

1 **芙蓉：**即木芙蓉。

2 **溽（rù）彩：**绚丽的色彩，此处喻指绚丽的花朵。

3 **色空喻：**语出《般若波罗蜜多心经》：“色不异空，空不异色。色即是空，空即是色。”

4 **晏（yàn）：**迟，晚。

5 **迢递（tiáo dì）：**遥远的样子。

苦竹桥[1]（《巽公院五咏》之五）

导读

唐元和五年（810）作于永州。时柳宗元 38 岁。此诗题为桥，实则写竹林。作者以竹自喻，感叹苦竹空负“苦节”“虚心”之美质，但只能用以歇息遮阴，而没有被用在重要的位置，由此抒发怀才不遇之感。

原文

危桥属幽径[2]，缭绕[3]穿疏林。迸箨[4]分苦节，轻筠[5]抱虚心。俯瞰[6]涓涓流，仰聆萧萧吟。差池[7]下烟日，嘲哳[8]鸣山禽。谅无要津[9]用，栖息有余阴。

译文

高桥连接着幽深的小路，盘旋穿过疏朗的苦竹林。笋壳中冒出苦节，轻盈的竹皮环抱着空心。俯视细缓水流，仰听萧萧风吟。参差不齐的竹影中，夕阳西下，暮烟弥漫，山鸟嘲哳长鸣。推想苦竹不会被用在重要的渡口要道，便在此隐歇为人们提供了无尽的凉荫。

注释

1 **苦竹桥：**指苦竹林间的桥。

2 **危：**高。**属：**连接。

3 **缭绕：**环绕，盘旋。

4 **迸：**冒出。**箨**（tuò）**：**草木脱落的皮和叶。此处指笋壳。

5 **筠**（yún）**：**竹子的青皮。

6 **俯瞰**（kàn）**：**从高处往下看。

7 **差池：**参差不齐。

8 **嘲哳**（zhāo zhā）**：**形容繁杂细碎的声音。

9 **谅：**推想。**要津：**重要渡口。泛指水陆交通要道。比喻显要的地位。

法华寺西亭夜饮

导读

唐元和五年（810）于永州作。时柳宗元 38 岁。题下原注云：“赋得酒字。”古人雅集作同题诗，往往规定以若干字为韵，各人按一定规则分取韵字，并以此字所在韵部作诗，这类作品的题目往往会以“赋得某字”的形式注明自己所得的韵字。

原文

祇树[1]夕阳亭，共倾三昧[2]酒。雾暗水连阶，月明花覆牖[3]。莫厌樽前醉，相看未白首。

译文

夕阳中的法华寺西亭下，我和友人一同心神平静地饮酒。雾气重重如水浸润层层台阶，朗朗月色中花影将窗户覆就。不要嫌弃酒杯前的沉醉，友朋相看，此刻都还不是白发老叟。

注释

1 **祇（qí）树：**“祇树给孤独园”之略称，亦称“祇园”，印度佛教圣地之一。后泛指寺院，此处指法华寺。

2 **三昧（mèi）：**止息杂念，使心神平静。

3 **牖（yǒu）：**窗户。

雨后晓行独至愚溪北池

导读

唐元和五年（810）于永州作。时柳宗元38岁。柳宗元在永州冉溪卜居筑室，将之命名为愚溪。溪东北有池，又命名为愚池。诗句似信手拈来，诗气自然舒畅，与雨后的清新之气相谐。

原文

宿云[1]散洲渚[2]，晓日明村坞[3]。高树临清池，风惊夜来雨。予心适无事，偶[4]此成宾主。

译文

昨夜雨后的残云在水际散去，朝阳照亮了村落。清澈的水池边，风拂高树，惊落枝叶上的宿雨，阵阵滴下。我心里恰好无事牵萦，独自与此景相对，宾主自得。

注释

1 **宿云**：昨夜雨后的残云。

2 **洲渚**：水中的小块陆地，大称洲，小称渚。

3 **村坞**：村落。

4 **偶**：相对。

与崔策登西山

导读

唐元和七年（812）秋于永州作。时柳宗元40岁。崔策，字子符，是柳宗元姐夫崔简的弟弟。柳宗元有《送崔子符罢举诗序》。西山在今湖南省永州市零陵区西五里。本诗与《南涧中题》被誉为柳诗中的“双璧”。

原文

鹤鸣楚山[1]静，露白秋江[2]晓。连袂[3]渡危桥，萦回出林杪[4]。西岑[5]极远目，毫末皆可了。重叠九疑[6]高，微茫洞庭[7]小。迥穷两仪[8]际，高出万象表[9]。驰景泛颓波[10]，遥风递寒筱[11]。谪居[12]安所习，稍[13]厌从纷扰。生同胥靡遗[14]，寿等彭铿夭[15]。蹇连困颠踣[16]，愚蒙怯幽眇[17]。非令亲爱疏，谁使

译文

仙鹤的鸣叫使西山愈显寂静，遍洒秋霜的江岸拂晓。我与崔简携手同过高桥，曲折回环地攀登至高处，及见林梢。站在西山上放眼远望，极细小的景物皆能一目明了。层峦叠嶂中九嶷山高耸，影影绰绰里洞庭湖微邈。极目远眺天地交汇之际，高超于一切物象之外。疾驰的日影在不断流逝的江波上闪烁，凄寒的竹丛送来远风萧萧。我贬谪羁留于此已安心习惯，逐渐厌倦了当初的纷纷扰扰。被遗弃贬谪的生活与服劳役的刑犯一样，即使寿比彭祖也如同早夭。艰难困顿而跌倒，愚钝缘于畏怯精深微妙的政事。若非与心爱的

心神悄[18]？偶兹遁山水，得以观鱼鸟。吾子幸淹留[19]，缓我愁肠绕。	人疏远，谁能让我心神忧愁困扰？让我们双双隐遁于山水之间，一同观鱼赏鸟。所幸你长期相与逗留，为我纾解萦绕的愁绪。

注释

1 **楚山：** 指西山。

2 **江：** 指湘江。

3 **连袂**（mèi）**：** 指手拉着手。

4 **萦回：** 曲折回绕。**林杪**（miǎo）**：** 树梢。

5 **西岑：** 指西山。

6 **九疑：** 山名。又名苍梧山，在今湖南宁远。

7 **洞庭：** 即洞庭湖。

8 **迥**（jiǒng）**：** 遥远。**两仪：** 天地。

9 **表：** 外。

10 **驰：** 疾驰，迅速消逝。**景：** "影"的本字。**颓波：** 水波下流。

11 **筱**（xiǎo）**：** 细竹。

12 **谪**（zhé）**居：** 古时官吏被降官调职后，居住在被调任的地方。

13 **稍：** 逐渐。

14 **胥靡**（xū mí）**：** 古代对奴隶的称谓。**遗：** 遗弃。

15 **彭铿：** 即彭祖。传说他善养生，有导引之术，寿800岁。**夭：** 未成年而死去。

16 **蹇**（jiǎn）**连：** 艰难的样子。**颠踣**（bó）**：** 跌倒。

17 **幽眇**（miǎo）**：** 精深微妙。

18 **悄：** 忧愁。

19 **吾子：** 对崔策的敬称。**淹留：** 长期逗留，羁留。

南涧中题

导读

唐元和七年（812）于永州作。柳宗元游永州，作《永州八记》，其中《石涧记》所指即此南涧。

原文

秋气集南涧，独游亭午[1]时。回风[2]一萧瑟，林影久参差[3]。始至若有得，稍深遂忘疲。羁禽响幽谷，寒藻舞沦漪[4]。去国魂已游，怀人泪空垂。孤生易为感，失路少所宜。索寞[5]竟何事？徘徊只自知。谁为后来者，当与此心期[6]。

译文

秋天萧索的气息汇集于南涧，我独自在正午之际漫游于此。旋风一霎吹起，草木萧瑟，秋林树影参差，摇晃不已。我刚到时好像有所领悟，渐进深林，就全然忘记了疲惫。失群的禽鸟在幽谷中啼鸣，清冷的水草在水面荡起涟漪。我迁谪离开国都，精魂已空游无依，思怀旧友，但唯垂泣。孤独的生涯，容易为外物所触动伤感，迷失道路才感到少有适合归宿的地方。究竟为何事而萧索寂寞呢？知晓的只有在南涧徘徊的自己。今后谁再被贬谪到这里，应当会与我此时的心意契合。

注释

1 **亭午：** 正午。

2 **回风:** 旋风。

3 **参差**(cēn cī)**:** 不齐貌。

4 **沦漪**(yī)**:** 水面的细波纹。

5 **索寞:** 萧索寂寞。

6 **期:** 契合。

中夜[1]起望西园值月上

导读

作者从声音的角度描写，以寒月悄升之声、竹露滴落之声，来正面表现夜的寂寥。又以“响”“喧”反衬夜的深静，进而结句点题，表达内心深沉的寂寞。

原文

觉[2]闻繁露坠，开户临西园。寒月上东岭，泠泠[3]疏竹根。石泉远逾[4]响，山鸟时[5]一喧。倚楹[6]遂至旦，寂寞将何言？

译文

半夜睡醒听见露水纷纷坠落，我推开门户面临西园。寒月高升于东边的山岭上，清凉的月色如流水穿疏于竹根间。清泉击石越远越觉得响亮，又有山鸟偶尔喧鸣。于是倚靠着楹柱直至破晓，此间的寂寞如何尽言？

注释

1 **中夜:** 半夜。

2 **觉:** 睡醒。

3 **泠泠:** 清凉。此处指清凉的月色。

4 **逾:** 更加。

5 **时:** 有时,偶尔。

6 **楹:** 堂屋前部的柱子。

读　书

导读

此诗写作者读书研史的各种状态,柳宗元提出自身愉悦才是求知最重要的目的。

原文

幽沉[1]谢世事,俯默窥唐虞[2]。上下观古今,起伏千万途。遇欣或自笑,感戚亦以吁[3]。缥帙[4]各舒散,前后互相逾[5]。瘴疴扰灵府[6],日与往昔殊[7]。临文乍了了[8],彻卷兀[9]若无。竟夕谁与言?但与竹素俱[10]。倦极更倒卧,熟寐乃一苏。欠伸[11]展肢体,吟咏心

译文

隐居谢绝世俗之事,低头默默研究唐虞之史。前后观察古今之事,千万条发展轨迹起起伏伏。自己碰见喜悦之事则会心微笑,感到忧愁也会叹息。书卷各自展开,前后相互叠放。因瘴气而生的疾病搅扰心神,与往昔相比,身体每况愈下。起初俯观文章认为了然于心,读完后却觉得茫然无知。朝夕与谁言说?只有和书卷在一起。疲倦了便卧倒,熟睡后即清醒过来。哈欠伸腰舒展肢体,吟诵诗歌内心自觉愉悦。合意的事情让

自愉。得意适其适，非愿为世儒[12]。道尽即闭口，萧散捐囚拘[13]。巧者为我拙，智者为我愚。书史足自悦，安用勤与劬[14]？贵尔六尺躯，勿为名所驱。

人心情酣适，我不愿成为没有特别的操守而见称于世俗的儒者。大道不存就闭口不言，闲散地舍弃束缚。机巧的人认为我笨拙，有智慧的人认为我愚蠢。读书研史足以自在愉悦，哪里需要过度辛勤劳累？珍惜你的六尺之躯，不要因追逐名利而被驱役。

注释

1 **幽沉：**隐居。

2 **唐虞：**唐尧、虞舜二帝。尧舜皆行禅让，帝位传贤不传子，自古以来被称为“圣王”。

3 **戚（qī）：**忧愁，悲哀。**吁（xū）：**叹息。

4 **缥帙（piǎo zhì）：**浅青色的书衣。代指书卷。

5 **逾：**叠放。

6 **瘴疴（zhàng kē）：**因感受瘴气而生的疾病。**灵府：**灵性的发源处。指心或脑。

7 **殊：**差异，不同。此处指身体状况变差。

8 **乍：**起初。**了了：**心里明白清楚。

9 **兀：**茫然无知。

10 **竹素：**竹简和缣素。引申为书卷。**俱：**偕同，在一起。

11 **欠伸：**张嘴哈欠伸懒腰。

12 **世儒：**没有特别的操守而见称于世俗的儒者。

13 **萧散：**闲散。**捐：**舍弃。**囚拘：**束缚。

14 **劬（qú）：**过度劳苦。

晨诣[1]超师院读禅经

导读

本诗叙述了作者悟禅的过程。他从汲水洗漱到诵读佛经，都未能领悟佛经的真理，最后从自然景物中顿悟，契合了禅宗以心悟道的思想。

原文

汲[2]井漱寒齿，清心拂尘服。闲持贝叶书[3]，步出东斋读。真源[4]了无取，妄迹[5]世所逐。遗言冀可冥[6]，缮性[7]何由熟[8]？道人庭宇静，苔色连深竹。日出雾露余，青松如膏沐[9]。澹然[10]离言说，悟悦心自足。

译文

我早晨从超师院的井中打水洗漱口齿，拂去衣衫上的尘埃，让心神清舒。安闲地手持佛经，行至院内东斋诵读。真正的佛理并没有领悟，而妄诞的行迹却为世人所争逐。前贤的遗训有望契合，而修持心性如何精熟？超师的庭院静谧，青苔的绿色蔓延到竹林深处。日出冉冉，雾露蒙蒙，青松如同抹了沐膏般油润。恬静的感受无以言说，由此景彻悟，自己便愉悦满足。

注释

1 **诣(yì):** 到。

2 **汲(jí):** 从井里打水。

3 **贝叶书:** 古印度人多用贝多罗树的叶子写佛经，故称佛经为贝叶书。

4 **真源:** 指真正的佛理。
5 **妄迹:** 与“真源”相对,指妄诞的行迹。
6 **遗言:** 前贤的遗训。**冀:** 希望。**冥:** 契合。
7 **缮性:** 修持心性。
8 **熟:** 精熟。
9 **膏沐:** 即沐膏。指女性洗涤、润泽头发所用的油膏。
10 **澹然:** 恬静的样子。

田家三首(其三)

导读

本诗用白描手法写田园风情。随着作者的行迹,如一幅暮秋野趣长卷缓缓展开。首二句是远景,第三句为特写近景,第四、五句聚焦人物。

原文

古道饶蒺藜[1],萦回[2]古城曲。蓼[3]花被堤岸,陂水寒更渌[4]。是时收获竟[5],落日多樵牧[6]。风高榆柳疏,霜重梨枣熟。行人迷去住,野鸟竞[7]栖宿。田翁笑相念,昏黑慎原

译文

环绕着古城的一角,是长满蒺藜的古道。蓼花铺满了水堤,显得池塘的水更加寒冽清澈。此时的乡村已收割完毕,踏着夕阳而归的多是樵夫和牧人。榆树和柳树枝条在大风中稀疏,梨和枣在严霜后成熟。此刻我不知该继续前行还是投宿,而野鸟已经争相回巢栖息。农夫笑着嘱咐我说:“天色昏黑,在野外赶路要小心谨慎。今年所幸稍有

陆[8]。今年幸少丰，无厌馇[9]与粥。

收成，请不要嫌弃这里提供的粥是稠还是稀。”

注释

1 **蒺藜**（jí lí）：植物名。一年生草本。叶为羽状复叶，夏开小黄花，果实有刺。果实可入药，具滋补作用。

2 **萦回**：曲折环绕。

3 **蓼**（liǎo）：植物名。一年生或多年生草本。叶互生，多为白色或浅红色，果实卵形、扁平，生长在水边或水中。茎叶味辛辣，可用以调味。全草入药。

4 **陂**（bēi）：池塘。**渌**（lù）：清澈。

5 **竟**：完毕。

6 **樵牧**：樵夫和牧人。

7 **竞**：争相。

8 **原陆**：原野田地。

9 **馇**（zhān）：稠粥。

界围岩水帘[1]

导读

唐元和十年（815）正月作。时柳宗元43岁。本年正月柳宗元奉诏进京，途经界围岩而作。

原文

界围汇湘[2]曲，青壁环澄流。悬泉粲[3]成帘，罗注[4]无时休。韵磬叩凝碧[5]，锵锵[6]彻岩幽。丹霞[7]冠其巅，想像凌虚[8]游。灵境不可状[9]，鬼工谅[10]难求。忽如朝玉皇[11]，天冕垂前旒[12]。楚臣[13]昔南逐，有意仍丹丘[14]。我今始北旋，新诏释缧囚[15]。采真[16]诚眷恋，许国无淹留。再来寄幽梦，遗贮催行舟。

译文

湘江在界围这个地方曲折盘旋，青翠的崖壁环绕着澄澈的水流。向下奔流的清泉水量巨大形成瀑布，倾注无止无休。瀑布击打到浓绿的深潭当中，水声如同磬声和谐而有节奏，锵锵的清脆之声环绕于幽深的岩丘。红色的云霞如冠帽缭绕在界围的峰顶，让人想象升于天际的遨游。灵妙仙境无法描述，料想这样的鬼斧神工可遇不可求。就好像去朝拜天上的玉皇，水帘仿佛是皇冠前垂下来的玉串。当年屈原被放逐到南方，有意学道留在仙境丹丘。如今我要回归到北方，皇上新的诏书解除了我的羁绊和拘囚。学道修仙的确让人眷恋，但应以身许国不能逗留。再一次到这里来寄托幽梦，不再等待，催促载我离去的行舟。

注释

1 **界围岩:** 在今湖南永州湘江畔。**水帘:** 即瀑布。

2 **湘:** 湘江。

3 **粲:** 众多。

4 **罗注:** 如用箩筛水一样向下流。此处指瀑布向下倾注。

5 **韵:** 和谐有节奏。**磬:** 古代乐器。用石或玉制成。悬挂于架上，击之而鸣。**凝碧:** 浓绿。此处指碧绿的水潭。

6 **锵(qiāng)锵:** 象声词。形容金石撞击发出的洪亮清越的声音。此处指瀑布发出的声音。

7 **丹霞:** 日光照在云上所形成的赤色云气。

8 **凌虚:** 升于空际。

9 **灵境:** 灵妙仙境。**状:** 形容,描绘。

10 **鬼工:** 谓事物精妙高超,非人工所能为者。**谅:** 料想。

11 **玉皇:** 道教称天帝为玉皇大帝,简称玉帝、玉皇。

12 **天冕:** 古代天子听朝、祭礼时所戴的礼帽。**前旒(liú):** 旒,古代冕冠前后悬垂的玉串。

13 **楚臣:** 屈原。

14 **丹丘:** 传说中神仙所居之地。又作"丹邱"。此句典出屈原《楚辞·远游》:"仍羽人于丹丘兮。"

15 **缧(léi)囚:** 羁绊、拘囚,指作者本人。

16 **采真:** 指顺乎天性,放任自然。后多指修仙求道。

再至界围岩水帘遂宿岩下

导读

唐元和十年(815)五月作。本年正月,柳宗元奉诏进京,途经界围岩,作《界围岩水帘》。同年三月,他被改贬柳州,五月又途经此地,故再题。本诗由远及近、由总体到细节,用排列的比喻对水光、瀑布、水花、草木、岩壁、潭月等做了形象描绘,虽是景语,而景中有情。

原文

发春念长违[1],中夏[2]欣再睹。是时植物秀[3],杳若临玄

译文

初春我在界围岩瀑布下忧虑要与此地永别,不料到了五月欣然能再次看见。这时各类植物都吐穗开花,秀茂深幽的景色让人如同置

圃[4]。歊阳讶垂冰[5]，白日惊雷雨。笙簧潭际起，鹳鹤云间舞。古苔凝青枝，阴草湿翠羽。蔽空素彩[6]列，激浪寒光聚。的皪[7]沉珠渊，锵鸣捐佩浦[8]。幽岩画屏倚，新月玉钩吐。夜凉星满川，忽疑眠洞府[9]。	身于昆仑山的玄圃仙境之间。让人讶异的是炽热的阳光如垂悬的冰凌耀眼，让人惊奇的是白日在天而瀑布若雷雨。潭边水花激起笙簧一般的美妙乐音，又如云中飞舞的鹳鹤翩翩。古老的苍苔凝聚在青翠的树枝上，树荫下的草卉仿佛湿润的翠鸟羽毛。白色的水光遮蔽了天空，激起的水浪凝聚着寒光。清潭光鲜得仿佛沉没宝珠的深渊，玉石相鸣的水声如同把玉佩遗弃在水边。幽美的岩壁如画屏靠倚，新月吐露如白玉的钩镰。夜凉如水满川星斗，让人蓦然怀疑是在神仙洞府中酣眠。

注释

1 **发春：**春天的开始。指阴历正月。**长违：**永别。

2 **中夏：**夏季的第二个月，即五月。

3 **秀：**植物吐穗开花。

4 **杳（yǎo）：**幽深。**玄圃：**神话传说中仙人居住的地方，在昆仑山顶。

5 **歊（xiāo）：**气上冲貌。此处指炽盛，炽热。**讶：**惊诧，疑怪。**垂冰：**下垂的冰柱。

6 **素彩：**白色的水光。

7 **的皪（lì）：**光亮，鲜明貌。

8 **锵鸣：**玉石互相撞击的声音。

9 **洞府：**神仙居住的地方。

五绝

江　雪

导读

本诗描绘了一幅江雪垂钓图。首联对仗工整，以“千”“万”铺写雪景的一望无垠，又与下句的“孤”形成强烈对比，作者的孤独感和与世界的疏离感自然呈现。

原文

千山鸟飞绝[1]，万径人踪灭[2]。孤舟蓑笠[3]翁，独钓寒江雪。

译文

重重山岭不见飞鸟，条条山路不见人迹。只有孤舟与披蓑戴笠的渔翁相伴，在冰雪皑皑的寒江上垂钓。

注释

1 **绝：**尽。

2 **灭：**消失不见。

3 **蓑(suō)笠：**蓑衣与斗笠。

零陵[1]早春

导读

作者身在永州，故乡长安远在西北，柳宗元希望春天捎梦同归，构思巧妙，情深意长。

原文

问春从此去，几日到秦原[2]？凭寄还乡梦，殷勤[3]入故园。

译文

问春天从此刻离开后，何时能到长安？托付归去的梦，恳请带我回到故乡。

注释

1 **零陵：**唐永州治所，在今湖南永州零陵。

2 **秦原：**秦川。此处指长安城，作者故乡。

3 **殷勤：**情谊深厚。此处指恳请。

春怀故园

导读

本诗以永州欣欣向荣的春景与遥远故乡的寂静相对比，作者又想象故乡水池期盼离人归来，衬托出故乡亲人对自己的思念，抒写淡淡的乡愁。

原文

九扈[1]鸣已晚，楚乡农事[2]春。悠悠故池水，空待灌园[3]人。

译文

九扈鸟鸣唱得已经太晚，永州春天的农业生产已开展。远方故乡的池塘水，正无望地期待着浇灌田园之人归来。

注释

1 **九扈(hù):** 鸟名。本指农桑候鸟。相传少昊氏时以鸟为农官名，九扈分掌九种农事。

2 **楚乡:** 此处指永州。永州古属楚地。**农事:** 农业生产的各项活动。

3 **灌园:** 浇灌园圃。借指退隐躬耕。

长沙驿前南楼感旧[1]

导读

唐元和十年（815）作。时柳宗元43岁。此年二月，柳宗元被诏回京城。三月，柳宗元被改贬柳州，途经长沙驿站南楼时作此诗。

原文

海鹤[2]一为别，存亡三十秋[3]。今来数行泪，独上驿南楼。

译文

与您这样如海鹤一般高尚的人分别之后，生死两隔，已三十个春秋。如今我垂下数行热泪，独自登上我们当年分别的驿站南楼。

注释

1 **感旧：** 感念旧情。

2 **海鹤：** 海鸟名，一说即江鸥。比喻品德高尚的人。此处指德公。

3 **存亡三十秋：** 贞元元年（785），柳宗元十三岁，随父去江西，曾游长沙。可知二人相见于当年。三十年后，德公已作古，生死两隔。

三赠刘员外

导读

唐元和十年（815）于衡阳作。事见《衡阳与梦得分路赠别》导读。

原文

信书[1]成自误，经事渐知非[2]。今日临歧别，何年待汝归？

译文

尽信书的确会将自己耽误，经历过变故逐渐明白了自己的错误。今天我们面对着岔路告别，不知哪一年能等到你辞归？

注释

1 **信书：**尽信书本。

2 **事：**变故。**非：**错误。

再上湘江

导读

唐元和十年（815）作。唐永贞元年（805），柳宗元被贬永州，曾溯湘江入永州。元和十年二月，柳宗元被诏回京城。三月，被改贬柳州，又取道湘江入柳州，故作此诗。

原文

好在[1]湘江水，今朝又上来。不知从此去，更遣几时回。

译文

依旧湘江水，我今天又重来。不知道从此到柳州去，又要多少年才能被遣回。

注释

1 **好在：**依旧，如故。

登柳州峨山

导读

唐元和十一年（816）于柳州作。时柳宗元 44 岁。峨山在柳州城西。诗语缓淡有致，清新自然。

原文

荒山秋日午，独上意悠悠。如何[1]望乡处，西北是融州[2]。

译文

秋天的中午，我独自登上荒凉的峨山，不禁满怀忧愁。为何向西北边眺望故乡，却只能看到融州。

注释

1 **如何:** 为什么。

2 **融州:** 位于柳州城西北方，今广西融水。

五律

夏初雨后寻愚溪

导读

唐元和五年（810）于永州作。时柳宗元38岁。在永州愚溪畔，柳宗元写过大量作品，而本诗可见作者心路历程的变化，当时柳宗元终于释怀自己的处境，不再奢望仕宦前程，显现出豁达和安然。

原文

悠悠雨初霁[1]，独绕清溪曲。引杖试荒泉，解带围新竹。沉吟[2]亦何事？寂寞固所欲。幸此息营营[3]，啸歌静炎燠[4]。

译文

夏雨初晴，悠闲自在，独自绕着弯弯曲曲的清溪徘徊。我拿手杖试探偏僻处泉水的深浅，解下衣带围起新竹。还有什么事能让我深思吟味呢？孤独寂寞本是自己所倾怀的。所幸我已停息了奔走钻营，长啸高歌让炎热清静下来。

注释

1 **霁**(jì)**:** 雨过天晴。

2 **沉吟:** 深思吟味。

3 **营营:** 奔走钻营。

4 **炎燠**(yù)**:** 炎热。

溪 居

导读

唐元和五年（810）于永州作。作者在冉溪筑室，并将冉溪命名为愚溪。虽然其自称“有足乐也”，但本诗以对比“累官”与“幸谪”的黑色幽默笔法，在平淡中流露出一丝不平之气。

原文

久为簪组[1]累，幸此南夷[2]谪。闲依农圃邻，偶似山林[3]客。晓耕翻露草，夜榜[4]响溪石。来往不逢人，长歌楚天[5]碧。

译文

长期为仕宦所累，幸亏被贬谪，来到荒凉的南方。闲日依伴的，是邻居农户，偶尔又如隐士客居深深的林岗。清晓耕地翻动含露小草，深宵划桨拍击溪中石礁。来来往往，无人可遇，蓝天之下，独自歌唱。

注释

1 **簪组:** 古代官吏的冠饰。指代做官。

2 **南夷：**古代称南方未开化的民族。此处指永州。

3 **山林：**隐士幽居之处。

4 **榜（bàng）：**船桨。此处指划船。

5 **楚天：**古时楚国位居南方，故以楚天泛称南方的天空。此处指永州的天空。

旦携谢山人至愚池

导读

唐元和六年（811）于永州作。时柳宗元 39 岁。愚池在永州愚溪东北，累石积愚泉水而成。谢山人为隐士，名字不详。诗风清淡闲适，颇与隐者气质相合。

原文

新沐换轻帻[1]，晓池风露清。自谐尘外意，况与幽人[2]行。霞散众山迥[3]，天高数雁鸣。机心付当路[4]，聊适羲皇情[5]。

译文

洗发换上轻柔的头巾，清晨的愚池露白风清。本已自合超脱尘世的心意，又何况与隐士同行。朝霞散去，群山愈远，天空高旷，鸿雁长鸣。巧诈诡变的心机，推与执政者，我聊且归向如羲皇时人的闲适心情。

注释

1 **帻（zé）：**古代的头巾。

2 **幽人：**幽隐山林的人。

3 **迥（jiǒng）：**远。

4 **机心：**巧诈诡变的心机。**付：**推与。**当路：**身居要津。指掌握政权者。

5 **适：**归向。**羲皇情：**指清闲自适的心情。陶渊明曾自谓羲皇上人。

秋晓行南谷经荒村

导读

本诗作于永州南郊。作者按行程移步换景地描绘所见，笔意清新，诗中有画。

原文

杪秋[1]霜露重，晨起行幽谷。黄叶覆溪桥，荒村唯古木。寒花疏寂历[2]，幽泉微断续[3]。机心[4]久已忘，何事惊麋鹿？

译文

深秋的霜露凝重，我清晨起来行至深邃的山谷。溪上的小桥覆盖着片片黄叶，荒凉的村庄唯见古木萧疏。寒花清疏凋寂，幽泉细微断续。仕宦的机巧之心我已忘却良久，而至此为何还会惊动闲散的麋鹿？

注释

1 **杪（miǎo）秋：**指深秋。杪，指年、月或四季的末尾。

2 **寂历：**凋疏貌。

3 **断续：**时而中断，时而继续。

4 **机心:** 巧诈之心。

零陵春望

导读

作者由零陵早春之景联想到圣王大禹，以寄托自己的志向。而《零陵早春》则是在春光中寄托对故乡的思念，两首诗可对比阅读。

原文

平野春草绿，晓莺啼远林。日晴潇湘[1]渚，云断岣嵝岑[2]。仙驾[3]不可望，世途非所任[4]。凝情空景慕[5]，万里苍梧阴[6]。

译文

平坦空旷的原野春草嫩绿，拂晓的春莺啼鸣在远方的树林。潇湘水畔晴光明媚，岣嵝山间云雾断续。不可奢望禹仙的座驾会到来，人世间的道路艰难并非我所能承受。情意专注仰慕天空，横亘万里的苍梧山郁郁阴阴。

注释

1 **潇湘:** 潇水与湘水的合称，潇湘二水汇流于湖南零陵北。因此零陵又被称为“潇湘”。

2 **岣嵝岑:** 衡山七十二峰之一，在今湖南衡阳北，为衡山主峰，故衡山又名岣嵝山。传说大禹曾在此得金简玉书。

3 **仙驾:** 仙人的车驾。此处指大禹。

4 **任:** 肩负，承担。

5 **凝情:** 情意专注。**景慕:** 景仰，仰慕。
6 **苍梧:** 山名，又名九嶷山，在今湖南宁远。

梅　雨[1]

导读

本诗表达了作者回归帝京的愿望。末句对典故的化用，显现出别致的诗思。

原文

梅实迎时雨，苍茫值[2]晚春。愁深楚猿夜，梦断越鸡晨。海雾连南极，江云暗北津[3]。素衣[4]今尽化，非为帝京尘。

译文

梅子迎着应时的雨成熟，正逢旷远迷蒙的晚春。夜里楚猿啼叫让人愁思更加深重，清晨越鸡啼鸣打断了睡梦。海上的迷雾连绵到南天之极，江上的浮云遮蔽了通往北方的渡口。洁白的衣服如今都已变了颜色，却不是因为帝都的风尘。

注释

1 **梅雨:** 夏季六、七月份持续的阴雨，因正值梅子成熟的时节，故称为"梅雨"。
2 **值:** 正逢。
3 **津:** 渡口。
4 **素衣:** 白衣。

南中荣橘柚[1]

导读

诗题出自谢朓《酬王晋安》诗："梢梢枝早劲，涂涂露晚晞。南中荣橘柚，宁知鸿雁飞。"所述北望思归之情，可与前《梅雨》参读。

原文

橘柚怀贞质，受命此炎方[2]。密林耀朱绿[3]，晚岁[4]有余芳。殊风限清汉[5]，飞雪滞故乡。攀[6]条何所叹？北望熊与湘[7]。

译文

橘树和柚树怀有坚定不移的品质，受天之命生长在南方。红色的果实和碧绿的枝条在茂密的果林中闪耀，即使很迟还没收获，果实依然散发着芬芳。卓越的风操以淮河为分界，飞雪滞留在故乡。摘取枝条叹息什么呢？只有张望熊耳山、湘山外的北方。

注释

1 **南中：**泛指南方。**荣：**草木茂盛，引申为兴盛。

2 **受命：**受天之命。**炎方：**南方。

3 **朱绿：**指红色的果实和绿色的枝叶。

4 **晚岁：**收获过迟。比喻不得志。

5 **殊风：**卓越的风操。此处指橘柚不能北移的节操。**清汉：**银河。又称"清河""碧汉"。此处借指淮河。传说橘过淮河则变为枳。

6 **攀：**摘取。

7 **熊与湘:** 熊耳山和湘山。皆在今湖南境内。

北还登汉阳[1]北原题临川驿

导读

唐元和十年（815）正月作。柳宗元奉诏回京，过汨罗江，入汉阳北郊的临川驿站时所作。通过几首路上所作的诗可观当时作者心情的起起伏伏。

原文

驱车方向阙[2]，回首一临川。多垒[3]非余耻，无谋终自怜。乱松知野寺，余雪记山田。惆怅樵渔[4]事，今还又落然[5]。

译文

策马赶车朝着京城宫阙的方向，回头即是临川。军垒众多并非我的耻辱，没有机会施展谋略总是自艾自怜。杂乱的松林掩映，仍能认出野寺，残雪覆盖，还记着旧时山田。让人愁闷的是打柴捕鱼的隐居生活，如今又落空了。

注释

1 **汉阳:** 今湖北武汉汉阳区。

2 **方向:** 朝着。**阙:** 宫阙。此处指京城长安。

3 **垒:** 军壁，阵地上的防御工事。

4 **樵渔:** 打柴和捕鱼。指隐居生活。

5 **落然:** 凄凉，孤寂。此处指愿望落空。

答刘连州邦字[1]

导读

唐元和十年（815）柳宗元初到柳州时作。刘禹锡为柳宗元的好友，两人多有赠答。

原文

连璧[2]本难双，分符刺小邦[3]。崩云下漓水[4]，劈箭上浔江。负弩啼寒狖[5]，鸣枹惊夜狵[6]。遥怜郡山好，谢守[7]但临窗。

译文

我们二人的命运如连璧一般，本来就很难成对成双，接受皇上的符节担任刺史，各自奔赴小地方。我沿着漓江而下，江涛飞洒若崩裂的云彩，又取道势如劈箭般湍急的浔江。由背负着弩矢的官吏在山中引路，山猿凄凉地啼叫，夜路上击打着鼓槌，让多毛狗惊惶。远方郡县的山水非常美好吧？你大概像永嘉太守谢灵运一样，正凭窗眺望。

注释

1 **刘连州：**刘禹锡，字梦得，洛阳（今河南洛阳）人。与柳宗元同为唐贞元九年（793）进士，后授监察御史，为王叔文政治革新集团成员，后因此被贬官。晚年以太子宾客分司东都。**邦字：**刘禹锡以“邦”字为韵作诗赠柳宗元，柳宗元以原韵部赠答。

2 **连璧：**形容两件同样美好的事物或两个才华并美的人。此处指刘禹锡和自己。

3 **分符:** 犹剖符。谓帝王封官授爵，分与臣子符节的一半作为信物。**刺:** 任刺史。**小邦:** 此处指小州。

4 **漓水:** 漓江。

5 **负弩:** 古时上级长官来访时，下级官吏背负弩矢在前引导以示尊敬。**狖(yòu):** 古书上记载的一种长尾猿，黄黑色，尾巴很长。

6 **枹(fú):** 鼓槌。**狵(máng):** 同“尨”。多毛狗。

7 **谢守:** 指东晋时期的谢安。此处借指刘禹锡。

种柳戏题

导读

本诗为即兴题咏之作，首句四个“柳”字显得率性活泼，诗中可见柳宗元即使被贬依然不灭的政治抱负。

原文

柳州柳刺史，种柳柳江边。谈笑为故事，推移成昔年[1]。垂阴当覆地，耸干会[2]参天。好作思人树[3]，惭无惠化传。

译文

柳州城内柳刺史，将柳树种在柳江边。这巧合会成为笑谈，随时间变迁今日也会变为往年。垂杨的树影终将荫翳大地，直立的树干必定会高耸云天。柳树可以成为后人纪念的凭借，只惭愧我没有仁政和教化流传。

注释

1 **昔年:** 往年。

2 **耸干:** 高耸直立的树干。**会:** 一定，应当。

3 **思人树:** 贤者或先人所种之树为“思人树”。

七古

渔　翁

导读

渔父是中国古典文学中的典型意象，象征着隐者和智者。本诗用词精巧、笔意明快，作者以远离人迹和逐云的渔翁自比。

原文

渔翁夜傍西岩宿，晓汲清湘燃楚竹[1]。烟销日出不见人，欸乃一声山水绿[2]。回看天际下中流，岩上无心云相逐。

译文

夜晚渔翁在西岩边停宿，拂晓汲取清澈的湘江水并燃起楚竹。烟散日出，而四处仍然不见人迹，碧绿的山水随渔歌声显露。舟随水下至中流，回望天际，只见无忧无虑的云朵在西岩上互相追逐。

注释

1 **清湘:** 清澈的湘江水。**楚竹:** 楚地的竹子。

2 **欸(ǎi)乃:** 指渔歌中的和唱部分。

闻黄鹂[1]

导读

作者以黄鹂为线索，将思怀的空间依次分为江畔、故乡、京都、楚地四个部分，构思恢弘有致。

原文

倦闻子规[2]朝暮声，不意忽有黄鹂鸣。一声梦断楚江[3]曲，满眼故园春意生。目极千里无山河，麦芒际[4]天摇青波。王畿优本少赋役[5]，务闲酒熟饶经过。此时晴烟最深处，舍南巷北遥相语。翻日迥度昆明[6]飞，凌风邪看细柳翥[7]。我今误落千万山，身同伧人[8]不思还。乡禽何事亦来此，令我生心忆桑梓[9]。闭声回翅归务速，西林紫椹行当熟[10]。

译文

我厌倦了杜鹃鸟朝朝暮暮不停啼叫，不料忽然间传来黄鹂的鸣唱。鸟声打断了我在湘江水畔的睡梦，故乡的春景满盈眼眶。那里极目千里都没有高山大河，青青麦浪连到天边翻腾荡漾。京城地区优待农民少征赋税徭役，乡邻们农闲酿的酒熟了，彼此来来往往。此时在那阳光明媚炊烟袅袅的深处，村南巷北的乡亲远远地打着招呼互话短长。黄鹂在阳光下高远地飞过昆明湖，乘风翱翔倾斜掠过细柳营。我如今流落在千山万水之外，如同伧人那样不再想返故乡。你这故乡的鸟儿为何要来到这里，教我对故乡心驰神往。停下鸣唱，掉转双翅快快往回飞吧，西边的树林里你最爱吃的桑椹即将成熟。

注释

1 **黄鹂：**鸟名。即黄莺。背灰黄色，腹灰白色，尾有黑羽，鸣声宛转动人。

2 **子规：**杜鹃鸟。初夏时常昼夜不停啼叫，鸣声凄厉，相传为古蜀王杜宇之魂所化。

3 **楚江：**此处指湘江。

4 **麦芒：**麦穗尖上的细刺。此处指麦浪。**际：**连，接近。

5 **王畿（jī）：**京城。**赋役：**赋税和徭役。

6 **昆明：**昆明池，汉武帝元狩三年（前120）于长安西南郊所凿。后亦泛指帝京附近的湖泊。

7 **凌风：**乘风。**细柳：**细柳营。汉代周亚夫为将军时，屯兵于细柳，军纪森严，天子欲入军营，亦须依军令行事。后以细柳营比喻模范军营或泛指一般军营。**翥（zhù）：**高飞。

8 **伧（cāng）人：**魏晋时南人对北人或南渡北人的蔑称。

9 **桑梓：**古人常在家旁栽种桑树以养蚕，种梓树以制作器具。因而用桑梓比喻故乡。

10 **椹（shèn）：**桑树的果实，成熟后为紫色。东汉蔡顺有拾椹供母的孝行，此处化用，以寄托思亲之情。

跂乌[1]词

导读

柳宗元擅写寓言，本诗以跂乌的伤残比喻自己被贬谪，抒发了不满和愤慨之情，是以寓言入诗的尝试。

原文

城上日出群乌飞，鸦鸦争赴朝阳枝。刷毛伸翼和且乐，尔独落魄今何为？无乃[2]慕高近白日，三足[3]妒尔令尔疾？无乃饥啼走路旁，贪鲜攫[4]肉人所伤。翘肖独足下丛薄[5]，口衔低枝始能跃。还顾泥涂[6]备蝼蚁，仰看栋梁防燕雀。左右六翮[7]利如刀，踊身[8]失势不得高。支离无趾犹自免[9]，努力低飞逃后患。

译文

高城上太阳升起，群鸦飞翔，"呀呀"鸣叫争着攀附朝阳照耀的树枝。乌鸦们用喙啄拭羽毛，伸展翅膀和悦喜乐，为何此时唯独你如此潦倒落魄？莫非是因为追慕高远接近太阳，三足乌妒忌你而令你生病？莫非是因为在路边饥饿啼哭，抓取鲜肉时被人伤害。这只独足的小乌鸦飞下丛林，凭借嘴衔短枝才能跳跃。还要低头顾盼泥泞的道路防备蝼蚁，仰望栋梁提防燕和雀的袭击。左右的双翼如刀锋利，往上跳跃却因失重跳不高。支离疏和叔山没有脚趾却因为身体的残缺、道德的全备而自免灾祸于世，你也尽力低低地飞行以逃避日后的祸患吧。

注释

1 **跂(qí)乌：**一只脚的乌鸦。跂本义为多出的脚趾，此处指脚有残疾，缺废。

2 **无乃：**表示推测的语气。莫非，岂不是。

3 **三足：**神话传说中居于太阳中的神鸟，有三足。

4 **攫(jué)：**抓取。

5 **翘肖：**细小能飞的生物，此处指小乌鸦。**丛薄：**草木丛杂的地方。

6 **泥涂：**泥泞的道路。

7 **六翮(hé)：**鸟类双翅中的正羽。指鸟的两翼。

8 **踊(yǒng)：**往上跳。

9 **支离：**此处指支离疏。据《庄子·人间世》载，有个叫疏的人，因为身体的残疾而不能应差役，但在朝廷赈济病者时，得到了三钟粟和十束薪，得以终养天年。**无趾：**没有脚趾。据《庄子·德充符》载，鲁国有个名叫叔山的断趾人，用脚跟走路，他向孔子求教，孔子说："你既已断趾，现在来学已来不及了。"叔山说："我还有道德，这是比脚趾更可贵的东西，我一定竭力保全它。"

笼鹰词

导读

作者以咏物手法自喻，抒发了自己即使遭遇挫败，依然充满实现理想的豪情。本诗行文舒畅淋漓，是柳宗元作品中不多见的豪放风格。

原文

凄风[1]淅沥飞严霜，苍鹰上击翻曙光。云披雾裂虹霓[2]断，霹雳掣电[3]捎平冈。砉然劲翮[4]剪荆棘，下攫狐兔腾苍茫。爪毛吻血百鸟逝，独立四顾时激昂。炎风溽暑[5]忽然至，羽翼脱落自摧藏。草中狸鼠足为患，一夕十顾惊且伤。但愿清商复为假[6]，拔去万累[7]云间翔。

译文

寒风萧索，天降秋霜，苍鹰腾空，在曙光中翻飞徜徉。它劈云破雾穿越彩虹，急雷闪电般掠过山岗。强劲的羽翼迅速向下扫断荆棘，抓取狐兔腾空而上。毛爪血嘴让众鸟逃逝，独立四望时激奋昂扬。夏风酷暑忽然来临，羽毛脱落，于是抑挫仓皇。草中的狸鼠猖獗为祸，它夜不能寐惊恐悲伤。但愿雄鹰能重新凭借秋风，挣脱各种负累在云天高翔。

注释

1 **凄风**：寒风。

2 **披**：劈开。**虹霓**：彩虹。

3 **霹雳**：急而响的雷。**掣(chè)电**：闪电。

4 **砉(huā)然**：象声词，形容动作迅速的声音。**劲翮(hé)**：强劲的鸟羽。

5 **溽(rù)暑**：夏季潮湿闷热的气候。

6 **清商**：古代宫、商、角、徵、羽五音中，商音代表秋。清商，借指肃杀凄清的秋风。**假**：凭借。

7 **万累**：各种负累。

七绝

段九秀才处见亡友吕衡州书迹

导读

唐元和九年（814）作于永州。时柳宗元42岁。段九秀才即段弘古，因排行第九，故称段九。曾入李景俭、吕温门下。吕温卒后，元和九年，刘禹锡、柳宗元将段九推荐给永州刺史崔能，段九于同年闰八月十六日在去往永州途中以布衣卒。本诗是柳宗元在段弘古处见吕温亲笔书迹时所作。

原文

交侣[1]平生意最亲，衡阳往事似分身[2]。袖中忽见三行字，拭泪相看是故人。

译文

平生交往的朋友中和你心意最亲，回想你在衡阳执政时办事神速如有分身。段秀才忽然从袖中拿出三行书迹，我擦着眼泪观看，因为笔者正是你这位故人。

注释

1 **交侣:** 相交的朋友。

2 **衡阳往事:** 指吕温任衡州刺史时的事。**分身:** 指同一时间内要分出心力处理多项事务。

夏昼偶作

导读

本诗描写了夏日的闲逸，以舂茶声反衬出午后的静谧。

原文

南州[1]溽暑醉如酒，隐几熟眠开北牖[2]。
日午独觉无余声，山童隔竹敲茶臼[3]。

译文

永州夏季的湿热天气让人如醉酒般昏暝，开着北面的窗户，我倚靠着几案沉入梦乡。中午只觉得周遭无边静谧，只听得山中童子隔着竹林用石臼舂茶的声响。

注释

1 **南州:** 此处指永州。

2 **隐(yìn)几:** 倚靠着几案。**牖(yǒu):** 窗户。

3 **敲茶臼:** 指在石臼中把茶叶舂成细末。

离觞不醉至驿却寄相送诸公[1]

导读

唐元和十年（815）正月作，时柳宗元43岁。柳宗元自永州奉诏回京，亲友们为其饯行，到驿站后作此诗以寄。

原文

无限居人送独醒[2]，可怜寂寞到长亭[3]。荆州不遇高阳侣[4]，一夜春寒满下厅。

译文

无数留居的亲友为我饯行，唯独我没有喝醉而清醒，凄惨孤寂地到了驿站长亭。在永州没有遇到畅饮高阳池的山简那样的同伴，春天的寒气料峭，整夜弥漫驿站客厅。

注释

1 **离觞**(shāng)**：** 饯行的酒。**却寄：** 回寄。

2 **居人：** 留居的人。**独醒：** 语出《楚辞·渔父》："举世皆浊我独清，众人皆醉我独醒。"柳宗元以"独醒"的状态自比屈原，谓其清醒孤标，不与俗世同流。

3 **长亭：** 古时于路旁，每十里设供行人休憩或饯别的亭驿。

4 **荆州：** 古九州之一。永州古属荆州。**高阳侣：** 指西晋名士山简。山简嗜酒，镇襄阳时，常到习家池（又名高阳池）畅饮。

汨罗遇风

导读

唐元和十年（815）柳宗元奉宪宗诏进京，过汨罗江遇风受阻而作此诗。当年正月，柳宗元由永州起程赴京师，三月出为柳州刺史。旅程中柳宗元作诗数首，欣喜之情溢于言表。

原文

南来不作楚臣[1]悲，重入修门[2]自有期。为报春风汨罗道，莫将波浪枉明时[3]。

译文

虽然被贬到南方，但无需像屈原那样悲伤，重入京师之日已在望。嘱咐汨罗江上的春风，休要兴波作浪而辜负了政治清明的好时光。

注释

1 **楚臣：**指屈原。

2 **修门：**楚国郢都的城门。借指京师长安的城门。

3 **明时：**政治清明的时代。

诏追赴都回寄零陵亲故

导读

唐元和十年（815）正月作。柳宗元自永州奉诏赴京，途中以此诗回寄永州亲友。

原文

每忆纤鳞游尺泽[1]，翻愁弱羽上丹霄[2]。岸傍古堠[3]应无数，次第[4]行看别路遥。

译文

经常回忆鱼儿在小水池中悠游，却又担忧弱鸟无力飞上绚丽的云霄。水岸旁的古堠应已数不清了，依次看过去便知离开的路途已遥遥。

注释

1 **纤鳞：**小鱼。**尺泽：**小水池。

2 **弱羽：**谓羽毛未丰。指力弱的小鸟。又指势孤力单者。**丹霄：**绚丽的天空。又指帝王居处。此句一语双关。

3 **堠（hòu）：**古时筑在路旁用以分界或计里数的土坛。每五里筑单堠，十里筑双堠。

4 **次第：**依次。

诏追赴都二月至灞亭[1]上

导读

唐元和十年（815）二月作。柳宗元应诏赴京，至灞亭，京城在望，心中百感交集。

原文

十一年前南渡客[2]，四千里[3]外北归人。诏书许逐阳和[4]至，驿路开花处处新。

译文

十一年前被贬南渡的过客，如今是四千里外向北回归的人。诏书跟随着温暖和畅的阳春之气到来，驿道春花盛开，所有地方都万象更新。

注释

1 **灞亭：**在今陕西西安东，古时灞水之上筑有灞桥，河畔桥侧有亭，称灞亭。古人常于此折柳送别。

2 **十一年前：**唐永贞元年（805），柳宗元被贬永州，元和十年（815）召回，前后十一年。**南渡客：**贬往永州，从京城一路向南，故称南渡客。

3 **四千里：**《旧唐书·地理志》载："（永州）在京师南三千二百七十四里。"此处取整数。

4 **逐：**跟随。**阳和：**温暖和畅的春气。

奉酬杨侍郎丈因送八叔拾遗[1]《戏赠诏追南来诸宾》二首

导读

唐元和十年（815）春于长安作。第二首是柳宗元留下的不多的六言诗之一。关于六言诗，挚虞认为起源于《诗经》。刘勰《文心雕龙·明诗》承袭了挚虞的说法。建安时期，六言诗始见完整和规范。至唐代，六言各体成熟并定型。

原文

贞一来时送彩笺[2]，一行归雁慰惊弦[3]。翰林[4]寂寞谁为主？鸣凤应须早上天。

一生判却[5]归休，谓着南冠[6]到头。冶长虽解缧绁[7]，无由得见东周[8]。

译文

贞一到来时递送给我彩笺，诗文中如回归的雁行一般的字迹让我这惊弓之鸟得到了慰勉。寂寞的林中谁能为领主？鸣叫的凤凰还应早点飞舞九天。

此生被判罪必定无法归还，我以为会在楚地戴着南方人的帽子直到人生的尽头。公冶长虽然从囚犯的绳索中解脱出狱，但没有机会见到东周天子申诉冤屈。

注释

1 **杨侍郎：** 杨於陵，字达夫，弘农（今河南灵宝）人。汉太尉杨震之后裔。父杨太清死于安禄山之乱。元和五年（810）官吏部侍郎，元和九年

(814)改兵部侍郎，穆宗时任户部尚书兼东都留守，后授任太子少傅，封为弘农郡公。**丈:** 对长辈的尊称。**八叔拾遗:** 杨归厚，字贞一，扶风(今陕西宝鸡扶风县)人。杨於陵的族叔。行八，官左拾遗，故称。其时杨归厚贬官南下，杨於陵作《戏赠诏追南来诸宾》，托其于途中与柳宗元等人相遇时转交。此为柳宗元的两首酬答诗。

2 **贞一:** 杨归厚。**彩笺:** 彩色的笺纸，常供题诗或写书信用。

3 **归雁:** 回归的大雁。此处指如雁行般的诗文字迹。**惊弦:** 曾受箭伤的大雁，闻弓弦声而惊惶。

4 **翰林:** 鸟栖之林。

5 **判:** 判决，判罪。**却:** 必定。

6 **谓:** 以为。**着:** 穿戴。**南冠:** 春秋时楚人之冠。后泛指南方人戴的帽子。

7 **冶长:** 公冶长，字子长，春秋齐人，一说鲁人，孔子弟子。**缧绁**(léi xiè): 古代用以捆绑犯人的黑色绳索。引申为牢狱。《论语·公冶长》载，公冶长入狱，孔子认为其无辜且贤能，将女儿许配给他。

8 **无由:** 没有机会。

重别梦得

导读

唐元和十年(815)于衡阳作。事见《衡阳与梦得分路赠别》导读。刘禹锡对本诗赠答《重答柳柳州》:“弱冠同怀长者忧，临岐回想尽悠悠。耦耕若便遗身老，黄发相看万事休。”

原文

二十年[1]来万事同，今朝歧路[2]忽西东。皇恩若许归田[3]去，晚岁当为邻舍翁。

译文

二十年来我们的遭遇样样相同，今天在岔路忽然要各奔西东。皇上如果恩准辞归故里，晚年我们一定比邻而居，结为邻舍翁。

注释

1 **二十年：** 唐贞元九年（793），柳宗元与刘禹锡同中进士；贞元二十一年（805），二人同为王叔文政治革新集团的成员，后同被贬为远州司马；元和十年（815），二人一同奉诏赴京，又同再被贬为远州刺史。前后二十余年，二人经历了相同的遭遇。

2 **歧路：** 自大道上分歧出去的小路。指两人分别的岔路。

3 **归田：** 辞官归乡，退隐。

柳州二月榕叶落尽偶题

导读

唐元和十一年（816）二月于柳州作。时柳宗元44岁。元和十年（815）被召回长安后，同年三月，柳宗元被改贬柳州，故春景中有秋心。凄惘之情可与前《汨罗遇风》对比。

原文

宦情羁思[1]共凄凄，

译文

仕宦之情与羁旅之思一样凄清，仲

春半如秋意转迷。山城过雨百花尽，榕叶[2]满庭莺乱啼。

春之景如残秋之意一般凄迷。雨后的柳州山城百花皆尽，铺满榕叶的庭院，黄莺杂乱地啼鸣。

注释

1 宦情：做官的心志。羁思：羁旅之思。

2 榕叶：大叶榕四季常绿，农历二月树叶变黄尽落，并迅速长出新芽。

与浩初上人同看山寄京华亲故

导读

唐元和十二年（817）秋于柳州作。浩初为长沙龙安寺如海禅师弟子，为柳宗元好友。此时为柳宗元被贬到柳州的第二年，浩初自贺州往谒，他乡遇故知，更勾起作者怀乡思亲之情。

原文

海畔尖山似剑铓[1]，秋来处处割愁肠。若为化得身千亿[2]，散上峰头望故乡。

译文

海边的群山尖峭如剑锋，入秋处处见，处处割断愁肠。假如我能化身千万，即可散落峰尖遥望故乡。

注释

1 剑铓（máng）：剑锋。

2 身千亿：指化身千万。

酬曹侍御过象县见寄

导读

唐元和十四年（819）春于柳州作。好友夏侍御路过象县时寄赠，柳宗元于柳州作此诗回赠。象县在今柳州市鹿寨县境内。本诗用典自然，清新流畅。

原文

破额山前碧玉流[1]，骚人遥驻木兰舟[2]。春风无限潇湘忆[3]，欲采蘋花不自由。

译文

破额山前碧玉般清澈的江水长流，诗人在远方的江岸停下小舟。春风吹送来你无边的情意，我想采蘋花相赠，却不得自由。

注释

1 **破额山**：山名。位于今柳州市鹿寨县洛清江畔，山巅有裂缝直破而下，至半山复合。**碧玉流**：形容破额山前的洛清江水十分清澈。

2 **骚人**：屈原曾作《离骚》，故后称诗人为“骚人”。此处指曹侍御。**木兰舟**：用木兰树做成的船，后借指优美的小船。

3 **潇湘忆**：不能相见的思念之情。

七律

冉溪

导读

唐元和四年（809）于永州作。时柳宗元37岁。贞元二十一年（805），柳宗元被贬为永州司马。冉溪在零陵西南，源出鸦山，又名染溪。卜居溪畔后，他将冉溪命名为愚溪。可参看《溪居》。

原文

少时陈力希[1]公侯，许国不复为身谋[2]。风波一跌逝万里，壮心瓦解空缧囚[3]。缧囚终老无余事，愿卜湘西冉溪地。却学寿张樊敬侯，种漆南园待成器[4]。

译文

少年时期贡献力量希望能建功立业，以身许国，从未想过为个人谋利。而宦海风波，让人跌倒被贬万里之外，壮志被瓦解，自己成了未被捆绑的囚徒。囚徒我要做到老，没有其他的事情可做了，只愿在湘西冉溪边选个居处。学习东汉的寿张侯樊重，在南园种上漆树，待它成材后制作器物。

注释

1 **陈力**：贡献力量。**希**：希望。

2 **许国**：立志报效国家。**为身谋**：为个人谋利。

3 **缧（léi）囚**：被捆绑的囚犯。此处指被贬谪的自己。

4 **寿张樊敬侯**：樊重，字君云，后汉南阳（今河南南阳）人。封寿张侯，谥敬。故称寿张樊敬侯。樊重为了做器具而自己先种梓树和漆树，人皆笑之。但最终他种的树都成材，皆得其用。

同刘二十八哭吕衡州兼寄江陵李元二侍御

导读

唐元和六年（811）于永州作。时柳宗元39岁。刘二十八即刘禹锡，柳宗元的好友。吕衡州为吕温，衡州刺史，唐元和六年九月卒于衡州（今湖南衡阳），寄葬于江陵（今湖北荆州）。元侍御为元稹，时由监察御史贬为江陵士曹参军。据陈景云《柳集点勘》考，李侍御为李景俭，时任江陵掾。柳宗元与刘、吕、李皆为王叔文永贞革新集团成员。

原文

衡岳新摧天柱峰[1]，士林[2]憔悴泣相逢。只令文字传青简[3]，不使功名上景钟[4]。三亩空留悬磬[5]室，九原犹寄若堂封[6]。遥想荆州

译文

吕温去世如衡山的天柱峰被折断，士人皆相对悲泣。可惜他只流传了数篇文章，而未能建立丰功伟绩。家中只有三亩空宅，死后又寄葬他乡。遥想诸位在江陵深夜论英雄时，必定如刘备称

人物论，几回中夜惜元龙[7]。

誉陈登那样，我每每惋惜吕温的际遇。

注释

1 **衡岳**：南岳衡山，在今湖南衡山县。**天柱峰**：衡山七十二峰之一。

2 **士林**：指文人士大夫阶层。

3 **青简**：青色的竹简。此处借指文章和典籍。

4 **景钟**：春秋时晋景公所铸之钟。比喻丰功伟绩。

5 **悬磬**：比喻家境贫穷。

6 **九原**：春秋时晋国卿大夫的墓地在九原，后泛指墓地。**堂封**：墓地。

7 **荆州人物论**：刘备与许汜在荆州牧刘表府上论天下英雄，刘备对陈元龙的文武胆志推崇备至。**元龙**：陈登，字符龙，下邳淮浦（今江苏涟水）人。建安三年（198）助曹操打败吕布有功，授广陵太守，加伏波将军。又迁东郡太守。年三十九以病卒。此处代指吕温。

衡阳与梦得分路赠别

导读

唐元和十年（815）于衡阳作。梦得即刘禹锡。本年春，柳宗元与刘禹锡奉诏回京。同年三月，柳宗元与刘禹锡分别被贬谪为柳州刺史和连州刺史。二人自京师出发，至衡阳时分别。柳宗元作此诗相赠。

原文

十年憔悴到秦京[1]，谁料翻为岭外[2]行。伏

译文

烦忧愁困了十年，方返回京城，不料又须到五岭之外远行。伏波将军曾走过

波故道[3]风烟在，翁仲[4]遗墟草树平。直以慵疏招物议[5]，休将文字占时名。今朝不用临河别，垂泪千行便濯缨[6]。

的古道上，风烟依旧，废墟荒墓前的石人，齐高的草树纷杂。我仅因为懒散粗疏已招来非议，便不要再用文章占取当世声名。今天我们不须往河边告别以寄离愁，垂下的千行热泪已如河水一般洗涤帽缨。

注释

1 **十年：**唐永贞元年（805），柳宗元和刘禹锡分别被贬为永州司马、朗州（今湖南常德）司马，元和十年（815）同被召回，共十年。**秦京：**秦朝京城咸阳（今陕西咸阳）。此处指长安（今陕西西安）。

2 **岭外：**指越城岭、都庞岭、萌渚岭、骑田岭、大庾岭五岭之外，即岭南地区。

3 **伏波故道：**伏波将军走过的古道。伏波为汉代将军名号。汉武帝时，伏波将军路博德曾率军至岭南，平定吕嘉叛乱。东汉光武帝时，伏波将军马援曾南下征交趾。

4 **翁仲：**传说阮翁仲为秦代巨人，秦始皇命他守边。阮死后，秦始皇下令仿其形铸二铜人，置于司马门外，南北相对。后指铜像或石像，也专指墓前的石人。

5 **慵疏：**懒散粗疏。此处为反语，以表达作者内心的不平。**物议：**非议。

6 **濯缨：**洗涤帽缨。此处借以表达惜别之情。

岭南江行

导读

唐元和十年（815）柳宗元被谪柳州，途经岭南时作。诗中记叙岭南风物，笔法清圆流畅，而作者内心的忧虑与不安皆寄寓于景中。

原文

瘴江南去入云烟，望尽黄茆[1]是海边。山腹雨晴添象迹[2]，潭心日暖长蛟涎[3]。射工[4]巧伺游人影，飓母[5]偏惊旅客船。从此忧来非一事，岂容华发待流年[6]。

译文

瘴江南流，隐没入云烟，黄茅瘴气的尽头，便是海边。雨过天晴后，山腰平添了象州景色的幻影，暖日照耀下，潭水间出现了蛟涎。射工虫窥伺游人的身影，飓风来临前的光晕让客船惊怯。过岭南后，从此需要担忧的事情何止一件，我怎能让年华如流水般流逝，徒增白发连连。

注释

1 **黄茆：**即黄茅，本指长有黄茅的荒冢，此处指秋天江面的瘴气。

2 **山腹：**山腰。**象迹：**指象州（今广西象州）雨后的景象。

3 **蛟涎：**蛟龙的口水，据说会使人无法行动而淹死水中。

4 **射工：**传说中一种含沙喷射人影的毒虫。

5 **飓母：**夏秋之间出现的如虹光晕。为飓风来临的前兆。

6 **流年：**如流水般消逝的年华。

登柳州城楼寄漳、汀、封、连四州

导读

唐元和十年（815）于柳州作。本年夏，柳宗元登柳州城楼，寄怀同时被贬到漳州（今福建漳州）的刺史韩泰、汀州（今福建长汀）的刺史韩晔、封州（今广东新兴县东南、开平县西）的刺史陈谏、连州（今广东连州）的刺史刘禹锡，他们皆为王叔文集团成员。诗面开阔，情景交融，抑郁之情在壮阔的画面中更显深重。

原文

城上高楼接大荒[1]，海天愁思正茫茫。惊风乱飐[2]芙蓉水，密雨斜侵薜荔[3]墙。岭树重遮千里目，江流曲似九回肠。共来百越文身[4]地，犹自音书滞一乡。

译文

登上柳州城楼，凭高远望，四处蛮荒，如海天弥漫的愁思苍苍茫茫。疾风摇颤着荷花盛开的水面，密雨斜敲着木莲缠绕的篱墙。五岭之树层层叠叠，遮挡了远眺的目光，柳江之水弯弯曲曲，如九转百结的愁肠，我们同来到崇尚文身的百越之地，仍旧音信难通，阻滞淹留一方。

注释

1 **大荒**：边远荒凉处。

2 **飐**（zhǎn）：风吹物使颤动。

3 **薜荔**（bì lì）：即木莲。

4 **百越文身:** 百越为古代散居南方各地越族的总称。其人断发、文身。

别舍弟宗一

导读

唐元和十一年（816）春于柳州作。宗一为柳宗元堂弟，时宗一离柳州赴江陵（今湖北荆州）。诗首联写此时此地，颔联写往时往地，颈联和尾联写将来的彼时彼地，作者在时空的纵横交错中铺写兄弟间不同意味的愁绪。

原文

零落残魂倍黯然，双垂别泪越江[1]边。一身去国六千里[2]，万死投荒十二年[3]。桂岭[4]瘴[5]来云似墨，洞庭[6]春尽水如天。欲知此后相思梦，长在荆门郢树烟。

译文

落魄摧残的心魂益加沮丧，兄弟分别，双双垂泪于柳江边。我孤身远离京城达六千里，流放到万死一生的荒蛮之地已十二年。此地桂岭瘴气来临时，云如墨暗，远方洞庭湖春天消逝时，水接蓝天。若想知道今后的思怀梦魂往何处，它将永远萦回于江陵的草木云烟之间。

注释

1 **越江:** 即粤江，今珠江的旧称，此处指珠江的支流柳江。

2 **去国六千里:** 离开长安六千里。此为虚数。

3 **十二年:** 自唐永贞元年（805）被贬，作者已在贬所永州、柳州度过了十二年。

4 **桂岭：**山名，即古临贺岭。此处泛指柳州的山岭。

5 **瘴：**瘴气。

6 **洞庭：**洞庭湖，在今湖南北部。

柳州城西北隅[1]种甘树

导读

唐元和十二年（817）于柳州作。时柳宗元45岁。行文如自言自语，平淡轻缓，而结句在深处暗含情感的波澜。

原文

手种黄甘[2]二百株，春来新叶遍城隅。方同楚客怜皇树[3]，不学荆州利木奴[4]。几岁开花闻喷雪，何人摘实见垂珠。若教坐待成林日，滋味还堪养老夫。

译文

两百株黄柑由我亲手栽种，到春天新叶萌芽，遍布柳城的角落。我只如屈原一样喜爱橘树的嘉品，而不学李衡利用橘树来谋利。不知要等多少年橘树方能开花如喷雪，又不知是谁能采摘累累硕果？假若要于此坐等橘树成林，它酸甜的滋味亦可陶养我这个老头。

注释

1 **隅**(yú)**：**角落。

2 **甘：**果名，即柑。常绿灌木，果实圆形，似橘而大，赤黄色，故诗中称黄柑，味酸甜。

3 **楚客怜皇树：** 楚客，指战国时期楚国的屈原。皇树，橘树，屈原《橘颂》有"后皇嘉树"句。屈原《橘颂》赞美橘树有意志坚定、文采绚烂，能担当重任的品质。

4 **荆州利木奴：** 荆州，一作荆门，见《别舍弟宗一》。木奴，指柑橘树。三国时期吴国丹阳太守李衡临终对儿子说："你的母亲认为我不会治家而穷困，但我在家乡荆州种有橘树千棵，如一千个木头做的奴仆，每年每棵树有一匹绢的收入，足以维持家计。"

得卢衡州书因以诗寄

导读

柳宗元谪居柳州时作，卢衡州为衡州刺史。作者以诗代笺，而行文流畅，用典自然。颈联色彩、意象、构图如画。

原文

临蒸且莫叹炎方[1]，为报秋来雁几行[2]。林邑东回山似戟[3]，牂牁南下水如汤[4]。蒹葭[5]淅沥含秋雾，橘柚玲珑透夕阳。非是白蘋洲畔客[6]，还将远意[7]问潇湘。

译文

你在临蒸不用慨叹炎热的南方，秋天已至，雁飞成行。我所身处的地方自林邑国向东，山如戟峭，牂牁江南流，水若沸汤。但亦有蒹葭在秋雾中淅沥摇荡，夕阳前橘柚玲珑剔透。虽然我不是白蘋洲怀故人的柳恽，也将远方的情谊相寄，因你客居在潇湘。

注释

1 **临蒸:** 临蒸县，即今湖南衡阳县。**炎方:** 南方。

2 **雁几行:** 衡阳有回雁峰，相传北雁南飞至此而宿，明年春飞还北方。

3 **林邑:** 古有林邑国，在今越南中南部。**戟**（jǐ）**:** 古代一种合戈、矛为一体的长柄兵器。

4 **牂牁**（zāng kē）**:** 水名。源出今贵州惠水西北，流经广西，入广东为西江。**汤:** 沸水。

5 **蒹葭:** 荻草与芦苇。

6 **白蘋洲畔客:** 指南朝梁柳恽。

7 **远意:** 远方人的情意。

柳州峒氓[1]

导读

本诗生动地记录了柳州当地少数民族的生活习俗。

原文

郡城南下接通津[2]，异服殊音不可亲[3]。青箬[4]裹盐归峒客，绿荷包饭趁虚[5]人。鹅毛御腊缝山罽[6]，鸡骨占年拜水神[7]。愁向公庭问

译文

柳州城南连接着四通八达的渡口，峒氓语言不同、服装各异，无法亲近交流。他们是用青色的箬竹叶包裹买的盐巴归返峒寨的山村客，是用荷叶包着饭的赶集人。他们用山里出产的兽皮鹅毛缝制成的毛织物御寒，用鸡骨占卜收成丰歉、祈拜水神。

重译[8]，欲投章甫[9]作文身。	在公堂上辗转翻译他们的语言让人愁闷，真想抛掉儒冠跟他们一样文身。

注释

1 **峒**(dòng)**:** 旧时对南方一些少数民族的泛称。**氓**(méng)**:** 百姓。

2 **郡城:** 指柳宗元所在的柳州城。**通津:** 四通八达的渡口。

3 **不可亲:** 无法亲近交流。

4 **箬**(ruò)**:** 可供包物、编织等用的箬竹叶片。

5 **趁虚:** 赶集。

6 **御腊:** 指御寒。**山罽**(jì)**:** 用山里出产的禽毛兽皮缝制成的毛织物。

7 **占年:** 占卜一年收成的丰歉。**水神:** 水域之神，司水之神。

8 **公庭:** 公堂。**重译:** 辗转翻译。

9 **章甫:** 此处指儒者之冠。

柳宗元集

文

梦归赋

导读

唐元和四年（809）于永州作。时柳宗元 37 岁。本文分四个层次描述梦境。起首一段说明梦归故乡的原因，是因为遭遇贬斥，“惟梦之为归”。第二段描写归途中奇谲变幻的景象。第三段叙述梦归故土之后所见与所感。第四、五段抒发对故土的依恋情结。

原文

罹摈斥以窘束兮[1]，余惟梦之为归。精气注以凝沍兮[2]，循旧乡而顾怀[3]。夕余寐于荒陬[4]兮，心慊慊而莫违[5]。质舒解以自恣兮[6]，息愔翳而愈微[7]。

译文

遭遇贬斥而拘束困窘啊，我只有在梦中才能回到自己的故乡。精气全部贯注凝结啊，我沿着故乡的道路顾念怀想。晚上我睡在偏僻荒远的地方啊，对故乡心怀诚敬不会违忘。身舒体展无拘无束啊，气息深静越来越细长。

注释

1 **罹**（lí）：遭受苦难或不幸。**摈**（bìn）**斥**：排斥。**窘束**：拘束，困窘。

2 **精气**：指人的精诚意念。**注**：集中，聚集。**凝沍**（hù）：凝结。

3 **循**：沿着，顺着。**顾怀**：顾念思怀。

4 **荒陬**（zōu）：偏僻荒远的地方。

5 **慊慊**：诚敬貌。**违**：违背，忘记。

6 **质:** 形体。**舒解:** 舒畅通达。**自恣:** 放纵自己,不受约束。

7 **息:** 气息。**愔翳**(yīn yì)**:** 深静貌。

原文

欻腾踊[1]而上浮兮,俄滉瀁[2]之无依。圆方[3]混而不形兮,颢醇白之霏霏[4]。上茫茫而无星辰兮,下不见夫水陆。若有钛余以往路[5]兮,驭儗儗[6]以回复。浮云纵以直度[7]兮,云济[8]余乎西北。风纚纚[9]以经耳兮,类行舟迅而不息。

译文

忽然翻滚疾速腾涌啊,转瞬间天空深广而没有任何依傍。天地混沌没有任何形状啊,眼前弥漫着纯净的白光。仰望天空茫茫然不见星辰啊,俯视又分不清陆地和水面。好像有人引导着我前去的道路啊,迟疑地驾驭着车马掉转方向。浮云随心所欲地径直载着我前行啊,说是要把我送往西北方。连绵不断的风擦过耳边啊,就像坐在迅驰不停的船上。

注释

1 **欻**(xū)**:** 忽然。**腾踊:** 水波翻滚急流貌。

2 **俄:** 指短暂的时间。**滉瀁:** 深广貌。

3 **圆方:** 古人认为天圆地方,因以“圆方”代称天地。

4 **颢:** 白色貌。**醇白:** 纯洁。**霏霏:** 指云烟很盛的样子。

5 **钛**(xù)**:** 引导。**往路:** 前去的道路。

6 **驭**(yù)**:** 驾驭车马。**儗儗**(yí)**:** 迟疑貌。

7 **纵:** 放任,不拘束。**直:** 径直。**度:** 通“渡”。前行。

8 **济:** 渡过水流。

9 **纚纚**(lǐ)**:** 连绵不断。

原文

洞然[1]于以弥漫兮，虹霓罗列而倾侧[2]。横冲飙以荡击兮，忽中断而迷惑。灵幽漠以瀄汩兮[3]，进[4]怊怅而不得。白日邈[5]其中出兮，阴霾披离以泮释[6]。施岳渎[7]以定位兮，互参差之白黑。

译文

弥漫着明亮的光啊，霓虹也罗列在两侧倾晃。交错的飙风横冲直撞地摇撼啊，行程忽然被打断而让人迷惶。梦中的魂灵在幽境中疾行啊，想靠近不得而惆怅。明亮的太阳在遥远的空中升起啊，阴暗的沉云四处消融散荡。运用山岳河川来确定我的方位啊，交互黑白参差清亮。

注释

1 **洞然：**明亮。

2 **虹霓（ní）：**即彩虹。彩虹通常有内外两环，内环称虹，外环称蜺。**倾侧：**晃动。

3 **幽漠：**幽静之境。**瀄汩（zhì yù）：**水流急疾貌。此处指疾行貌。

4 **进：**靠近。

5 **邈（miǎo）：**遥远。

6 **阴霾（mái）：**形容天气阴沉、晦暗。**披离：**散乱貌。**泮释：**融解消散。

7 **施：**运用。**岳渎：**五岳和四渎的并称。泛指山川。

原文

忽崩骞[1]上下兮，聊按行而自抑[2]。指故都以委坠[3]兮，瞰乡闾之修直[4]。原田芜秽[5]兮，峥嵘榛莽[6]。乔木摧解[7]兮，垣庐不饰[8]。山嵎嵎以岩立[9]兮，水汩汩

译文

忽然上下飞腾啊，我只得暂且停止自己的动向。指认着遥远的故乡啊，眺望着故土的道路修长。原野上的田地荒芜一片啊，崇山绵延，到处都是杂乱丛生的榛棘。故土分崩离析啊，带围墙的墓庐也不再有整饰装潢。高山巉

以漂激[10]。魂恍惘若有亡兮[11]，涕汪浪以陨轼[12]。

岩耸立啊，急流冲涤激荡。梦魂怅惘若有所失啊，泪流不止滴落在车轼上。

注释

1 **崩骞**：飞腾。

2 **聊**：姑且，勉强。**按行而自抑**：即“按行自抑”，约束自己的行为。

3 **委坠**：遥远。

4 **瞰**(kàn)：远望。**乡闾**：家乡，故里。**修**：长。

5 **原田**：原野上的田地。**芜秽**：田亩久不耕耘，致使杂草蔓生。

6 **峥嵘**：高峻的山峰。**榛棘**：荆棘。

7 **乔木**：高大的树木。此处代指故土。**摧解**：破坏离散。

8 **垣**：围墙。**庐**：古人为守丧而构筑在墓旁的小屋。**饰**：整饰。

9 **嵎嵎**(yú)：山高貌。**岩立**：巉岩耸立。

10 **汩汩**：水急流貌。**漂激**：冲涤，激荡。

11 **恍惘**：迷惘。**若有亡**：神情怅惘，失落的样子。

12 **涕**：眼泪。**汪浪**：泪流不止貌。**陨**：下落。**轼**：古代设在车厢前供站乘者凭扶的横木。

原文

类曛黄之黭漠兮[1]，欲周流而无所极[2]。纷若喜而佁儗[3]兮，心回互以壅塞[4]。钟鼓喤以戒旦[5]兮，陶去幽而开寤[6]。罾罻蒙其复体兮[7]，孰云桎梏[8]之不固。精诚[9]之不可再兮，余无蹈夫归路。

译文

如同黄昏的幽暗寂静啊，想四处周游却找不到尽头。纷呈的喜悦以及迟疑啊，回环交错郁塞心房。洪亮的钟鼓声报晓啊，幽冥消退觉醒舒张。仿佛渔网遮蔽困套身体啊，谁说人身的桎梏不牢固？精诚难以再次集聚成梦啊，我再也无法回到归乡的路上。

注释

1 **类**：像。**曛黄**：黄昏。**黤(yǎn)漠**：昏暗寂静。

2 **周流**：周游。**极**：尽头，极限。

3 **纷若**：盛多的样子。**佁儗(chì yì)**：停滞不前的样子。此处指犹豫不果决。

4 **回互**：回环交错。**壅(yōng)塞**：阻塞。

5 **喤**：喤喤，象声词。形容钟声洪亮而和谐。**戒旦**：报晓警睡。

6 **陶**：消解，排遣。**开寤**：觉醒。

7 **罾罻(zēng wèi)**：泛指渔网。**蒙**：遮蔽，覆盖。**复**：覆盖。

8 **桎梏(zhì gù)**：脚镣手铐。为古代的刑具，在足曰桎，在手曰梏，主要用来拘系犯人。

9 **精诚**：真心诚意，至诚。

原文

伟仲尼[1]之圣德兮，谓九夷之可居[2]。惟道大而无所入兮，犹[3]流游乎旷野。老聃遁而适戎兮[4]，指淳茫以纵步[5]。蒙庄之恢怪兮[6]，寓大鹏之远去。苟远适之若兹[7]兮，胡为故国之为慕[8]？

译文

伟大的孔子有高尚神圣的品德啊，认为即使居住在九夷之地也可以安详。因为他道行宏大不可侵犯啊，所以在旷野中游憩依然从容舒放。老子远遁向西到边戎之地啊，漫步向广漠荒茫的地方。庄子为人荒诞怪异啊，他借寓大鹏鸟向着远方飞翔。如果所去的远方如他们说的那样啊，为什么还要怀念故乡？

注释

1 **仲尼**：孔子。

2 **九夷**：古代东方的九种民族。亦指其所居之地。“九夷之可居”语出《论语·子罕》：“子欲居九夷。”

3 **犹**：舒迟貌。

4 **老聃遁而适戎:** 老聃，老子。据史书记载，老子见周王室日益衰落，便离开洛阳。途经函谷关时写下《道德经》，然后骑青牛出关，后不知所踪。

5 **指:** 向。**淳茫:** 广漠之地。**纵步:** 漫步。

6 **庄:** 庄子，战国时宋国蒙（今河南商丘东北）人。中国古代哲学家，道家代表人物。**恢怪:** 荒诞怪异。

7 **苟:** 如果。**适:** 去，往。**若兹:** 像这样，指像古人一样远游。

8 **胡为:** 为什么。**故:** 还，仍然。**慕:** 怀念。

原文

首丘之仁类兮[1]，斯君子之所誉[2]。鸟兽之鸣号[3]兮，有动心而曲顾[4]。胶[5]余衷之莫能舍兮，虽判析[6]而不悟。列兹梦以三复[7]兮，极明昏而告愬[8]。

译文

狐死首丘这样的仁义到处都相似啊，为君子所赞赏。鸟兽鸣呼嚎叫啊，是情动于中的曲顾礼尚。我心中对故土的怀恋也执著而难以割舍啊，即使被辨析了道理仍然不醒悟。再三陈述这个梦啊，在天明暗交接之际以宣扬。

注释

1 **首丘:** 比喻归葬故乡。**类:** 相似。

2 **誉:** 称赞，赞赏。

3 **鸣号:** 鸣呼嚎叫。

4 **曲顾:** 古代迎亲礼仪之一。婿至女家迎女，出门登车，授女以绥，自御轮三周，然后下车先女而归。此时婿须回头顾视，谓之曲顾礼。

5 **胶:** 固执。

6 **判析:** 辨析，分析。

7 **列:** 陈述。**三复:** 犹言三遍。指多遍。

8 **极:** 边际。**明昏:** 明暗。**告愬:** 告诉。指宣扬。

囚[1]山赋

导读

唐元和九年（814）于永州作，时柳宗元 42 岁。作者起笔描绘远望山势的奔腾，再近观山中的云气、生民、虎豹，最后写到自身囚困于山中的悲愤，从三个角度将山的险峻无情生动形象地呈现出来。此文一出，后世对山的描写，多以赋“囚山”指代对投闲置散生活的感慨。

原文

楚越之郊[2]环万山兮，势腾踊[3]夫波涛。纷对回合仰伏以离迾兮[4]，若重墉之相褒[5]。争生角逐上轶旁出兮[6]，其下坼裂[7]而为壕。欣下颓[8]以就顺兮，曾不亩平而又高。

译文

楚越的郊原被万山环抱啊，山势奔腾踊跃像那起伏的波涛。纷冗环绕、或仰或俯地拦阻啊，宛若城墙重重聚集相包。极力争相角逐着向上更迭，向旁伸延啊，山下裂开而形成壕沟。山势下趋逐渐平顺令人欣喜啊，平地竟然还不到一亩就又拔高。

注释

1 **囚**：被围困。

2 **楚越之郊**：指作者被贬的永州。

3 **势**：山势。**腾踊**：奔腾踊跃。

4 **纷**：盛多貌。**回合**：环绕。**离迾**（liè）：犹遮列，拦阻。古代帝王外出时派武士列队警戒，阻止人通行。

5 **墉**（yōng）**:** 城墙。**褎:** 聚集。

6 **生:** 很，甚，极其。**角**（jué）**逐:** 竞相争逐。**轶:** 更迭，依次。

7 **坼**（chè）**裂:** 裂开，撕裂。

8 **颓:** 下垂貌。此指山势趋向平顺。

原文

沓云雨而渍厚土兮[1]，蒸郁勃其腥臊[2]。阳不舒以拥隔兮[3]，群阴沍而为曹[4]。侧耕危获苟以食兮[5]，哀斯民之增劳。攒林麓以为丛棘兮[6]，虎豹咆㘎代狴牢之吠嗥[7]。胡井眢以管视兮[8]，穷坎险其焉逃[9]！顾幽昧[10]之罪加兮，虽圣犹病夫嗷嗷[11]。匪兕吾为柙兮[12]，匪豕吾为牢[13]。积十年[14]莫吾省者兮，增蔽吾以蓬蒿[15]。圣日以理兮，贤日以进，谁使吾山之囚吾兮滔滔[16]？

译文

高峰交会相合，云雨把土地浸润啊，热气蒸腾弥漫着腥臊。阳气不得舒展被遮蔽隔阻啊，阴气群集凝冻如膏。生民在此狭窄之地耕种，处于危困苟且生活啊，哀怜他们额外辛劳。山麓的树木聚集为囚所啊，里面虎豹纷纷咆哮，如同牢狱里的野兽嚎叫。从枯井里如何管窥高天啊，历尽艰难险阻却仍旧无处可逃！而加给我的那些不明不白的罪名啊，即使圣人也会为之不满地痛苦哀号。不是犀牛却把我锁在囚槛啊，不是野猪却把我关在牢笼。滞留了十年仍没有省视我的人啊，我还掩蔽在乱草蓬蒿。圣人的天下一天天得以治理啊，贤能的人也一天天得以仕进腾达，可究竟是谁让这连绵的群山囚禁我啊？

注释

1 **沓**（tà）**:** 交会，相合。**渍**（zì）**:** 浸润。**厚土:** 土地。

2 **郁勃:** 盛多。**腥臊:** 腥臭的气味。

3 **舒：**舒展。**拥：**遮蔽。

4 **沍**（hù）**：**冻结，凝聚。**曹：**成群，群集。

5 **侧**（zè）**：**偪仄，狭窄。**危：**危困。

6 **攒**（cuán）**：**簇聚，聚集。**林麓：**山林。**丛棘：**拘留罪犯的处所。

7 **狴**（bì）**牢：**牢狱。**吠嗥**（háo）**：**野兽嚎叫。

8 **井眢**（yuān）**：**谓井水干涸。**管视：**犹管见。

9 **穷：**尽，极。**坎险：**险阻。

10 **顾：**表示轻微的转折，相当于"而""不过"。**幽昧：**昏暗不明。此处指不明不白。

11 **虽：**即使。**病：**忧虑，不满。**嗷嗷：**哀鸣声，哀号声。

12 **匪：**通"非"。**兕**（sì）**：**雌性犀牛。**柙**（xiá）**：**关闭猛兽的笼槛。亦指拘押犯人的囚笼或囚车。

13 **牢：**关养牲畜的栏圈。

14 **积：**滞留。**十年：**唐永贞元年（805）柳宗元遭贬，元和九年（814）作此文，前后十年。

15 **蓬蒿：**借指荒野偏僻之处。

16 **滔滔：**指言行或其他事物连续不断。

牛　赋

导读

这篇小赋是作者托物言志之作。文中先描写牛的形态特征，再用生动的笔墨描写瘦驴、劣马以此作对比，似有寄托。宋人廖莹编注世彩堂本《柳河东集》时认为柳宗元在本文中是以牛自喻。章士钊在《柳文指要》中指出柳宗元应是以牛喻王叔文。结合前人研究，本文写作目的应是宽慰遭遇不公正待遇的贤者，是否指王叔文则有待论证。

原文

若[1]知牛乎？牛之为物，魁形巨首。垂耳抱[2]角，毛革疏厚。牟[3]然而鸣，黄钟满脰[4]。抵触隆曦[5]，日耕百亩。往来修直，植乃禾黍。自种自敛[6]，服箱[7]以走。输入官仓，己不适[8]口。富穷饱饥，功用不有。陷泥蹙块[9]，常在草野。人不惭愧，利满天下。皮角见用，肩尻[10]莫保。或穿缄縢[11]，或实俎豆[12]。由是观之，物无逾者。

译文

你了解牛吗？牛作为一种动物，身躯魁梧头颅巨大。它双耳顺垂两角相对，毛发稀疏牛皮厚实。哞哞地叫，喉咙里充满黄钟般洪亮的声音。它能冒着风雨阴晴，每日耕种上百亩土地。它来来去去翻出的沟垄又长又直，种植各类庄稼。它自己耕种自己收割，有时候还拉着车厢前行。它将粮食输送到官家的仓库，自己却得不到口腹的愉悦满足。它使穷人富足，使饥者饱腹，自己却一点也不居功。有时陷入泥沼，有时跌倒在土地上，经常在草野之上奔波。对于人类它没有丝毫可惭愧之处，带给人的利益处处可见。它的皮和角都能为人们所使用，从肩到臀全身的骨肉也被利用而不能保全。或者被绳索笼络以听命，或者用来填充祭祀的礼器。由此来看，没有什么动物能超过牛的贡献。

注释

1 **若:** 你。

2 **垂耳:** 两耳下垂。形容驯服的样子。**抱:** 环绕。此处指牛角弯曲相对。

3 **牟(móu):** 牛叫声。

4 **黄钟:** 我国古代音乐十二律中六阳律的第一律。亦为六律、六吕的基本音，声音最为洪大响亮。**脰(dòu):** 颈项。此处指喉咙。

5 **抵触:** 相对抗。**隆曦:** 阴晴。隆，云师。引申为阴天。曦，日光。

6 **敛:** 收获。

7 **服箱:** 负载车厢，驾车。

8 **适:** 悦乐，满足。

9 **块:** 土块。

10 **尻(kāo):** 脊骨末端，臀部。

11 **缄縢(jiān téng):** 绳索。

12 **实:** 充满，填塞。**俎(zǔ)豆:** 古代祭祀、宴会时盛食物用的两种礼器。亦泛指各种礼器。

原文

不如羸[1]驴，服逐驽马[2]。曲意随势，不择处所。不耕不驾，藿菽[3]自与。腾踏康庄[4]，出入轻举[5]。喜则齐鼻[6]，怒则奋踯[7]。当道长鸣，闻者惊辟。善识门户，终身不惕[8]。

牛虽有功，于己何益？命有好丑，非若能力。慎勿怨尤[9]，以受多福。

译文

但是牛的遭遇却不如那瘦弱的驴，它总是顺从地跟随着劣马。趋炎附势，随意投靠。既不会耕地，也不用驾车，却自然有好的饲料供给。驴得意洋洋地奔走在宽阔平坦、四通八达的大道上，随意进进出出。高兴时抬头扬起鼻子，发怒时奋力用蹄蹬踢。站在路当中昂首长鸣，听到的人都吓得躲避。因为它善于投靠合适的人家，所以一辈子也不用小心翼翼。

牛虽然对人有功劳，但带给自身什么好处呢？命运有好有坏，并不与你的能力相关。千万不要埋怨责怪，这样才能承受上天赐予的诸多福运。

注释

1 **羸(léi):** 衰败，瘦弱。

2 **服逐:** 顺从地跟随。**驽(nú):** 劣马。

3 **藿菽(shū):** 泛指豆类植物。此处指精饲料。

4 **腾踏:** 高抬腿行进，奔走。**康庄:** 宽阔平坦、四通八达的大道。

5 **轻举:** 举止浮躁、随意行事。

6 **齐鼻:** 此处形容驴高兴时仰头，鼻子眼睛一般高的神态。

7 **奋踯**(zhí)**:** 奋力蹬踢。

8 **惕:** 戒惧，小心谨慎。

9 **怨尤:** 埋怨责怪。

瓶赋

导读

《汉书·陈遵传》录有传为扬雄所作《酒箴》一文，意在讽谏好酒的汉成帝。柳宗元本篇《瓶赋》即仿效《酒箴》而作。本文以拟人的手法将装酒的鸱夷与井边的水瓶对比，推崇淡泊、清白、务实的精神而唾弃如鸱夷一样巧曲献媚、颠倒黑白、败众亡国的人。

原文

昔有智人，善学鸱夷[1]。鸱夷蒙鸿[2]，罍榼相追[3]。谄诱吉士[4]，喜悦依随。开喙[5]倒腹，斟酌更持[6]。味不苦口，昏至莫知。颓然纵傲[7]，与乱为期[8]。视白成黑，颠

译文

过去有一个聪明人，善于模仿盛酒的鸱夷。鸱夷的容量很大，为各种酒器所追随。它阿谀诱惑贤人，使他们高兴地依从。它张开口子倒出腹中的美酒，一杯接一杯地供人饮用。酒味甘美不苦涩，以至于人们喝得天昏地暗也浑然不知。喝得东倒西歪放纵不羁，不到昏乱都不肯罢休。人们

倒妍媸[9]。己虽自售[10]，人或以危。败众亡国，流连不归。谁主斯罪？鸱夷之为。

醉后颠倒黑白，美丑不分。自己的目的虽然达到了，他人却因此陷入危局。使军队颓败国家灭亡，还流连忘返不知醒悟。这罪恶是谁造成的呢？都是鸱夷所为。

注释

1 **学：**模仿。**鸱（chī）夷：**盛酒的革囊。

2 **蒙鸿：**混沌广大貌。此处指鸱夷容量大。

3 **罍罃（léi yīng）：**泛指盛酒的容器。

4 **谄（chǎn）诱：**阿谀诱惑。**吉士：**贤人。

5 **喙（huì）：**器物的尖端。此处指酒瓶的口。

6 **斟酌：**往杯盏里倒酒供饮用。**更：**连续，接续。

7 **颓然：**乏力欲倒的样子。**纵傲：**放纵不羁。

8 **与：**以。**乱：**醉酒后的迷惑状态。**为期：**作为约定的期限。

9 **妍媸（chī）：**美好和丑恶。

10 **售：**达到，实现。

原文

不如为瓶，居井之眉[1]，钩深挹[2]洁，淡泊是师[3]。和齐[4]五味，宁除渴饥。不甘不坏[5]，久而莫遗。清白可鉴，终不媚私。利泽[6]广大，孰能去之？绠绝[7]身破，何足怨咨[8]。功成事遂，复于土泥。归根反初，无

译文

鸱夷的所作所为，不如那盛水的瓶子，处在井边，探取深幽，舀出清水，人们应效法它不追名逐利的恬淡。它能调和酸甜苦辣咸五种口味，不仅仅只是消除饥渴。储藏的东西味道不甜，但也不会变质，放置久了也不会被抛弃。明亮得可以映照，从来不向别人讨好献媚。它的好处和恩惠宽广宏大，谁能够离开它呢？即使井绳断裂、水瓶摔碎，也不值得怨恨嗟叹。功绩已建立，使命已完成，最后归复于泥土。回到最初的本

虑无思。何必巧曲，微觊[9]一时。子无我愚，我智如斯。	真，不需担忧和哀伤。又何必投机取巧，妄图求取于一时呢？你没有我愚钝，而连我的智慧都知道这些道理。

注释

1 **眉：**旁边，边侧。
2 **挹（yì）：**把液体盛出来，舀出。
3 **淡泊：**恬淡，不追名逐利。**师：**学习，效法。
4 **和齐：**调配口味。齐，调味品。
5 **坏：**变质。
6 **泽：**恩惠。
7 **绠（gěng）：**汲水用的绳子。**绝：**断。
8 **怨咨：**怨恨嗟叹。
9 **微觊：**非常希望得到。

辩侵伐[1]论

导读

唐贞元十五年（799）于长安作。时柳宗元27岁。本年淮西节度使吴少诚反，时任集贤院正字的柳宗元作此文发表自己的看法。当时唐朝藩镇割据，中央政府面临着各种挑战，因此，作者认为有必要为“伐”与“侵”两种性质不同的战争考证端原、厘清定义，并分析具体的运用方法，以正视听。

原文

《春秋》[2]之说曰："凡师有钟鼓曰伐，无曰侵。"[3]《周礼·大司马》[4]"九伐"之法曰："贼贤害人则伐之，负固不服则侵之。"[5]然则所谓伐之者，声[6]其恶于天下也。声其恶于天下，必有以厌于天下之心，夫然后得行焉。

译文

《春秋》中说："凡是军队出师有击鼓鸣钟的叫作伐，没有的叫作侵。"《周礼·夏官·大司马》中论"九伐"的法则说："伤害贤良、荼毒百姓的，就讨伐他，依恃险固的城郭而不服从命令的就攻打他。"既然这样，那么所谓的讨伐，就是将他的罪恶昭告天下。将他的罪恶昭告天下，必定有使天下人厌恶他的地方，然后才可以进行讨伐。

注释

1 **侵伐：**兴兵越境讨罪。

2《**春秋**》：编年体史书。相传孔子据鲁史修订而成，与《诗》《书》《礼》《易》《乐》并称为儒家的"六经"。

3 **"凡师"句：**语出《左传·庄公二十九年》："凡师有钟鼓曰伐，无曰侵，轻曰袭。"

4《**周礼**》：是周王室官制和战国时代各国制度的汇编。

5 **九伐：**古代指对九种罪恶的讨伐。**贼：**伤害。**固：**坚固。特指地形险要或城郭坚固。**侵：**攻打。

6 **声：**宣扬，昭告。

原文

古之守臣有朘[1]人之财、危人之生而又害贤人者，内必弃于其人，外必弃于诸侯，从而后加伐焉，动必克[2]矣。然

译文

古时候守疆卫土的诸侯有剥削他人的钱财，危害他人生命而又伤害贤良、荼毒百姓的人，在领地内必定被百姓所厌弃，在领地外必定为其他诸侯所鄙弃，这之后再对他加以讨伐，只要出师就一定能

犹校德而后举[3]，量力而后会[4]，备三有余而以用其人：一曰义有余，二曰人力有余，三曰货食[5]有余，是三者大备，则又立其礼，正其名，修其辞[6]。其害物也小，则诰誓征令[7]不过其邻；虽大[8]，不出所暴[9]，非有逆天地横四海者，不以动天下之师。故师[10]不逾时而功成焉，斯为人之举也，故公[11]之。公之，而钟鼓作焉。

够取胜。然而就如举荐人先要考核其道德水准，出师先要考察双方军事力量一样，必须具备“三有余”才聚合兵力动用他的人马：一是道义上有余，二是人力上有余，三是财力上有余，这三方面准备充分了，还要确立礼法，匡正名义，撰写讨伐文辞。如果被讨伐的对象危害较小，那么讨伐的诰誓征令就不会跨越邻界；即使危害较大，也不超出他暴虐的领地；没有忤逆天地、遍布四海的罪恶，就不兴动全天下的军队。故此出动军队不超过一定时间就会大获全胜。这是为百姓而兴兵，所以要公开讨伐。公开讨伐，那么就会击鼓鸣钟了。

注释

1 **守臣**：对诸侯的称呼。**朘**（juān）：即朘削，剥削。

2 **克**：战胜。

3 **校**：考察。**举**：举荐。

4 **会**：聚合兵力。

5 **货食**：指财力。

6 **修**：撰写。**辞**：此处指讨伐的文辞。

7 **诰誓**：古代君王训诫勉励民众的文告。**征令**：宣布征役或征赋的法令。

8 **大**：“害物也大”的简省，指危害较大。

9 **不出所暴**：不在其所暴虐范围外用兵。

10 **师**：名词作动词，出动军队。

11 **公**：公布，让众人知道。

原文

夫所谓侵之者，独以其负固不服而壅[1]王命也。内以保其人，外不犯于诸侯，其过恶不足暴于天下，致文告[2]，修文德[3]，而又不变，然后以师问焉。是为制命[4]之举，非为人之举也，故私[5]之。私之，故钟鼓不作，斯圣人之所志也。

译文

所谓的攻打他，只是因为他依恃险固的城郭，不服从并且阻碍天子的命令。他在领地内护佑自己的百姓，在领地外不侵犯其他诸侯，他的过错和罪恶不足以昭告天下，就先送达文告，修整礼乐教化，如果还不改正，然后才动用军队问责。这是为了拟订诏命兴兵，不是因为解救百姓而兴兵，所以要偷袭他。偷袭，所以不击鼓鸣钟，这是圣人记载下来的话。

注释

1 **壅**(yōng)：阻挡，阻碍。

2 **文告**：以文书告谕。

3 **修**：整治，修整。**文德**：指礼乐教化。与“武功”相对。

4 **制命**：拟订命令。

5 **私**：秘密的，不公开的。此处指偷袭。

原文

周道[1]既坏，兵车之轨交于天下，而罕知侵伐之端[2]焉。是故以无道而正无道者有之，以无道而正有道者有之，不增德而以遂威[3]者又有之，故世日乱，一变而至于战国，而

译文

周朝的政令教化已经衰败，军车交战征伐的轨迹遍布天下，却很少有人知道“侵”和“伐”的端原。因此有用无道去匡正无道的情况，有用无道去匡正有道的情况，还有不增修道德而只是展示武力的情况，所以世道日益混乱，持续衰变到了战国，百姓倍受损耗。因

生人耗矣。是以有其力无其财，君子不以动众；有其力有其财无其义，君子不以帅师。合是三者而明其公私之说，而后可焉。呜呼！后之用师[4]者，有能观乎侵伐之端，则善矣。

此，有能力无财力，有德行的君主不会兴师动众；有能力有财力而不正义，有德行的君主也不统帅军队出征。把这三种情形结合起来考虑，判明是公开讨伐还是暗地攻打，然后才可以行动。唉！后世出动军队的人，若能够考察“侵”与“伐”的端原，那就好了。

注释

1 **周道：**周朝的政令教化等治国之道。
2 **端：**端原。
3 **遂威：**展示武力。
4 **师：**军队。

守道论

导读

唐元和四年（809）于永州作，时柳宗元37岁。本文严厉批判“守道不如守官”的说法，紧扣守官与守道的关系，以官为道之所存、道之所由、道之所行三个层面论证道与官的密切关系。

原文

或问曰：“守道不如

译文

有人问道：“坚守正道不如做官恪

守官[1]，何如?”对曰：是非圣人之言，传之者误也。官也者，道之器[2]也，离之非也，未有守官而失道，守道而失官之事者也。是固非圣人之言，乃传之者误也。

夫皮冠[3]者，是虞人[4]之物也。物者，道之准[5]也。守其物，由[6]其准，而后其道存焉。苟舍之，是失道也。凡圣人之所以为经纪[7]，为名物[8]，无非道者。命之曰官，官是以行吾道云尔。

尽职守，这话怎么样?”我的回答是：这不是圣人说的话，是后来传话人的讹误。官职，是道的载体，离开它就不对了。没有做官恪尽职守而偏离正道的，也没有能恪守正道却丢掉官职的情况。这一定不是圣人说的话，而是传话人的讹误。

皮冠，是职掌山泽苑囿官员的信物。信物，是正道的凭据。人只有持守他的信物，遵循准则，然后他的正道才可得以保全。如果舍弃了它，就是失去正道。圣人之所以制定经伦纲纪，辨明事物的名理，无不属于正道的范畴。把它命名为官，官就是用来推行正道的工具而已。

注释

1 **守道不如守官：**出自《孔子家语·正论解第四十一》，也见于《左传·昭公二十年》，意思是“遵守一定原则与道德标准，不如居官尽责”。

2 **器：**指有形的具体事物。与“道”相对。《易·系辞上》：“形而上者谓之道，形而下者谓之器。”

3 **皮冠：**古代打猎时戴的帽子。加于礼冠之上，用以御尘，亦可御雨雪。

4 **虞人：**古代掌管山泽苑囿之官。

5 **准：**凭据。

6 **由：**奉行，遵循。

7 **经纪：**法度，秩序。此处指经伦纲纪。

8 **名物：**给事物命名，辨明物理。

原文

是故立之君臣、官府、衣裳、舆马、章绶[1]之数，会朝[2]、表著[3]、周旋[4]、行列[5]之等，是道之所存也。则又示之典命[6]、书制[7]、符玺[8]、奏复[9]之文，参伍[10]、殷辅[11]、陪台[12]之役，是道之所由也。则又劝之以爵禄[13]、庆赏[14]之美，惩之以黜远[15]、鞭扑[16]、梏拲[17]、斩杀之惨，是道之所行也。故自天子至于庶人，咸守其经分[18]，而无有失道者，和之至也。失其物，去其准，道从而丧矣。易其小者，而大者亦从而丧矣。

译文

因此确立君臣、官府、衣裳、车马、官印这些名数，制定会朝、表著、周旋、行列这些礼仪制度，是正道存在的形式。那么又颁示典命、书制、符玺、奏复这些公文，设置参伍、殷辅、陪台等臣僚官属，是遵从正道的表现。又用爵禄、庆赏这些美事来鼓励，用黜远、鞭扑、梏拲、斩杀这些刑罚来惩戒，这些都是推行正道的方法。所以上至天子，下到平民百姓，都安守各自常行的本分，而没有偏离正道的，就是和谐相安的极致。而一个人如果丢掉他的信物，放弃他的准则，正道因此就丧失了。改变小的部分，那么大的方面也因此而丧失。

注释

1 **章绶：**官印和系印的丝带。亦泛指官印。

2 **会朝：**诸侯或群臣朝会盟主或天子。

3 **表著：**用标帜标明。

4 **周旋：**古代行礼时进退揖让的动作。

5 **行列：**纵横排列。

6 **典：**制度，法规。**命：**教令，政令。

7 **书：**文书，文件。**制：**法度，制度。

8 **符：**盖有官府印信的下行公文的一种。**玺：**玺书，秦以后专指皇帝的诏书。

9 **奏:** 古代臣子对皇帝陈述意见或说明事情。**复:** 皇帝对奏议的批复。

10 **参伍:** 指三卿五大夫。亦作“参五”。三卿,包括司徒、司马、司空。五大夫,包括小宰、小司徒、小司空、小司寇、小司马。

11 **股:** 众士。**辅:** 辅佐之臣。

12 **陪台:** 臣子的臣子。泛指微贱罪隶。

13 **爵禄:** 官爵和俸禄。

14 **庆赏:** 庆功行赏。

15 **黜远:** 贬降到偏远之地。

16 **鞭扑:** 用鞭子或棍棒抽打。

17 **梏拲**(gù gǒng)**:** 古代刑具。亦指械系。

18 **经:** 常行的,长久不变的。**分**(fèn)**:** 名位、职责的限度。

原文

古者居其位思死其官,可易而失之哉?《礼记》曰:“道合则服从,不可则去。”孟子曰:“有官守者,不得其职则去。”然则失其道而居其官者,古之人不与也。是故在上不为抗,在下不为损,矢人[1]者不为不仁,函人[2]者不为仁,率其职,司其局,交相致以全其工也。易位而处,各安其分,而道达于天下矣。

且夫官所以行道也,而曰守道不如守官,盖亦

译文

古代做官的人思谋着死在任上,可能因为职务变换而使其丧失官职吗?《礼记》中说:“与正道相吻合就服从,不相吻合就除去。”孟子也说:“有官职在身的人,如果不能够胜任就应该去官。”既然这样,那么背离了正道而仍然担任官职的做法,古人是不赞同的。因此在上位的人不算是高尚,在下面的人不算是低抑,制造箭矢的人不算是不仁慈,制造铠甲的人不算是仁慈,只不过各尽其职,管好各自分内的事情,互相配合以完成各自的工作罢了。变换位置而相处,各自安守本分,那么正道就会通达天下了。

况且官职是用来推行正道的,有人却说信守正道不如居官尽责,大概也丢失了

丧其本矣。未有守官而失道，守道而失官者也。是非圣人之言，传之者误也，果矣。

根本了。没有做官恪尽职守而偏离正道的，也没有能恪守正道却丢掉官职的情况。这不是圣人说的话，是传话者的讹误，的确如此。

注释

1 **矢人：**造箭的工匠。

2 **函人：**造铠甲的工匠。

六逆[1]论

导读

唐元和四年（809）于永州作，时柳宗元37岁。柳宗元对经典一贯保持着警醒，本文就是对《左传》中的“六逆”观点的反驳。作者议论时正反夹击，言辞严谨激切，可观其对捍卫真理的热忱。

原文

《春秋左氏》言卫州吁之事[2]，因载“六逆”之说，曰：贱妨贵[3]，少陵[4]长，远间[5]亲，新间旧，小加[6]大，淫[7]破义。六者，乱之

译文

《春秋左氏传》谈到卫国州吁的事情，于是记载了所谓“六逆”的说法，它们是：出身低贱的妨碍出身高贵的，年轻的凌驾于年长的，关系疏远的离间关系亲近的，新进的排挤资深的，小国侵凌大国，邪恶的破坏正义的。这六项，是国乱的根源。我认为

本[8]也。余谓“少陵长，小加大，淫破义”是三者，固[9]诚为乱矣。然其所谓“贱妨贵，远间亲，新间旧”，虽为理之本可也[10]，何必曰乱？

“年轻的凌驾年长的，小国侵凌大国，邪恶的破坏正义的”这三种情况，本来的确是乱国的根源。但所谓“出身低贱的妨碍出身高贵的，关系疏远的离间关系亲近的，新进的排挤资深的”这三种情况，即使作为治理国家的根本原则也是可以的，为什么一定要说是乱国的根源呢？

注释

1 **六逆：**古代统治阶级所认为的六种悖逆行为。

2《**春秋左氏**》**：**《春秋左氏传》，即《左传》，一般认为是春秋时期鲁国史官左丘明所作的一部编年体史书。**卫州吁之事：**据《左传·隐公三年》载，州吁为卫庄公之子，其母为卫庄公的宠妾，即所谓“贱而有宠”的“嬖（bì）人”。卫庄公夫人庄姜不能生育，以公子完为养子。庄姜恐庄公立州吁为太子，大夫石碏（què）亦恐废嫡立庶引起混乱，故提出“六逆为乱”以劝谏。

3 **贱：**《左传》原指州吁，因其为妾所生。**贵：**《左传》原指完，因其为夫人厉妫之妹戴妫所生。

4 **陵：**凌驾。

5 **间（jiàn）：**离间。

6 **加：**侵凌。

7 **淫：**邪恶，奸邪。

8 **本：**根源。

9 **固：**本来。

10 **虽：**即使。**理：**治国。**本：**基本原则。

原文

夫所谓“贱妨贵”

译文

所谓“出身低贱的妨碍出身高贵的”，

者，盖斥言择嗣之道[1]，子以母贵者也。若贵而愚，贱而圣且贤，以是而妨之，其为理本大矣，而可舍之以从斯言乎？此其不可，固[2]也。夫所谓"远间亲，新间旧"者，盖言任用之道也。使[3]亲而旧者愚，远而新者圣且贤，以是而间之，其为理本亦大矣，又可舍之以从斯言乎？必从斯言而乱天下，谓之师[4]古训，可乎？此又不可者也。

大概是指选择国君继承人，应该符合子以母贵的原则。如果出身高贵却很愚昧，出身低微却又德才兼备，因而妨碍了贤人继承君位，这正是治理国家的重大原则啊，能够摒弃它而去听从这种"贱妨贵"的说法吗？这不可行，是理所当然的。所谓"关系疏远的离间关系亲近的，新进的排挤资深的"，大概说的是任用官吏的原则。假如关系亲近的人和资深的官员愚昧，关系疏远的人和新进的官员德才兼备，因依据这个说法而让愚者排挤了贤者，这也是治理国家的重大原则啊，又怎么能摒弃它而去听从这种"远间亲，新间旧"的说法呢？一定要依从这种说法而导致天下大乱，自诩为是遵从古代的遗训，可以吗？这又是不可以的啊。

注释

1 **斥：**直接指明。**嗣：**继承人。

2 **固：**当然。

3 **使：**假如。

4 **师：**效法，遵从。

原文

鸣呼！是三者，择君置臣[1]之道，天下理乱之大本也。为书者[2]，执斯言，著一定之论，

译文

唉！这三项，是选择国君继承人和任用官员的原则，是关系到天下治乱与否的根本。著书的人，固执这种说法，写下固定不变的论断，来留传给后代，才智高的人当

以遗后代，上智之人固不惑于是矣，自中人而降[3]，守是为大据，而以致败乱者，固不乏焉。晋厉死而悼公入[4]，乃理[5]；宋襄嗣而子鱼退[6]，乃乱；贵不足尚也。秦用张禄而黜穰侯[7]，乃安；魏相成、璜而疏吴起[8]，乃危，亲不足与也。苻氏进王猛而杀樊世[9]，乃兴；胡亥任赵高而族李斯[10]，乃灭，旧不足恃[11]也。顾所信何如耳。然则斯言殆可以废矣。

然不会被这种言论所迷惑，但是中等智慧以下的人，把这种说法当作重要原则来遵守，从而导致国家败乱的例子，实在不少啊。晋厉公死后，晋悼公不是嫡子而继位执政，晋国治理得很好；宋襄公以嫡子的资格继位，他的庶兄子鱼退让为臣，宋国就混乱不堪，可见出身高贵的人并不值得尊崇。秦昭王任张禄为丞相而罢黜穰侯，秦国就安定强大；魏文侯在公季成和翟璜两人中选任国相而疏离吴起，就陷魏国于危难之中，可见关系亲近的人并不值得信赖。苻坚重用王猛而杀掉樊世，国家就兴旺起来；胡亥任用赵高而杀害李斯并将其灭族，秦朝就灭亡了，可见资深的旧官吏并不值得依靠。君主只要看所信任的人是否贤能就行了，既然这样，那么这种“贱妨贵，远间亲，新间旧”会致乱的说法，大概可以摒弃了吧。

注释

1 **置臣：** 任用官员。

2 **书者：** 指《左传》作者。

3 **降：** 下。

4 **晋厉死而悼公入：** 晋厉公是春秋时期晋国国君，他因多行不义而广失民心，大臣栾书、中行偃等囚禁晋厉公，迎立公子周继位，即晋悼公，悼公后来使晋国再次称霸中原。厉公为景公太子，悼公祖父乃晋襄公少子，无继位资格，依照石碏“六逆为乱”的说法，悼公继位是“贱妨贵”，然而却振兴了晋国。

5 **理：**得到治理。

6 **宋襄嗣而子鱼退：**宋襄公作为宋桓公的嫡子，在其继位前，曾让位于桓公的庶子子鱼，子鱼以己为庶出不就，退为左师。襄公在与楚、郑交战时，不听子鱼劝谏而失败，后受伤而亡。

7 **秦用张禄而黜穰（ráng）侯：**张禄，即范雎，因在魏受迫害，化名张禄入秦。穰侯，即魏冉，战国时秦国大臣。秦昭王母宣太后之弟，秦昭王之舅，封穰侯。据《史记》记载，宣太后及魏冉专权，张禄入秦后进谏秦昭王，昭王遂废太后，黜穰侯，拜范雎为相，秦国遂逐渐强盛。

8 **魏相成、璜而疏吴起：**成，公季成，又叫公孙季成，魏文侯弟。璜，翟璜，魏国大臣。据《史记·魏世家》载，魏文侯选任国相，只在公季成和翟璜中择取，后以公季成为相。时任河西守的吴起屡立战功而不得为相。魏文侯死后吴起奔楚，楚悼王拜其为相。魏国后来屡败于韩、赵、齐、秦等国。

9 **苻氏进王猛而杀樊世：**苻氏，即苻坚，字永固，一名文玉，氐（dī）族人。东晋时在北方发动政变登基称帝，建立前秦。据《晋书·苻坚传》载，苻坚任汉人王猛为相，苻坚的宗亲与旧臣皆对此不满。苻坚斩氐族贵族樊世，巩固了王猛的地位，前秦于是日益强盛。

10 **胡亥任赵高而族李斯：**胡亥，即秦二世，秦始皇次子。赵高为秦始皇时宦官，胡亥的老师。秦始皇用李斯二十余年，灭六国，统一天下。据《史记·秦始皇本纪》载，始皇死于东巡途中，胡亥与赵高合谋夺取皇位。赵高以谋反罪陷害丞相李斯，将其腰斩于咸阳，夷灭三族。赵高此后独掌大权，自此秦政大乱。

11 **恃：**凭借，依靠。

原文

噫！古之言理者，罕能尽其说。建一言，立一辞，则臲卼[1]而不安，

译文

唉！古代那些谈论治国之道的人，很少能够把道理说得透彻。提出一种说法，建立一个观点，总是动摇不安，模棱

谓之是可也，谓之非亦可也，混然而已。教于后世，莫知其所以去就[2]。明者慨然将定其是非，则拘儒、瞽生相与群而咻之[3]，以为狂为怪，而欲世之多有知者，可乎？夫中人可以及化者[4]，天下为不少矣，然而罕有知圣人之道，则固为书者之罪也。

两可。说它对可以，说它不对也行，都混淆不明罢了。把它传授给后代，人们不知道该如何取舍。明白事理的人对此感叹而打算评定它的是非对错，然而那些固执守旧、目光短浅的儒生和昏昧不明事理的人聚集在一起为此喧扰，认为质疑古训的人是狂人，是怪物，这样，想要世上多出现一些明白事理的人，可能吗？本来能够被教化的中等智慧的人，世上是不少的，但是很少有人懂得圣人治国的原则，这确实是写《春秋左氏传》一类书的人的罪过啊。

注释

1 **臲卼**（niè wù）：动摇不安貌。

2 **去就**：取舍。

3 **拘儒**：固执守旧、目光短浅的儒生。**瞽**（gǔ）**生**：昏昧不明事理者。**咻**（xiū）：喧嚷，扰乱。

4 **中人**：智慧中等的人。**化**：教化。

封建论

导读

“封建”是指一种分封的政治制度。君主把土地分给宗室和功臣，让他们在这块土地上建国。秦并六国后废分封制而实行郡县制，其后的汉、魏、晋部分恢复了封建制。到唐代，关于“封建制”与“郡县制”孰优孰劣的争论日趋激烈，本文即针对此而写。

柳宗元以三个层面展开论述，一是从历史的角度，按照从古至今的时间顺序，对史实旁征博引，夹叙夹议，论证从封建制向郡县制转化是历史发展的必然趋势。二是从辩诬的角度，对人们关于封建的三个误解逐一进行解释和纠正。三是从反证的角度，以周、秦、汉的反面历史教训论证实行封建制的严重危害。全文气势恢弘，条理清晰，雄深雅健。

原文

天地果无初[1]乎？吾不得而知之也。生人[2]果有初乎？吾不得而知之也。然则孰为近？曰：“有初为近。”孰明之？“由封建而明之也。”彼封建者，更古圣王尧、舜、禹、汤、文、武[3]而莫能去之。盖非不欲去之也，势不可也。势之来，其生人之初乎？不初，无以有封建。封建，非圣人意也。

译文

世界果真没有原始阶段吗？我无从知道。人类果真有原始阶段吗？我无从知道。然而哪种说法更接近事实呢？我说：“有原始阶段的说法接近事实。”用什么来证明呢？“从分封建国的制度证明。”那种分封建国的制度，经历了古代圣明的君王唐尧、虞舜、夏禹、商汤、周文王、周武王，都没有废除。并非人们不想废除它，而是客观形势不许可。这种形势的产生，大概是在人类的原始阶段吧？没有原始阶段，就不会有封建制。封建制的产生，并不是圣人的个人意志决定的。

注释

1 **初：**开端。指原始阶段。

2 **生人：**生民。指人类。

3 **尧、舜、禹、汤、文、武：**唐尧、虞舜、夏禹、商汤、周文王、周武王，皆为“圣王”。

原文

彼其初与万物皆生，草木榛榛[1]，鹿豕狉狉[2]，人不能搏噬[3]，而且无毛羽，莫克自奉自卫，荀卿有言“必将假物以为用”者也[4]。夫假物者必争，争而不已，必就其能断曲直者而听命焉。其智而明者，所伏必众，告之以直而不改，必痛之而后畏，由是君长刑政生焉。故近者聚而为群。群之分，其争必大，大而后有兵有德。又有大者，众群之长又就而听命焉，以安其属，于是有诸侯之列。则其争又有大者焉。德又大者，诸侯之列又就而听命焉，以安其封，于是有方伯、连帅[5]之类。则其争又有大者焉。德又大者，方伯、连帅之类又就而听命焉，以安其人，然后天下会于一。是故有里胥而后有县大夫，有

译文

人类的原始阶段与万物共生，草木丛生芜杂，鹿与猪成群奔跑，人类不能像它们那样搏斗撕咬，而且没有毛皮和羽毛御寒，不能供养自己保卫自己。这就是荀子曾说的“一定要借助外物为自己利用”那样的情况。借助外物一定会发生争夺，人们争夺不休，必定去找能判断是非的人并听从他的命令。那些睿智明断的人，顺服他的人必定很多，教导人们正确的道理，而有的人仍不改正，一定会让他痛苦从而让其有所畏惧，因此君长、刑法、政令就产生了。所以相近的人就集为群体。形成群体后，争斗的规模必定增大，增大后就有军事力量和仁德出现，威望高的人，各个群体的首领又趋近听从他的命令，以此安定他们的部属，于是有了诸侯。诸侯之间的争斗规模更大，其中威望更高的人，诸侯们又趋近听从他的命令，以此来安定他们管辖的地区，于是就产生了方伯、连帅一类的首领。方伯、连帅之间的争斗规模更大，其中威望更高的人，方伯、连帅之类趋近听从他的命令，以此来安定统领下的人民，然后，天下都聚合在一起，听命于天子一人。因此先有乡官

县大夫而后有诸侯，有诸侯而后有方伯、连帅，有方伯、连帅而后有天子。自天子至于里胥[6]，其德在人者，死必求其嗣而奉之。故封建非圣人意也，势也。

里胥然后才有县官县大夫，有了县大夫后才有诸侯，有诸侯后才有方伯、连帅，有了方伯、连帅后才有天子。从天子到乡官里胥，那些有仁德的人，他们死后人们必然寻求他们的后代并拥戴他。因此封建制的产生并非是圣人的个人意志决定的，而是大势所趋。

注释

1 **榛榛**（zhēn）：草木丛生芜杂的样子。

2 **狉狉**（pī）：兽群奔走的样子。

3 **噬**（shì）：咬。

4 **荀卿**：即荀子，此句出自《荀子 · 劝学》："君子生非异也，善假于物也。"

5 **方伯、连帅**：一方诸侯之长。《礼记 · 王制》："千里之外，设方伯。五国以为属，属有长。十国以为连，连有帅。"后泛称各地方的长官。亦称"邦伯"。

6 **里胥**：里长。

原文

夫尧、舜、禹、汤之事远矣，及有周而甚详。周有天下，裂土田而瓜分之，设五等[1]，邦群后[2]，布濩[3]星罗，四周于天下，轮运而辐集，合为朝觐会同[4]，离为守臣捍城[5]。然而降

译文

唐尧、虞舜、夏禹、商汤的故事太久远了，而周朝便很详尽。周朝得到天下，像切瓜一样将土地分割，设公、侯、伯、子、男五等爵位，分封了许多诸侯，诸侯国的疆域像星斗散列，遍布天下，诸侯与天子，像车轮以轴为中心运转，像车辐以车轴聚集一样。聚合时集中朝觐天子，天子又定期或不定期地接见诸侯，分散时诸侯是守卫疆

于夷王[6]，害礼伤尊，下堂而迎觐者[7]。历于宣王[8]，挟中兴[9]复古之德，雄南征北伐之威，卒不能定鲁侯之嗣[10]。陵夷迄于幽、厉[11]，王室东徙[12]，而自列为诸侯矣。厥后，问鼎[13]之轻重者有之，射王中肩[14]者有之，伐凡伯、诛苌弘[15]者有之，天下乖戾，无君君之心。余以为周之丧久矣，徒建空名于公侯之上耳，得非诸侯之盛强，末大不掉[16]之咎欤？遂判为十二[17]，合为七国[18]，威分于陪臣之邦[19]，国殄于后封之秦[20]。则周之败端，其在乎此矣。

土的臣子和抵御侵略的武将。可是传到周夷王时，他破坏了礼制，损失了尊严，竟走下殿堂迎接觐见的诸侯。传到周宣王时，凭借复兴周初国势的仁德，逞示南征北伐的雄威，最终还是不能决定鲁国国君的继承人。衰败从周幽王、周厉王开始，周王室向东迁都洛阳后，将自己降低到与诸侯同等的地位。从此以后，有询问周王室传国宝鼎大小轻重的，有用箭射中周天子肩膀的，有袭击周朝大臣凡伯，逼迫周天子杀死大臣苌弘的，天下乖悖违戾，没有遵从天子的理念。我认为周王朝丧失权威已经很久了，只不过在诸侯之上空存名号罢了，这难道不是诸侯过于强大，尾大不掉的过失吗？于是天下分裂为鲁、齐、晋、秦、楚、宋、卫、陈、蔡、曹、郑、燕十二国，而后又兼并为秦、楚、齐、燕、韩、赵、魏七国，天子的权威分散到诸侯家臣所建立的国家，东周竟被很晚才受封的秦国所灭。可见周朝败亡的起因，就在于实行了封建制。

注释

1 **五等：**周朝按公、侯、伯、子、男五等爵位分封诸侯，对应分封不同数量的土地和民众。

2 **邦：**分封。**后：**指列国诸侯。

3 **布濩（hù）：**散布。

4 **朝觐（cháo jìn）：**臣子上朝谒见君主，春天称“朝”，秋天称“觐”。**会**

同：古代诸侯朝觐天子或互相聘问的通称。

5 捍（hàn）：保卫，抵御。

6 夷王：周夷王姬燮（xiè）。周懿王子，孝王侄孙。孝王死后继位，西周第九代国君。

7 下堂而迎觐者：指周夷王登基时亲自下堂迎接来朝觐的诸侯。按照礼制，天子不应下堂见诸侯。下堂见诸侯，天子属于失礼。

8 宣王：周宣王姬静。周厉王子。西周第十一代国君。

9 中兴：周宣王在位期间曾讨戎狄、征荆楚，使衰落的周朝逐渐强盛，史称“宣王中兴”。

10 鲁侯之嗣：据史书记载，鲁武公九年（前817），鲁武公姬敖带长子括和少子戏去朝见周宣王，宣王册立戏为鲁国的继承人。武公死后，戏继位，是为鲁懿公。懿公九年（前807），鲁人杀戏而拥括子伯御立之，史称“鲁废公”。伯御继位十一年，周宣王伐鲁，杀伯御，立戏弟姬称为鲁君，是为鲁孝公。此事使诸侯不睦。

11 陵夷：由盛到衰。幽：周幽王姬宫涅（shēng），周宣王子。西周最后一任君主。厉：周厉王姬胡。周夷王子。周朝第十任君主。

12 王室东徙：周幽王被犬戎杀死后，太子宜臼即位，史称周平王。公元前770年，周平王将都城由镐京（今陕西西安西南）东迁到洛邑（今河南洛阳），史称东周。

13 问鼎：据《左传·宣公三年》记载，春秋时，楚庄王征伐陆浑的戎人，并于周室疆域上检阅军队。周定王派遣王孙满慰劳，楚庄王探问九鼎之大小轻重。九鼎为夏商周三代的传国宝器，楚庄王问鼎有图谋君位之意。后用以指觊觎王位，谋取政权。

14 射王中肩：据《左传·桓公五年》记载，周桓王十三年（前707），桓公率诸侯伐郑，大败，肩上被郑大夫祝聃射中一箭。

15 伐凡伯：据《左传·隐公七年》记载，周桓王四年（前716），周朝大臣凡伯出使楚国，归途中在楚丘（今山东曹县东南）被当地一个部族袭击并绑架。诛苌（cháng）弘：苌弘字叔，又称苌叔。周景王、敬王时的史官。据《左传·哀公三年》记载，晋国大臣赵鞅与范吉射、中行内讧，苌弘支持范氏和中行氏。后赵鞅因此责问周朝，周敬王被迫杀苌弘。

16 **末大不掉：**犹尾大不掉。比喻部属势力强大，难以驾驭。

17 **判：**分开。**十二：**指春秋时期十二个主要诸侯国，即鲁、齐、晋、秦、楚、宋、卫、陈、蔡、曹、郑、燕。

18 **七国：**指战国时期七个强大的诸侯国，即秦、楚、齐、燕、韩、赵、魏。

19 **陪臣之邦：**古时诸侯的大夫对天子自称“陪臣”，大夫的家臣亦称为“陪臣”。陪臣之邦，指由诸侯国的大夫建立的国家，此处指韩、赵、魏、齐诸国。

20 **殄（tiǎn）：**消灭。公元前249年，秦庄襄王灭东周。**后封之秦：**秦国原是周朝的附庸小国。周平王东迁洛邑，秦襄公带兵护送有功，才受封为诸侯。时间远在齐、鲁之后，故称。

原文

秦有天下[1]，裂都会而为之郡邑[2]，废侯卫而为之守宰[3]，据天下之雄图，都六合之上游[4]，摄制[5]四海，运于掌握之内，此其所以为得也。不数载而天下大坏，其有由矣。亟[6]役万人，暴其威刑，竭其货贿[7]。负锄梃[8]谪戍之徒，圜视而合从，大呼而成群。时则有叛人而无叛吏，人怨于下而吏畏于上，天下相合，杀守劫令而并起。咎在人怨，非郡邑之制失也。

译文

秦朝统一天下，把各诸侯国的都城改成郡县，废除诸侯而改任郡守县宰，占据天下险要的地方，首都建在全境居高临下之地，管辖控制全国，权力操纵掌握在手中，这是秦朝做得正确的地方。没过几年便全国大乱，那是另有原因的。屡次役使数以万计的百姓，残暴地施行严厉的刑罚，耗尽了国家的财富。于是扛着锄头木棍被罚去防守边境的人，彼此相视便联合起来，大声召唤就组成队伍。当时只有反叛的百姓而没有叛变的官吏，是因为在下的百姓充满怨恨，而官吏却害怕朝廷上的刑罚，全国的人互相配合，杀郡守袭县令起来造反。秦朝的错误在于激起了人民的怨恨，并不是郡县制的错误。

注释

1 **秦有天下:** 指公元前221年,秦始皇统一全国,建立秦朝。

2 **都会:** 指被秦国所灭的六个诸侯国的都城。**郡邑:** 郡县。秦朝废除分封制,实行郡县制,将全国分为三十六个郡,郡下设县。中央统一任命郡守、县令,建立了中央集权制的帝国,结束了春秋战国时期诸侯国分裂割据的局面。

3 **侯卫:** 侯服和卫服,泛指诸侯。**守宰:** 郡守和县宰,指地方长官。

4 **六合:** 上下和东南西北。泛指天地或人世间。**上游:** 指秦都城咸阳(今陕西咸阳)位于中国西北方,地势居高临下,犹如在河流上游。

5 **摄制:** 统摄,控制。

6 **亟**(qì): 屡次。

7 **货贿:** 金玉与布帛。泛指财富。

8 **梃**(tǐng): 棍棒。此句指陈胜、吴广领导的农民起义军。

原文

汉有天下,矫秦之枉,徇[1]周之制,剖海内而立宗子[2],封功臣。数年之间,奔命扶伤之不暇。困平城[3],病流矢[4],陵迟不救者三代[5]。后乃谋臣献画[6],而离削自守矣。然而封建之始,郡邑居半,时则有叛国而无叛郡。秦制之得,亦以明矣。继汉而帝者,虽百代可知也。

译文

汉朝统一天下,纠正秦朝的偏失,沿袭周朝的制度,分割土地以分封宗室子弟和功臣。几年之内,朝廷为平息战乱援救伤员疲于奔命。汉高祖为讨伐韩王信,在平城被匈奴围困,为镇压淮南王英布的叛乱被流矢射伤,衰败不振的状况延续到惠帝、文帝、景帝三个朝代。后来才有大臣出谋划策,分散削弱诸侯王的力量使他们安分自守。然而汉初分封诸侯王时,实行郡县制的地方仍有半数,当时只有反叛的诸侯王国而没有叛乱的郡县。秦朝郡县制的正确,也因此得到证明。继汉朝以后立国称帝的人,该采用哪种制度,即使再过一百代也是可以推知的。

注释

1 **徇**(xùn)**:** 依从，沿袭。

2 **剖:** 划分。**宗子:** 皇室子弟。

3 **困平城:** 据《汉书·高帝纪》记载，汉高祖七年(前200)，刘邦领兵讨伐投降匈奴的韩王信，追至平城(今山西大同)，被匈奴围困，后用陈平计策方得脱身。

4 **病流矢:** 据《汉书·高帝纪》记载，汉高祖十一年(前196)，刘邦镇压淮南王英布叛乱，被流箭射中，后因伤病逝。

5 **陵迟:** 渐趋衰败。**三代:** 指汉高祖刘邦以后的惠帝刘盈、文帝刘恒和景帝刘启。

6 **谋臣献画:** 指汉文帝时，贾谊建议将诸侯国划分为若干小国，分封给始封者的子孙。汉景帝时，晁错建议削减吴、楚等诸侯国的封地。汉武帝时，主父偃建议推恩分封，令诸侯王将封地再分封给他们的子弟，长子继承王位，其他人为侯。这些计谋都剖分了诸侯，削弱了诸侯王的势力。

原文

唐兴，制州邑[1]，立守宰，此其所以为宜也。然犹桀猾[2]时起，虐害方域者，失不在于州而在于兵，时则有叛将而无叛州。州县之设，固不可革也。

或者曰："封建者，必私其土，子其人，适其俗，修其理，施化易也。守宰者，苟[3]其心，思迁其秩[4]而已，何能理乎？"余又非

译文

唐朝建立，设置州县，任命刺史、县令，这是做得十分适宜的。然而还有凶恶狡黠的人兴兵作乱、残害一方的事发生，过错不在于州邑制而在于兵制。当时只有反叛的将领没有叛乱的州县，州县的设置，确实是不可改变的。

有人说："分封制下的诸侯，必定把封地当作私有财产一样关心，把人民当作儿子一样爱护，顺应当地的风俗，整顿当地的政事，施行教化很容易。做刺史、县令的人，抱着苟且应付的心理，

之。

周之事迹，断可见矣，列侯骄盈，黩货事戎[5]。大凡乱国多，理国寡。侯伯不得变其政，天子不得变其君。私土子人者，百不有一。失在于制，不在于政。周事然也。

秦之事迹，亦断可见矣。有理人之制，而不委郡邑，是矣；有理人之臣，而不使守宰，是矣。郡邑不得正其制，守宰不得行其理。酷刑苦役，而万人侧目。失在于政，不在于制。秦事然也。

只想升官晋级罢了，如何能把地方治理好呢？”我认为这种说法又是不对的。

周朝的历史事实，确实能看得很清楚。诸侯骄横自满，贪财好战。大致是昏乱的诸侯国多，得到治理的诸侯国少。诸侯的首领不能改变诸侯国的政事，天子不能改换诸侯国的国君。关心封地、爱护子民的诸侯，一百个里面也没有一个。错失在于制度，不在于政事。周朝的情况就是如此。

秦朝的情况，也能看得很清楚。朝廷有治理人民的制度，而不委命郡县，这是对的；朝廷有治理人民的大臣，而不放任郡县长官专行，这也是对的。郡县不能改变朝廷制度，郡县长官不能自行其是。严酷的刑罚和繁重的劳役使万民怨恨，过失在于政治措施，不在于制度，秦朝的情况就是如此。

注释

1 **州邑：**指唐朝的州邑制，改郡为州，州设刺史。

2 **桀猾**(jié huá)**：**凶猛而狡黠的人。此处指唐中期割据反叛的藩镇。

3 **苟：**苟且。

4 **迁：**古代调动官职的称谓，一般指升职。**秩：**古代官职级别。

5 **黩**(dú)**货：**贪污纳贿。**事戎：**事役战争，指好战。

原文

汉兴，天子之政行于郡，不行于国，制其守宰，不制其侯王。侯王虽乱，不可变也；国人虽病，不可除也。及夫大逆不道，然后掩捕[1]而迁之，勒兵而夷之耳[2]。大逆未彰，奸利浚财[3]，怙势作威，大刻[4]于民者，无如之何。及夫郡邑，可谓理且安矣。何以言之？且汉知孟舒于田叔[5]，得魏尚于冯唐[6]，闻黄霸之明审[7]，睹汲黯之简靖[8]，拜之可也，复其位可也，卧而委之以辑一方可也。有罪得以黜，有能得以赏。朝拜而不道，夕斥之矣，夕受而不法，朝斥之矣。设使汉室尽城邑而侯王之，纵令其乱人，戚之而已。孟舒、魏尚之术莫得而施，黄霸、汲黯之化莫得而行。明谴而导之，拜

译文

汉朝建立，天子的政令只能推行于郡县，不能推行于诸侯王国，只能控制郡县长官，不能制约诸侯王。诸侯王虽然胡作非为，但不能废黜他们；诸侯王国的人民虽然深受其害，但无法为他们解除痛苦。一直要等到发动叛乱，才能趁其不备把他们逮捕和流放，统帅军队把他们铲除。在叛乱未暴露时，诸侯王即使非法牟利，敛取他人财物而中饱私囊，依仗权势作威作福，对人民非常刻毒，谁也奈何不了他们。至于郡县，可以说治理得太平而且安定。为什么这样说呢？如汉文帝由田叔了解孟舒的品行，由冯唐得知魏尚的功劳，汉宣帝听说黄霸执法明察审慎，汉武帝知道汲黯简政安民，可以任命他做官，可以恢复他的职位，可以委任他躺着管理一个地区。官员犯了罪可以被罢免，有贤能可以奖赏。早晨任命的官吏不按法令制度办事，晚上就可以将他撤职，晚上任命的官吏违法乱纪，第二天早上就可以将他撤职。假使汉朝把国土都分封给诸侯王，即使诸侯王侵扰百姓，也只能发愁罢了。孟舒、魏尚的施政方法无法得到施展，黄霸、汲黯的教化无从得到推行。如果公开谴责和劝导，他们下拜时接受意

受而退已违矣。下令而削之，缔交合从之谋，周于同列，则相顾裂眦[9]，勃然而起。幸而不起，则削其半。削其半，民犹瘁[10]矣，曷若举而移之以全其人乎[11]？汉事然也。

见，退朝便已违反。如果下令削减他们的封地，便彼此勾结串联合谋抗拒，瞪眼怒视，突然发动叛乱。即使侥幸不发动叛乱，就削减他们一半封地。削减一半封地，另一半封地上的人民还是受苦，那为何不把诸侯王全部废掉来保全那里的人民呢？汉朝的情况就是如此。

注释

1 **掩捕：**趁其不备而逮捕。

2 **勒：**统帅。**夷：**铲除，消灭。

3 **奸利：**非法牟利。**浚财：**敛取他人财物而中饱私囊。

4 **刻：**刻毒。

5 **知孟舒于田叔：**汉高祖时，匈奴进犯云中，时任云中郡太守的孟舒因不能坚守被免官。汉文帝即位，请汉中郡太守田叔荐贤，田叔推举孟舒，文帝重新起用孟舒为云中郡太守。

6 **得魏尚于冯唐：**汉文帝时，云中郡太守魏尚抵御匈奴有功，但因一次上报杀敌数目比实际数字多了六个被免官。后来冯唐为之辩明功过，汉文帝恢复了魏尚的官职，即下文的“复其位”所指。

7 **闻黄霸之明审：**汉宣帝时，因黄霸精明审慎，宽恕为治，历任扬州刺史、颍川郡太守、御史大夫、丞相，封为建成侯，即下文的“拜之可也”所指。

8 **睹汲黯之简靖：**汉武帝时，东海郡太守汲黯主张简政安民，有政绩。武帝因此赏识汲黯，后任其为淮阳郡太守。汲黯因病推辞，武帝嘱咐他可躺着办公，即下文的“卧而委之”所指。

9 **裂眦（zì）：**张目怒视，眼眶破裂。形容愤怒到极点。

10 **瘁（cuì）：**疾病，劳累。此处指受苦。

11 **曷（hé）若：**何如。用反问的语气表示不如。**移：**废除。

原文

今国家尽制郡邑，连置守宰，其不可变也固矣。善制兵，谨择守，则理平矣。

或者又曰："夏、商、周、汉封建而延，秦郡邑而促。"尤非所谓知理者也。魏之承汉也，封爵犹建。晋之承魏也，因循不革。而二姓陵替[1]，不闻延祚[2]。今矫而变之，垂二百祀[3]，大业弥固，何系于诸侯哉？

或者又以为："殷、周，圣王也，而不革其制，固不当复议也。"是大不然。夫殷、周之不革者，是不得已也。盖以诸侯归殷者三千焉，资以黜夏，汤不得而废。归周者八百焉，资以胜殷，武王不得而易。徇之以为安，仍之以为俗，汤、武之所不得已也。夫不得已，非公之大者也，私其力于己也，

译文

当今我朝全部推行郡县制，普遍委派刺史、县令，这制度不能改变是肯定的了。君主若妥善控制兵权，谨慎选择地方官，那天下就治理得太平了。

又有人说："夏、商、周、汉四朝实行封建制所以传世长久，秦朝实行郡县制所以传世短促。"这更是不懂得治国道理的人了。魏朝继承汉朝，仍然封土授爵。晋朝继承魏朝，沿袭不改。但是魏朝的曹氏和晋朝的司马氏衰败得都很快，没有听说传世长久。如今我朝纠正改变了这个制度，从开国到现在近二百年，国家基业更加巩固，这与分封制有什么关系呢？

有的人又认为："殷朝、周朝都是圣明的君王，他们并不改变封建制，本来不应该再加议论了。"这种说法非常错误。殷朝、周朝之所以不改变封建制，是迫不得已。因为归附殷的诸侯有三千个，依靠他们才消灭夏朝，商汤不能废除他们。归附周的诸侯有八百个，依靠他们才战胜了殷朝，周武王不能替换他们。顺应时势以求得安定，因袭时势以适应习俗，这是商汤、周武王迫不得已的原因。这个迫不得已，并不是大公无

私其卫于子孙也。秦之所以革之者，其为制，公之大者也，其情私也，私其一己之威也，私其尽臣畜[4]于我也。然而公天下[5]之端自秦始。

私，是企图让他们为自己出力，企图让他们保卫自己的子孙后代。秦朝废除封建制，实行郡县制，在制度上讲是最大的公，其动机则是为私，是企图树立皇帝自己的权威，企图使天下的人都臣服于自己。然而使天下归公是从秦朝开始的。

注释

1 **二姓：**指上文所言的魏朝的曹氏和晋朝的司马氏。**陵替：**衰败。

2 **祚(zuò)：**帝位。“不闻延祚”指曹魏传五帝而亡，西晋司马氏传四帝而亡。

3 **祀：**年。

4 **臣畜：**顺从，臣服。

5 **公天下：**天下归公。即废除封建制度，把诸侯的世袭封地收归国家管理。

原文

夫天下之道，理安，斯得人者也。使贤者居上，不肖者居下，而后可以理安。今夫封建者，继世而理。继世而理者，上果贤乎？下果不肖乎？则生人之理乱未可知也。将欲利其社稷，以一[1]其人之视听，则又有世大夫世食禄邑[2]，以尽其封略[3]。圣贤生于其

译文

按照天下的道理，国家治理太平，君主才能获得人民拥戴。让贤能的人居于上位，不才的人处于下位，然后国家才能够治理得太平。如今封建诸侯，世代继承统治。那些世袭的统治者，处于上位的人果真都是贤能的吗？处于下位的人果真都是不才的吗？那么人民是得到太平的治理还是遭到祸乱就无法知晓了。即使诸侯想要做有利于封国的事，要统一人民的观念，却还有世大夫世袭的封地把诸侯的国土全都占尽。就是有圣贤生在那个

时，亦无以立于天下，封建者为之也，岂圣人之制使至于是乎？吾固曰："非圣人之意也，势也。"

时代，也无法在天下有所建树，这是封建制造成的结果，难道圣人的制度要造成这样的情况吗？我肯定地说："封建制不是圣人的意愿，而是由形势决定的。"

注释

1 **一：**统一。

2 **世大夫：**商周时期，诸侯国内的大夫皆为世袭，故称世大夫。**禄邑：**分给世大夫的封地。

3 **封略：**疆界。

天爵[1]论

导读

柳宗元对孟子的学说也敢于质疑。本篇就是对《孟子·告子上》的进一步阐释。他以"志"与"明"替换孟子"未之尽"的"仁、义、忠、信"理论。

本文的看点不仅在于柳宗元的胆识和逻辑，还有其行文流畅，大量运用排比、对仗、比喻等修辞手法，长短相间，读之铿锵有力、酣畅淋漓。

原文

柳子[2]曰：仁义忠信，

译文

我认为：仁义忠信，先儒孟子称之

先儒[3]名以为天爵，未之尽[4]也。夫天之贵斯人也，则付刚健、纯粹于其躬[5]，倬为至灵[6]，大者圣神，其次贤能，所谓贵也。刚健之气，钟[7]于人也为志，得之者运行而可大，悠久而不息，拳拳[8]于得善，孜孜[9]于嗜学，则志者其一端耳。纯粹之气，注于人也为明，得之者爽达而先觉，鉴照而无隐，盹盹[10]于独见，渊渊于默识[11]，则明者又其一端耳。明离[12]为天之用，恒久为天之道，举斯二者，人伦[13]之要尽是焉。故善言天爵者，不必在道德忠信，明与志而已矣。

为天然的爵位，这还没有说透彻。上天要使人高贵，就将刚健、纯粹的秉性赋予他，将他彰显为奇异的生灵，其中最高明的称为圣人、神人，其次称为贤人、能人，这就是所谓的高贵。刚健之气，聚集在人身上就化为志气，得到它的人通过实践可以不断扩大，持久而不泯灭，诚挚地追求美善，勤勉地热爱学习，所以志气是使人高贵的一个方面。纯粹之气，聚合在人的身上就化为聪明，得到它的人就会明白通达而先知先觉，鉴识照察事物无不透彻，诚恳地求得独特的见解，广泛地默记，所以聪明是使人高贵的又一个方面。太阳照耀是上天的功用，恒久不息是上天的规律，我提出这两者，人伦的根本就都在其中了。所以善于讲天赋爵位的人，不一定要讲道德忠信，只要讲聪明和志气就可以了。

注释

1 **天爵**：天然的爵位。指高尚的道德修养。君子因德高而受人尊敬，胜于有爵位，故称。

2 **柳子**：柳宗元的自称。

3 **先儒**：指孟子。

4 **尽**：竭尽，透彻。

5 **刚健、纯粹**：语出《易经》："大哉乾乎，刚健中正，纯粹精也。"**躬**：身体。

6 **倬**(zhuō)**:** 高大，显著。此处指彰显。**至灵:** 极灵异的神物。

7 **钟:** 汇聚，集中。

8 **拳拳:** 诚挚貌。

9 **孜孜:** 勤勉，不懈怠。

10 **肫**(zhūn)**肫:** 肫，同“肫”。诚恳貌。

11 **渊渊:** 深广，深邃。**默识:** 暗中记住。

12 **明离:** 太阳。

13 **人伦:** 中国古代社会的主要道德关系以及人们应当遵守的道德规范。具体指父子有亲，君臣有义，夫妇有别，长幼有序，朋友有信。又称为“五伦”。

原文

道德之于人，犹阴阳之于天也，仁义忠信，犹春秋冬夏也。举[1]明离之用，运恒久之道，所以成四时而行阴阳也。宣[2]无隐之明，著[3]不息之志，所以备四美[4]而富道德也。故人有好学不倦而迷其道挠其志者，明之不至耳。有照物无遗而荡其性脱其守[5]者，志之不至耳。明以鉴之，志以取之，役用其道德之本，舒布其五常之质[6]，充之而弥六合[7]，播之而奋[8]百代，圣贤之事也。然

译文

道德与人的关系，就如阴阳与天的关系一样，仁义忠信，就像春夏秋冬。上天发挥阳光照耀的作用，运行恒久不变的法则，是形成春夏秋冬四时和阴阳变化的原因。人发挥明察秋毫的聪明才智，显扬持久不灭的志气，是具备仁义忠信四种美德而道德完善的原因。所以有的人虽然好学不倦，却找不到正道，志气被阻挠，是不够聪明罢了。有的人能够明察秋毫，却放任性情、失去操守，是缺乏志气而已。用聪明去观察，用志气去追索，运用道德的根本，散布仁、义、礼、智、信五常的本质，使它们流布天下，流传百世，振奋后人，这是圣人贤士应该做的事情啊。既然这样，那么

则圣贤之异愚也，职[9]此而已。使仲尼之志之明可得而夺[10]，则庸夫矣。授之于庸夫，则仲尼矣。

圣人贤士不同于愚人之处，只在于此罢了。假使孔子的志气和聪明可以被改变，那么他就是一个凡人了。如果把他的志气和聪明授予凡人，那么他就变得和孔子一样了。

注释

1 **举**：施行。此处指发挥。

2 **宣**：显示，宣扬。此处指发挥。

3 **著**：明示，显扬。

4 **四美**：四种美德。指仁、义、忠、信。

5 **荡**：恣纵，放荡不羁。**脱**：失去。**守**：操守，准则。

6 **舒布**：展开，散布。**五常**：指仁、义、礼、智、信。

7 **弥**：满。**六合**：天地四方，整个宇宙。

8 **播**：传布，传扬。**奋**：振奋。

9 **职**：只。表示主要由于某种原因。

10 **仲尼**：即孔子。孔丘，字仲尼，鲁国陬邑（今山东曲阜）人。儒家学说的创始人。**夺**：用强力使之动摇、改变。亦谓由于强力而动摇、改变。

原文

若乃明之远迩[1]，志之恒久，庸非天爵之有级哉？故圣人曰"敏以求之"，明之谓也；"为之不厌"，志之谓也。道德与五常，存乎人者也；克[2]明而有恒，受于天者也。呜呼！后之学者，尽力于斯所及焉。

或曰："子所谓天付之

译文

至于聪明的程度高低，志气的恒久与否，怎么不能说天爵有等级之分呢？所以圣人说"勤勉地去追求道理"，这是讲聪明；"努力而不感满足地做"，这是讲志气。道德与五常，在于人为，人能够聪明而且有恒久的志气，是天赐的。唉，后世的读书人应当尽力地去追求自己所能达到的境界啊。

有人问："你所说的聪明与志气是

者，若开府库[3]焉，量[4]而与之耶？”曰：“否。其各合乎气者也。庄周[5]言天曰自然，吾取之。”

由上天赋予的，就好像人打开仓库，从中酌量赐予的吗？”我说：“不是，在于人们各自对刚健、纯粹之气的遇合。庄周说上天就是自然，我赞同他的说法。”

注释

1 **远迩：**远近。此处指程度高低。

2 **克：**能。

3 **府库：**储藏文书、财物和兵器的地方。

4 **量：**衡量，酌量。

5 **庄周：**庄周，字子休（一作子沐），宋国蒙（今河南商丘东北）人。是道家学说的主要创始人。与道家始祖老子并称“老庄”，其哲学思想体系被思想学术界尊为“老庄哲学”。

驳复仇议

导读

针对陈子昂《复仇议》一文的主张，柳宗元在本文中提出反驳。

作者在文章起首点明对陈子昂主张的不认同之后，从三个方面展开驳论：首先，从“礼”与“刑”的“本合用异”的特点，指出“旌与诛莫得而并”的特点。其次，从“圣人之制，穷理以定赏罚，本情以正褒贬”，具体分析徐元庆一案，认为礼与法并不冲突，若属前者，当不诛而旌；若属后者，当诛而不旌。与陈子昂“诛之而旌其间”的论点针锋相对。再次，作者又引用《周礼》和《春秋公羊传》对礼法的具体阐释作为自己的理论依据。最后，作者水到渠成地得出结论。

本文理论铺陈与事例分析相结合，逻辑严谨，论证步步为营、犀利明快。

原文

臣伏见天后时[1]，有同州下邽[2]人徐元庆者，父爽为县吏赵师韫所杀，卒能手刃[3]父仇，束身[4]归罪。当时谏臣陈子昂建议诛之而旌其闾[5]，且请编之于令，永为国典。臣窃独过[6]之。

译文

卑臣看到史书记载，武后执政时，同州下邽有个叫徐元庆的人，他的父亲徐爽被县吏赵师韫杀害，他最终得以亲手杀死他的杀父仇人，并且自缚其身投案自首。当时的谏官陈子昂建议将徐元庆处死，但可以在他住的地方立牌坊予以表彰，并且请求把这种处理办法编进法典，永远当作国家法律。我个人私下里认为这是不对的。

注释

1 **伏：** 敬词。古时臣对君奏言多用之。**天后：** 即武则天，名曌，唐并州文水（今山西文水东）人，永徽六年（655）立为皇后。载初元年（690），自立为帝，改国号为周，是我国历史上唯一的女皇帝。

2 **下邽**（guī）：今陕西渭南。

3 **卒：** 最终。**手刃：** 亲自用刀杀掉。

4 **束身：** 自缚其身。表示归顺。

5 **陈子昂：** 字伯玉，唐梓州射洪（今四川射洪）人。睿宗文明元年（684）进士。陈子昂针对此案写有《复仇议状》。**旌：** 表彰。**闾**（lǘ）：民户聚居处，里巷。

6 **窃：** 私下，私自。多用作谦词。**过：** 有错失。

原文

臣闻礼之大本[1]，以防乱也，若曰无为贼虐[2]，凡为子者杀无赦[3]。刑之大本，亦以防乱也，若曰无为贼虐，凡为理者[4]杀无赦。其本则合，其用则异，旌与诛[5]莫得而并焉。诛其可旌，兹谓滥[6]，黩[7]刑甚矣。旌其可诛，兹谓僭[8]，坏礼甚矣。果以是示于天下，传于后代，趋[9]义者不知所以向，违[10]害者不知所以立，以是为典，可乎？

译文

我听说礼最主要的作用是防止秩序混乱，如果说不许残害，那么凡是被害人的儿子都要为父亲报仇杀人，不能饶恕。刑最主要的作用，也在于防止秩序混乱，如果说不许残害，那么凡是治理百姓的官吏都要处死杀人犯，不能赦免。“礼”与“刑”的基本作用是一致的，但它们的具体应用却不相同，据礼加以表彰和据刑加以杀戮是不能同时用于一个人的。杀掉那些应该表彰的，这就叫滥杀，是严重的滥用刑罚；表彰那些应该处死的，这就叫作错誉，是严重的破坏礼制。如果将这种处理办法公诸天下，留传给后代，那么追求正义的人就不知道目标如何设定，规避犯罪的人不知道如何生存，把这作为国家的法典，可以吗？

注释

1 **大本：**事物最主要的功能。

2 **贼虐：**残害。

3 **赦：**宽免罪过，饶恕。

4 **为理者：**治理百姓的官吏。

5 **旌：**表彰。**诛：**把罪人杀死。

6 **滥：**过度，无节制。

7 **黩**（dú）**：**滥用。

8 **僭**（jiàn）**：**此处指差错。

9 **趋：**追求。

10 **违：**避开，规避。

原文

盖圣人之制，穷理以定赏罚，本情以正褒贬，统于一而已矣。向使刺谳[1]其诚伪，考正其曲直，原始而求其端[2]，则刑礼之用，判然离矣。何者？若元庆之父，不陷于公罪，师韫之诛，独以其私怨，奋[3]其吏气，虐于非辜，州牧[4]不知罪，刑官[5]不知问，上下蒙冒[6]，吁号[7]不闻，而元庆能以戴天为大耻，枕戈[8]为得礼，处心积虑，以冲仇人之胸，介然自克[9]，即死无憾，是守礼而行义也。执事者宜有惭色，将谢之不暇[10]，而又何诛焉？其或元庆之父，不免于罪，师韫之诛，不愆[11]于法，是非死于吏也，是死于法也，法其可仇乎？仇天子之法，而戕[12]奉法之吏，

译文

大凡圣人的法则，是彻底推究事理以制定奖赏与惩罚，根据实际情况来公正地进行表扬与批评，把两者统一执行罢了。假如能查证事情的真假，考辨事情的是非，推究事情的经过，那么“刑”与“礼”的应用，就明显地区分开了。为什么这样说呢？如果徐元庆的父亲不是犯了国法，赵师韫杀害他，只是因为个人恩怨，以官骄矜，残害无辜，而州里的长官不知道加罪于他，掌理刑法的官员不责问案情，上下包庇，对于冤喊哀哭不闻不问，而元庆能够把和仇人共存看作是莫大的耻辱，认为把头枕着武器伺机报仇是符合礼制的，处心积虑，要把刺刀插入仇人的胸膛，坚定地自我担当，即使失去自己的生命也不觉遗憾，这是谨守礼法、奉行道义的行为。做长官的应该面有愧色，向他认错还来不及，为何还要诛杀他呢？如果徐元庆的父亲的确犯了死罪，赵师韫杀死他，没有违背法律，这就不是死于官吏之手，而是死于国家法律。国法难道可以仇视吗？仇视天子的国法，而残害执行法律的官吏，这是狂悖

是悖骜[13]而凌上也。执而诛之，所以正邦典，而又何旌焉？

不法、犯上作乱的行为。官府逮捕他并处以死刑，从而肃正国法，又有什么要表彰的呢？

注释

1 **向使**：假使。**刺谳**：查证，调查定案。

2 **端**：事情的经过。

3 **奋**：骄矜，矜夸。

4 **州牧**：职官名。指朝廷所委派的州郡最高行政首长。

5 **刑官**：职官名。掌理刑法的官吏。

6 **蒙冒**：蒙蔽，庇护。

7 **吁号**（yù háo）：呼喊哀哭。

8 **枕戈**：枕着武器。戈，泛指武器。指为父母报仇情殷志切。

9 **介然**：坚定执着貌。**克**：担当。

10 **不暇**：来不及。

11 **愆**（qiān）：违背。

12 **戕**（qiāng）：杀害。

13 **悖骜**：狂悖傲慢。

原文

且其议曰："人必有子，子必有亲，亲亲相仇，其乱谁救？"是惑于礼也甚矣。礼之所谓仇者，盖以冤抑沉痛，而号无告也，非谓抵罪触法，陷于大戮。而曰"彼杀之，我乃杀之"，不议曲

译文

并且陈子昂的议状还说："人都有儿子，做儿子的也一定有父母，如果人各自亲爱自己的父母而互相报仇，这种混乱无序的局面谁来拯救呢？"这是太不懂礼制了。礼制中所指的仇恨，是指含冤悲痛无处申告的情况，并不是指违法犯罪而应被处死的情况。但陈子昂却说"他杀了人，我就要杀他"，不过是不

直，暴寡胁弱而已，其非经背圣，不以甚哉！《周礼》[1]：“调人[2]掌司万人之仇。凡杀人而义者，令勿仇，仇之则死。”“有反杀[3]者，邦国交[4]仇之。”又安得亲亲相仇也？《春秋公羊传》[5]曰：“父不受诛，子复仇可也。父受诛，子复仇，此推刃[6]之道。复仇不除害。”今若取此以断两下相杀，则合于礼矣。且夫不忘仇，孝也；不爱[7]死，义也。元庆能不越于礼，服孝死义，是必达理而闻道者也。夫达理闻道之人，岂其以王法为敌仇者哉？议者反以为戮，黩刑坏礼，其不可以为典，明矣。

请下[8]臣议，附于令，有断斯狱者，不宜以前议从事。谨议。

分是非曲直而欺寡凌弱罢了，这难道不是严重违反常道，背离经典和圣贤的教诲吗！《周礼》记载：“调人负责处理人们之间的仇怨。凡是杀人符合道义的，令其不准报仇，报仇就处以死刑。”“有因为要报杀人之仇而杀人的，国家都要把他当仇人看待。”又怎么会出现亲亲相仇的情况呢？《春秋公羊传》说：“父亲罪不当死而被处死了，儿子报仇是允许的。父亲罪当死，而儿子复仇，就是蓄意报复，这样报仇并不能除去祸害。”现在如果拿这个原则来评判他们两相残杀的案件，便符合礼法了。况且，不忘记报父之仇，这是孝顺；不吝惜死，这是大义。徐元庆能不违背礼法，为义尽孝而死，他一定是通晓事理和懂得大道的人。通晓事理、懂得大道的人，难道会把国法当作仇敌吗？陈子昂反而动议处死他，这是滥用刑法败坏礼制，这种处理办法不可以用来作为国家的法典，是很明显的了。

恳请朝廷颁布我的奏议，附在法令的后面，有审理这一类案件的人，不应该按陈子昂的奏议执行。我恭敬地提出这个建议。

注释

1 **《周礼》**：亦称《周官》或《周官经》，是周王室官制和战国时代各国制度，以及儒家政治理想文献的汇编。

2 **调人：**周官名。负责调解民众之间的争端。

3 **反杀：**报杀人之仇而杀人。

4 **交：**俱，皆。

5 **《春秋公羊传》：**相传为战国齐人公羊高所著，是阐释《春秋》的一部著作。

6 **推刃：**泛称用刀剑刺杀或复仇。

7 **爱：**吝惜。

8 **下：**颁布。

桐叶封弟辨

导读

本文最能体现柳宗元的独立思辨精神，是历代论辩文中的佳作。作者通过对天子拥有至高权力观念的挑战，展现了大胆的革新意识，更进一步论述了朝臣辅佐君主的正道。文中“凡王者之德，在行之何若，设未得其当，虽十易之不为病。要于其当，不可使易也，而况以其戏乎”的观点，对于现今治国理政，仍然具有借鉴意义。

原文

古之传[1]者有言，成王以桐叶与小弱弟[2]，戏曰：“以封汝。”周公[3]入贺，王曰：“戏也。”周公曰：“天

译文

古代写书传的人记载说，周成王拿桐叶送给年幼的弟弟，开玩笑说：“以它为凭证册封你。”于是周公入朝祝贺，成王说：“我是开玩笑的。”周公

子不可戏。”乃封小弱弟于唐[4]。

说：“天子不可开玩笑。”于是把年幼的弟弟封在唐地。

吾意不然。王之弟当封耶？周公宜以时言于王，不待其戏而贺以成之也。不当封耶？周公乃成其不中[5]之戏，以地以人与小弱者为之主，其得为圣乎？且周公以王之言不可苟焉而已，必从而成之耶？设有不幸，王以桐叶戏妇寺[6]，亦将举而从之乎？凡王者之德，在行之何若。设未得其当，虽十易之不为病。要于其当，不可使易也，而况以其戏乎？若戏而必行之，是周公教王遂过[7]也。

我认为这是不可能的。如果成王的弟弟应当受封，周公应及时对成王说，不会等他开玩笑时用祝贺的方式来促成它。如果不应当受封，周公就把成王不恰当的玩笑变成事实，把土地和人民交给年幼的人并成为那里的统治者，他能算是圣人吗？况且周公认为成王的话不能随便说，说了就一定要听从并且实行吗？假使不幸成王用桐叶跟宫中的妇人、宦官开玩笑，难道也要全都听从吗？大凡帝王的德行，在于做得如何。假使不恰当，即使改变十次也不算错。要是恰当，就不可改变，何况是开玩笑的话呢？如果开玩笑的话也一定要实行，这就是周公教成王顺成过失了。

注释

1 **传**(zhuàn)：书传。此处指《吕氏春秋·重言》和《说苑·君道》。

2 **成王**：周成王姬诵，武王子。周武王死后继位，年仅十三岁，由叔父周公旦辅政。**小弱弟**：年幼的弟弟。指周成王之弟叔虞。

3 **周公**：周公姓姬名旦，亦称“叔旦”，周文王姬昌第四子，周武王的同母胞弟。他先后辅佐周武王、周成王。

4 **唐**：诸侯国名，在今山西翼城、襄汾一带。

5 **中**(zhòng)：符合，恰当。

6 **妇寺:** 妇人与宦官。

7 **遂过:** 顺成过失，掩饰过失。

原文

吾意周公辅成王宜以道，从容优乐，要归之大中[1]而已，必不逢其失而为之辞。又不当束缚之，驰骤[2]之，使若牛马然，急则败矣。且家人父子尚不能以此自克，况号为君臣者耶？是直小丈夫𫊸𫊸者之事[3]，非周公所宜用，故不可信。

或曰：封唐叔[4]，史佚成之[5]。

译文

我认为周公辅佐成王应该用正道，从容舒缓，悠闲和乐，总之要合乎中正之道就是了，一定不会迎合他的过失而为他托辞辩护。也不应当束缚他，趋承他，像驱使牛马一样，过急就要坏事了。就是家中父子之间尚且不能用这种办法制约，何况为君称臣之人呢？这不过是庸人和诈伪之人的所为，不是周公所应当做的，因此不可相信。

也有史书记载说：把唐地封给叔虞，是史佚促成的。

注释

1 **大中:** 中正之道。

2 **驰骤:** 奔竞，趋承。

3 **小丈夫:** 庸俗卑贱的人。**𫊸𫊸者:** 疏薄诈伪的人。𫊸，通“缺”。

4 **唐叔:** 即周成王之地叔虞。因封地于唐，故又称“唐叔”。

5 **史佚:** 西周初期史官尹佚。先后在西周文王、武王、成王三朝为官，成王时与周公、召公、太公合称“四辅”。《史记·晋世家》认为周成王桐叶封弟之事是由史佚促成的。

段太尉逸事状[1]

导读

唐元和九年（814）于永州作。时柳宗元42岁。本文以几个有内在联系的故事勾勒出段太尉的形象。作者善于使用映衬、烘托的手法表现人物，语言简洁有力，作者的评价和情感从叙述方式中自然流露，其中可见柳宗元对司马迁《史记》写作方法的学习继承。

原文

太尉始为泾州[2]刺史时，汾阳王以副元帅居蒲[3]。王子晞为尚书[4]，领行营节度使[5]，寓军邠州[6]，纵士卒无赖[7]。邠人偷嗜暴恶[8]者，卒以货窜名军伍中[9]，则肆志[10]，吏不得问。日群行丐取于市，不嗛[11]，辄奋击折人手足，椎釜鬲瓮盎盈道上[12]，袒臂徐去，至撞杀孕妇人。邠宁节度使白孝德以王故[13]，戚不敢言。

译文

段太尉刚担任泾州刺史时，汾阳王郭子仪任副元帅驻蒲州。他的儿子郭晞为尚书，兼任副元帅行营的节度使，军队驻于邠州，他放纵士兵胡作非为。邠州轻薄无行、凶恶残暴的人，大都以财物买通官吏混入军队，然后就为所欲为，当地的官员不能过问。他们每天成群结队在街市上敲诈勒索，得不到满足，就奋力击打断别人的手脚，把釜鬲瓮盎砸得满街都是，然后袒露着胳膊扬长而去，甚至还撞死怀孕的妇女。邠宁节度使白孝德因为郭子仪的缘故，担忧而不敢作声。

太尉自州以状白府[14]，愿计事。至则曰："天子以生人[15]付公理，公见人被暴害，因恬然，且大乱，若何?"孝德曰："愿奉教。"太尉曰："某为泾州，甚适，少事。今不忍人无寇暴死，以乱天子边事。公诚以都虞候命某者[16]，能为公已乱，使公之人不得害。"孝德曰："幸甚!"如太尉请。

段太尉从泾州用公文禀告邠宁节度使府，请求商议公事。到达后就说："皇帝把百姓交给您治理，您看到百姓被施暴戕害，仍旧若无其事，这样将会出大乱子，该怎么办?"白孝德说："希望接受您的教导。"段太尉说："我在泾州很闲适，公事较少。如今不忍看到百姓没有战乱却被残害致死，以扰乱国家的边防。您如果能把都虞候的职位委任给我，我就能为您制止暴乱，使您治下的百姓不遭祸害。"白孝德说："太好了!"便依照段太尉的请求去做。

注释

1 **段太尉:** 段秀实，字成公，陇州汧(qiān)阳(今陕西千阳)人。唐德宗建中四年(783)，朱泚谋划称帝，召段议事。段勃然而起，用笏板击破朱的额头，随即被杀害。德宗赠"太尉"，谥号"忠烈"。**逸事状:** 行状的变体。行状，记述死者生平事迹的一种传记类文体。逸事状主要侧重于记述散佚事件，不详记生平。

2 **泾(jīng)州:** 因泾水得名。在今甘肃泾川北。

3 **汾阳王:** 即郭子仪，因平定安史之乱有功，被任命为尚书令，后又晋封为汾阳郡王。**蒲:** 蒲州。古称"蒲坂"，唐代辖境相当于今山西永济、河津、万荣等市县及运城西南部分地区。

4 **王子晞:** 郭晞，郭子仪第三子。时郭晞任左散骑常侍。后历任开府仪同三司、检校工部尚书兼太子宾客等职。卒后赠兵部尚书。

5 **领:** 兼任。**行营:** 出征时的军营或特指统帅出征时办公的地方。此处指郭晞统帅的军营。**节度使:** 官名。唐朝设，掌管一道或数州的军民要政，事权甚重。

6 **邠(bīn)州:** 唐开元十三年(725)改豳州为邠州。治所在新平(今陕西彬县)。

7 **纵:** 放任。**无赖:** 蛮横、撒泼的行为。

8 **偷:** 浅薄,不厚道。**嗜:** 贪婪。

9 **货:** 财物。**窜名:** 谓以不正当手段列名其中。

10 **肆志:** 任意。

11 **嗛(qiè):** 通"慊"。满足,快意。

12 **椎(chuí):** 敲打,用椎打击。**釜(fǔ):** 古代炊器。**鬲(gé):** 古代炊器。用于烧煮或烹炒的锅,特指类似于鼎状的三足炊具。**瓮(wèng):** 盛水或酒的陶器。**盎(àng):** 腹大口小的瓦盆。**盈:** 满。

13 **邠宁:** 唐方镇名。治所在邠州(今陕西彬县)。**白孝德:** 龟兹(今新疆库车)人。唐朝将领。

14 **状:** 文体名。向上级陈述意见或事实的文书。**白:** 禀告。**府:** 指邠宁节度使的官府。

15 **生人:** 百姓。

16 **诚:** 如果。**都虞候:** 唐朝中后期诸节度使置,掌整肃军纪重职。**命:** 任命。**某:** 段秀实的自称。

原文

既署[1]一月,晞军士十七人入市取酒,又以刃刺酒翁,坏酿器,酒流沟中。太尉列[2]卒,取十七人,皆断头注槊[3]上,植[4]市门外。晞一营大噪[5],尽甲[6]。孝德震恐,召太尉曰:"将[7]奈何?"太尉曰:"无伤也,请辞于军。"孝

译文

段太尉担任都虞候一个月后,郭晞部队的十七名军士到街上索酒,又用刀刺卖酒的老头儿,砸破酒缸,酒流到沟里。段太尉部署士兵,逮捕了这十七人,全部被砍下了头系在长矛上,竖立在市场门外。郭晞的整个军营叫嚷喧闹,士兵全部穿上铠甲。白孝德震惊恐惧,把段太尉召来说:"这该怎么办?"段太尉说:"不要紧,请让我到军营中

德使数十人从太尉，太尉尽辞去，解佩刀，选老躄[8]者一人持马，至晞门下。甲者出，太尉笑且入曰：“杀一老卒，何甲也？吾戴吾头来矣。”甲者愕。因谕[9]曰：“尚书固负若属[10]耶？副元帅固负若属耶？奈何欲以乱败郭氏？为白尚书，出听我言。”晞出，见太尉，太尉曰：“副元帅勋塞天地，当务始终。今尚书恣卒为暴，暴且乱，乱天子边，欲谁归罪？罪且及副元帅。今邠人恶子弟以货窜名军籍中，杀害人，如是不止，几日不大乱。大乱由尚书出，人皆曰尚书倚副元帅不戢[11]士，然则郭氏功名其与存者几何？”言未毕，晞再拜曰：“公幸教晞以道，恩甚大，愿奉军以从。”顾叱左右曰：“皆解甲，散还火伍[12]中，敢哗者死！”太尉曰：“吾未晡食[13]，请假设草

去讲话。”白孝德派几十人跟从段太尉，他全都谢绝，解下自己的佩刀，挑选了一名跛足的老兵牵马，来到郭晞军营的门前。武装的士兵冲了出来，段太尉边笑边往里走，说：“杀死一个老兵，何必穿铠甲？我顶着自己的脑袋来了。”武装的士兵惊愕不已，段太尉于是开导说：“郭尚书本来亏待过你们吗？郭副元帅本来亏待过你们吗？为什么要用暴乱来败坏郭家？为我禀报郭尚书，请他出来听我说话。”郭晞出来见段太尉，段太尉说：“郭副元帅的功勋充斥天地之间，应当务求善始善终。如今您放纵士卒行暴，暴行必将引发动乱，扰乱国家的安宁，这将归罪于谁？这罪过还将连累副元帅。现在邠州的不良子弟用财物买通官吏混入军籍，杀害百姓，如果这样再不制止，不出几天就大乱了。大乱由您引起，人们都会说‘尚书您依仗副元帅的权势不约束士兵’，那么郭家的功业名声还能保全多少？”话还没说完，郭晞拜了两拜，说：“幸亏您用正确的道理教导我，恩德甚大，我愿意率领全军听从。”他回头呵斥随从的士兵说：“全都卸除铠甲，解散归队，胆敢喧闹者处死！”段太尉说：“我还没有吃晚饭，请为我提供些简餐。”吃完饭，又说：“我的病发作

具[14]。”既食，曰：“吾疾作，愿留宿门下。”命持马者去，且旦日来。遂卧军中。晞不解衣，戒候卒击柝卫太尉[15]。旦，俱至孝德所，谢不能，请改过，邠州由是无祸。

了，希望留在营中过夜。”他吩咐牵马的人回去，明天再来。随即睡在军营里。郭晞夜里没有脱衣服，告诫巡逻的士兵打更巡夜保卫段太尉。第二天清晨，两人一起到白孝德处，郭晞为自己治军无能谢罪，表示愿意改过，邠州从此再也没有祸害发生。

注释

1 **署**：代理、暂任或试充官职。
2 **列**：部署，安排。
3 **注**：拴缚。**槊**（shuò）：长矛。
4 **植**：竖立。
5 **噪**（zào）：叫嚷，喧闹。
6 **甲**：把铠甲穿在身上。
7 **将**：打算。
8 **躄**（bì）：跛脚。
9 **谕**：教导，教诲。
10 **负**：背弃，辜负。**若属**：你们。
11 **戢**（jí）：约束。
12 **火伍**：指军队。唐代兵制，五人为伍，十人为火。
13 **哺**（bū）**食**：晚餐。哺，申时，下午三时至五时。
14 **假**：给予，提供。**草具**：粗糙的饮食。
15 **戒**：告诫。**柝**（tuò）：巡夜打更用的梆子。

原文

先是[1]，太尉在泾州为营田官[2]。泾大将焦令

译文

此前，段太尉在泾州为营田副使。泾州驻军将领焦令谌夺取民田，把数十

谌[3]取人田，自占数十顷，给与农，曰："且熟，归我半。"是岁大旱，野无草，农以告谌。谌曰："我知入数而已，不知旱也。"督责益急。且饥死，无以偿，即告太尉。太尉判状，辞甚巽[4]，使人求谕谌。谌盛怒，召农者曰："我畏段某耶？何敢言我！"取判[5]铺背上，以大杖击二十，垂死，舆来[6]庭中。太尉大泣曰："乃我困汝！"即自取水洗去血，裂裳衣[7]疮，手注善药，旦夕自哺农者，然后食。取骑马卖，市谷代偿，使勿知。淮西寓军帅尹少荣[8]，刚直士也，入见谌，大骂曰："汝诚人耶？泾州野如赭[9]，人且饥死，而必得谷，又用大杖击无罪者。段公，仁信大人也，而汝不知敬。今段公唯一马，贱卖市谷入汝，汝又取不耻。凡为人，傲天灾、犯大人、击无罪者，又取仁者谷，使主人出无

顷田地据为己有，租给农民耕种，说："庄稼快要成熟时，一半归我。"这一年大旱，田野里寸草不生，农民将灾情报告给焦令谌。焦令谌说："我只知道收租的数目，不知道旱灾。"于是更加紧迫地催逼粮租。农民快要饿死，无法交纳，就告诉段太尉。段太尉的判决词写得很委婉卑顺，并派人向焦令谌求情。焦令谌大怒，把那个农民叫来，说："我害怕段某人吗？竟敢控告我！"于是把判决书铺到农民的背上，用大棒痛打二十下，打得他几乎死去，焦令谌令人把农民抬到段太尉的官厅上。段太尉大哭说："是我害了你！"随即亲自取水为他洗去血迹，撕开自己的衣裳为他包扎创伤，亲自为他敷上好药，早晚给他喂饭，然后自己才进食。段太尉把骑的马卖掉，买粮食替他偿还粮租，还不让农民知道。驻防泾州的淮西军队主帅尹少荣，为人刚强正直，去见焦令谌，大骂道："你真的是人吗？泾州的田野荒芜寸草不生，人都快饿死了，你却坚持要收租，又用大棒痛打无罪的人。段公是位仁爱诚信的尊者，你却不懂得敬重他。如今段公仅有的一匹马，贱价卖了买粮食交纳给你，你又居然恬不知耻地收下。作为一个人，无视天灾、冒犯尊

马，汝将何以视天地？尚不愧奴隶耶？”谌虽暴抗[10]，然闻言则大愧流汗，不能食，曰：“吾终不可以见段公。”一夕自恨死。

者、棒打无辜，又收取仁德之士的粮食，使地方长官出门坐骑都没有，你还如何能面对天地？简直连奴才都不如！”焦令谌虽然性情暴躁抗直，可是听了这番话却羞愧得汗流浃背，吃不下饭，说：“我永远无脸面再见段公。”一夜之间自己悔恨而死。

注释

1 **先是：**即“先于是”，以前。

2 **营田官：**唐制，万人以上军队设营田副使一人，职掌军队屯垦田事。

3 **焦令谌**(chén)**：**泾州节度使马璘的部将。

4 **巽**(xùn)**：**卑顺，委婉。

5 **判：**判决书。

6 **舆：**抬。

7 **衣**(yì)**：**包扎。

8 **淮西：**淮西镇，在今河南许昌、信阳一带。

9 **赭**(zhě)**：**赤地。指田野寸草不生的荒芜景象。

10 **暴抗：**性情暴躁抗直。

原文

及太尉自泾州以司农征[1]，戒其族：“过岐[2]，朱泚幸致[3]货币，慎勿纳。”及过，泚固致大绫三百匹，太尉婿韦晤坚拒，不得命。至都，太尉怒曰：“果不用吾言！”晤谢曰：

译文

后来段太尉从泾州被召至长安任司农卿时，他告诫族人说：“路过岐州时，朱泚如果赠送财物，千万不能接受。”到经过岐州时，朱泚坚持要赠送三百匹织有花纹的丝绸。段太尉的女婿韦晤坚决拒绝，可是未能推辞掉。到了都城，段太尉生气地说：“果然没有听我的话！”韦晤道歉说：“我地位低下，无法拒绝。”段太尉说：“虽然

"处贱，无以拒也。"太尉曰："然终不以在吾第[4]。"以如司农治事堂[5]，栖之梁木上。泚反，太尉终，吏以告泚，泚取视，其故封识具存。

太尉逸事如右[6]。

如此，这些东西总归不能放到我家里。"就把礼物送到司农的治事堂，放置在屋梁上。后来朱泚反叛，段太尉被杀，司农府的官吏把此事告知朱泚。朱泚取下来观看，当初的封条及上面的标识全都还保留着。

段太尉的逸事如上所述。

注释

1 **司农**：汉九卿之一，武帝时置大司农，主管钱粮。东汉末年改为大农，魏以后改为司农或大司农。**征**：征召。

2 **岐**：岐州，辖境相当于今陕西宝鸡及凤翔、岐山、扶风、麟游等地。

3 **朱泚**（cǐ）：唐幽州昌平（今属北京）人，官至太尉。唐德宗建中四年（783），泾原兵在京师哗变，德宗出奔奉天（今陕西乾县），朱泚被立为帝，国号秦，建元应天，次年改国号为汉，自号汉元天皇。后被李晟击败，逃至彭原（今甘肃庆阳东彭原），被部将杀死。**幸**：假使，倘若。**致**：赠予。

4 **第**：宅第，住宅。

5 **如**：送往。

6 **如右**：古代文献由右向左竖行书写，故说"如右"。

原文

元和九年月日，永州司马员外置同正员柳宗元谨上史馆。

今之称太尉大节者出入[1]，以为武人一时奋不虑死，以取名天下，不知

译文

元和九年某月某日，永州司马员外置同正员柳宗元郑重地把它呈送给史馆。

现在谈论段太尉气节操守的说法不符合实际，有人认为这是武将一时冲动奋不顾身，为的是扬名天下，却不了解太尉立身行事正是如此。我曾经往来

太尉之所立如是。宗元尝出入岐、周、邠、斄[2]间，过真、定[3]，北上马岭[4]，历亭鄣堡戍[5]，窃好问老校退卒，能言其事。太尉为人姁姁[6]，常低首拱手行步，言气卑弱，未尝以色待物。人视之，儒者也。遇不可，必达其志，决非偶然者。会州刺史崔公[7]来，言信行直，备得太尉遗事，覆校无疑。或恐尚逸坠，未集太史氏，敢以状私于执事[8]。谨状。

于岐州、周原、邠州和邰国故地，路过真宁、定平，向北到达马岭，经过不少边塞堡垒，喜欢访问老年军官和退伍士兵，他们都能谈说段太尉的事迹。段太尉为人和颜悦色，经常低着头拱着手走路，言辞语气谦卑柔缓，从不用严厉的脸色待人接物。人们看他就像个斯文的读书人，碰到不同意的事，他就坚持自己的主张，绝不是偶然为之。恰巧刺史崔公来到永州，他说话诚信行为正直，我尽得段太尉的遗闻逸事，经过核对确凿无误，仍担心还有散失的逸事，没有集中到史官手里，所以冒昧地把这篇逸事状私下呈送给您。敬呈此状。

注释

1 **出入:** 不符合实际。

2 **周:** 周原，地名。位于岐山南（今陕西岐山），为周朝的发祥地。**斄**（tái）**:** 也作“邰”，古邑名，在今陕西武功南。

3 **真、定:** 唐宁州（今云南华宁）之真宁、定平。

4 **马岭:** 唐县名，在今甘肃庆城马岭镇。

5 **亭鄣:** 即亭障。古代边塞要地设置的堡垒。**堡戍:** 边防驻军的城堡、营垒。

6 **姁**（xǔ）**姁:** 言语温和亲切。

7 **崔公:** 崔能，字子才。

8 **执事:** 对人的敬称。

愚溪对

导读

唐元和五年（810）于永州作，时柳宗元38岁。作者通过虚拟与溪神的对话，在自嘲中宣泄了内心的不平。全文想象力丰富，思辨逻辑清晰，文气恣肆酣畅。

原文

柳子[1]名愚溪而居。五日，溪之神夜见[2]梦曰："子何辱予，使予为愚耶？有其实者，名固从之，今予固若是耶？予闻闽[3]有水，生毒雾厉气，中之者温屯[4]呕泄；藏石走濑[5]，连舻糜解[6]；有鱼焉，锯齿锋尾而兽蹄，是食人，必断而跃之，乃仰噬[7]焉，故其名曰恶溪。西海[8]有水，散涣而无力，不能负芥[9]，投之则委靡垫没[10]，及底而后止，故其名曰弱水。秦[11]有水，

译文

柳先生为愚溪命名并在那里住下。过了五天，夜里溪神出现在梦中，说："你为什么污辱我，让我以愚为名呢？确实愚蠢的，取名当然要按照实际，现在我确实如此愚蠢吗？我听说闽地有条溪水，发出毒雾瘴气，中毒的人会发热呕泻；水底多礁石且水流湍急，大船经过都解体粉碎；溪水里有种鱼，齿如利锯，尾如刀锋，蹄如兽类，它吃人时，必定把人咬断抛高，然后仰头吞噬，所以它的名字叫恶溪。西海有片水，涣散而没有浮力，连一根小草也不能浮起，把小草投进水里，就颓然而没，一直沉到底才停止，所以它的名字叫弱水。秦

掎汩泥淖[12]，挠混沙砾，视之分寸，眙若睨壁[13]，浅深险易，昧昧不觌[14]。乃合清渭，以自彰秽迹，故其名曰浊泾。雍之西有水，幽险若漆，不知其所出，故其名曰黑水。夫'恶''弱'，'六极'[15]也，'浊''黑'，贱名也。彼得之而不辞，穷万世而不变者，有其实也。今予甚清与美，为子所喜，而又功可以及圃畦[16]，力可以载方舟[17]，朝夕者济[18]焉。子幸择而居予，而辱以无实之名以为愚，卒不见德而肆其诬，岂终不可革耶？"

地有条河，冲搅泥浆，混杂沙砾，看它分寸之间，如同斜视泥墙，河水深、浅、安、危都昏黯模糊看不清。它与澄澈的渭水合流后，就彰显出自身的污浊，所以它的名字叫浊泾。雍州西部有条河，幽暗阴险像漆一样黑，不知道它的源头在哪里，所以它的名字叫黑水。'恶''弱'，均属'六极'，'浊''黑'，是卑贱的名称。它们得到这恶名却不得不接受，历经万世而不改变，因为名符其实。现在我非常清澈秀美，为你所喜爱，又有灌溉田园的功用，有负载船舶的能力，从早到晚都可以供人过渡。您有幸选择居住在我这里，却侮辱我，用不切实际的'愚'为我命名，竟然不感激反而肆意诬陷我，难道永远不能变更吗？"

注释

1 **柳子**：柳宗元的自称。

2 **见**(xiàn)：出现。

3 **闽**：包含今浙江部分地区和福建全境。

4 **屯**(tún)：聚集。

5 **濑**(lài)：急流。

6 **舻**(lú)：舳舻，大船。**縻**(mí)：粉碎，捣烂。**解**：解体。

7 **噬**(shì)：咬，吞。

8 **西海**：郡名。汉朝设置，辖境约在今青海境内。

9 **芥**(jiè): 小草。比喻轻微纤细的事物。

10 **委靡**: 同“萎靡”。颓丧。**垫没**: 沉没。

11 **秦**: 古地区名。指今陕西中部平原地区。因春秋战国时为秦国地,故名。

12 **掎汩**(jǐ gǔ): 牵动,扰乱。**泥淖**(nào): 泥泞的低洼地,也指烂泥,泥坑。

13 **眙**(chì): 注视。**睨**(nì): 斜视。

14 **昧**(mèi)**昧**: 昏暗不明。**不觌**(dí): 不见。

15 **六极**:《尚书·洪范》所言六种极凶恶的事,即凶、短、折,疾,忧,贫,恶,弱。

16 **圃畦**(qí): 种植蔬菜的园地。

17 **方舟**: 两船相并。

18 **济**: 渡河。

原文

柳子对曰:“汝诚无其实,然以吾之愚而独好汝,汝恶得避是名耶?且汝不见贪泉[1]乎?有饮而南者,见交趾[2]宝货之多,光溢于目,思以两手左右攫[3]而怀之,岂泉之实耶?过而往贪焉犹以为名,今汝独招愚者居焉,久留而不去,虽欲革其名,不可得矣。夫明王之时,智者用,愚者伏。用者宜迩[4],伏者宜远。今汝之托也,

译文

柳先生回答说:“你实际上确实并不愚蠢,但是如我这样愚蠢的人偏偏喜欢你,你怎能躲避这个名字呢?况且你没有见过贪泉吗?有喝了它的水往南方去的人,看到交趾的珍宝很多,光彩夺目,便想用双手左右抓取揣进怀里,这难道是贪泉的本质吗?经过贪泉到别处的人贪婪了尚且用“贪”为它命名,现在你偏偏招引愚蠢的人居住在这里,又久居不离去,即使想更改名字也没办法了。贤明的君主当政时,智者被提拔任用,愚者潜藏。受任用的人应当在近处,被潜藏的人应远离。如今你托身的

远王都三千余里，侧僻回隐，蒸郁之与曹[5]，螺蚌之与居，唯触罪、摈[6]辱、愚陋、黜伏者，日侵侵[7]以游汝，闯闯以守汝[8]。汝欲为智乎？胡不呼今之聪明皎厉[9]握天子有司[10]之柄以生育天下者，使一经于汝，而唯我独处？汝既不能得彼而见获于我，是则汝之实也。当汝为愚而犹以为诬，宁有说耶？”

地方，远离京城三千多里，卑陋、邪僻、闭塞，与蒸腾的瘴气为伴，与田螺河蚌同居，只有犯了罪被排斥侮辱、愚蠢无知被谪伏的人，每天在你身边频繁地游走，窥探监视着你。你想有‘智’的名号吗？为什么不叫当今清高自持、掌握着朝廷大权、统治天下百姓的人，让他们经过你这里，而不是只有我独自住在这里呢？你既然不能得到他们的重视而被我赏识，这就是你的实际处境了。应当说你愚而你还以为是诬蔑，难道你还有什么可以辩解的吗？”

注释

1 **贪泉**：在今广东石门。相传饮此泉水的人会起无限贪欲。

2 **交趾**：原为古地区名。泛指五岭以南。

3 **攫**(jué)：抓取。

4 **迩**(ěr)：近。

5 **蒸郁**：蒸腾的瘴气。**曹**：群。

6 **摈**(bìn)：排斥，弃绝。

7 **侵侵**(qīn)：频繁貌。

8 **闯闯**：窥视貌。**守**：监视。

9 **皎厉**：清高自持。

10 **有司**：官吏。职有专司，故称为“有司”。

原文

曰：“是则然矣。敢问子之愚何如而可以及我？”

译文

溪神说：“的确如此啊，请问你的愚蠢为什么会牵连到我呢？”柳先生

柳子曰：“汝欲穷我之愚说耶？虽极汝之所往，不足以申吾喙[1]；涸汝之所流，不足以濡吾翰[2]。姑示子其略：吾茫洋乎无知，冰雪之交，众裘我絺[3]；溽暑之铄[4]，众从之风，而我从之火。吾荡而趋，不知太行之异乎九衢[5]，以败吾车；吾放而游，不知吕梁[6]之异乎安流，以没吾舟。吾足蹈坎井，头抵木石，冲冒榛棘[7]，僵仆虺蜴[8]，而不知怵惕[9]。何丧何得，进不为盈，退不为抑，荒凉昏默，卒不自克，此其大凡者也。愿以是污汝，可乎？”

于是溪神深思而叹曰：“嘻！有余矣，其及我也。”因俯而羞，仰而吁，涕泣交流，举手而辞。一晦一明，觉而莫知所之。遂书其对。

说：“你想彻底了解我愚蠢的情况吗？即使走到你的尽头，也不能够让我把要说的话说完；即使干竭你的流水，也不能够沾湿我的毛笔。姑且告诉你大略：我茫然无知，冰雪交加之时，人们穿皮衣我穿葛布单衣；闷热的盛夏，人们在风中乘凉，可我却就火炙烤。我冲撞奔趋，不知道太行山路不同于通达的坦途，以致毁坏了我的车；我放任地游航，不知道吕梁水不同于平静的河流，以致沉没了我的船。我脚踩陷阱，头撞树石，冲顶荆棘，跌倒碰到蜥蜴，却不懂得戒惧。分不清失去和获得，进用时不懂满足，黜退后不知抑制，内心荒凉昏默，始终不能自制，这些就是我愚蠢的大致情形。想拿这些来玷污你可以吧？”

这时溪神深思而叹息说：“嘻！你愚蠢的事情已多得有余，的确可以牵连到我了。”随即低头羞愧，抬头长叹，痛哭流涕，举手告别。天由暗到明，我梦醒后不知他的去向，于是记下上述对答。

注释

1 **喙（huì）**：借指人的嘴。

2 **濡（rú）**：沾湿。**翰**：毛笔。

3 **裘**：皮衣。**絺**（chī）：细葛布。

4 **溽**（rù）**暑**：夏季潮湿闷热的天气。

5 **九衢**（qú）：四通八达的道路。

6 **吕梁**：水名。又称“吕梁洪”。在今江苏徐州东南五十里。有上下二洪，相去七里，波涛汹涌。

7 **榛棘**：犹荆棘。

8 **虺蜴**：蜥蜴。

9 **怵**（chù）**惕**：戒惧，惊惧。

起废答

导读

唐元和九年（814）于永州作。柳宗元被贬永州，业已十年。作者以“东祠躄浮图，中厩病颡之驹”的故事暗喻当时的唐宪宗宠信宦官而疏远朝官，造成贤愚不分的政局，由此再指出自己被废黜十年而不被起用的原因是品德不佳和才俊广众，其正话反说的叙述方法清晰明了。文章骈散结合，大量的排比句使叙事状物生动形象，入木三分。句子结构错落有致，作者利用同字数语句铺陈一组具象，节奏分明，铿锵有力。

原文

柳先生既会州刺史即治事[1]，还，游于愚溪之上。溪上聚黧老、壮齿十有一人[2]，谡[3]足以进，列植[4]以庆。卒

译文

柳先生参加过新任刺史的任职仪式后，返回家，到愚溪闲游。溪岸边聚集着老人和壮年男子十一人，他们抬步向前，列队站立向柳先生问候。之

事，相顾加进[5]而言曰：“今兹是州起废者二焉，先生其闻而知之欤？”

答曰：“谁也？”

曰：“东祠躄浮图，中厩病颡之驹[6]。”

曰：“若是何哉？”

后，互相看看靠上前说：“如今我们州里起用了两个废弃之物，先生曾否已听说了？”

柳先生回答说：“谁呢？”

人们说：“城东寺庙里的跛脚和尚，官府马厩里额头有病的马。”

柳先生说：“这是怎么回事呢？”

注释

1 **柳先生：**作者自称。**既：**完毕。**会：**参加。**即治事：**到任仪式。

2 **黧（lí）老：**老人。**壮齿：**年龄在三十岁至四十岁之间，身体强壮的人。

3 **谡（sù）：**抬起。

4 **列植：**成行地种植。此处指列队站立。

5 **加进：**更上前靠近。

6 **祠：**供奉鬼神、祖先或先贤的庙堂。**躄（bì）：**跛脚。**浮图：**佛或佛教徒的梵语音译。也专指和尚。也作“浮屠”“佛图”。**中厩（jiù）：**原指宫中的马厩，此处指官府的马厩。**颡（sǎng）：**额头。

原文

曰：“凡为浮图道者，都邑[1]之会必有师。师善为律[2]，以敕戒始学者与女释者[3]，甚尊严，且优游。躄浮图有师道，少而病躄，日愈以剧，居东祠十年，扶服舆曳[4]，未尝及人，侧匿[5]愧恐殊甚。今年，他有师道者悉以故

译文

人们说：“凡是信奉佛教的地方，城镇里一定有法师。法师精通戒律，用来训诫初出家的人和尼姑，非常有尊严，而且悠闲自在。跛脚和尚有从师问学之道，自小就瘸了，一天比一天严重，在城东寺庙住了十年，匍匐前进或靠车拉着走，从未接触他人，畏缩在庙宇内极度羞愧惶恐。今年，别的有师法的人都逝去了，初出家的人和尼姑们都因没有法

去，始学者与女释者伥伥无所师，遂相与出躄浮图以为师，盥濯[6]之，扶持之，壮者执舆，幼者前驱，被以其衣，导以其旗，怵惕疾视[7]，引且翼之。躄浮图不得已，凡师数百生。日馈饮食，时献巾帨[8]，洋洋也，举莫敢逾其制。中厩病颡之驹，颡之病亦且十年。色玄不厖[9]，无异技，硿然[10]大耳。然以其病，不得齿[11]他马，食斥弃异皂[12]，恒少食。屏立摈辱[13]，掣顿[14]异甚，垂首披耳，悬涎属地。凡厩之马，无肯为伍。会今刺史以御史中丞来莅吾邦，屏弃群驷[15]，舟以泝[16]江，将至，无以为乘。厩人咸曰：'病颡驹大而不厖，可秣饰焉。他马巴、僰庳狭[17]，无可当吾刺史者。'于是众牵驹上燥土大庑[18]下，荐之席，縻之丝，浴剔蚤鬋[19]，刮恶除洟[20]，

师而忧思失意，于是一起请跛脚和尚出来当法师，众人为他盥洗干净，搀扶着他，身强力壮的人为他驾车，年纪幼小的人为他开道，给他披上法师的衣服，为他导引法师的旗帜，紧张警惕地怒目而视，在前方引导并左右护卫着他。跛脚和尚身不由己，一共收了数百名生徒。生徒每天送给他饮食，时常献上手巾，跛脚和尚洋洋得意，所有人都不敢违反他的戒规。官府的马厩里那匹额头有病的马，额头的病也近十年了。它毛色纯黑无杂色，没有特别的本事，不过身躯庞大罢了。然而因为它生病，不能与其他马并列，进食时被嫌弃斥责到不同的食槽，经常缺少饲料。它只得退避而立，受排斥侮辱，十分困顿，低垂着脑袋耷拉着耳朵，淌下的口水一直拖到地上。马厩里的马，没有肯与它在一起的。恰巧今任刺史以御史中丞的官衔莅临我们州，他弃车马，乘船溯江而上，快要到达时，没有马可供乘用。马房的人都说：'额头有病的那匹马体形高大、毛色不杂，可以将它喂养装饰以供使用。其他的马都又矮又小，不配给我们刺史乘用。'于是人们就把那病马牵到地面干燥的廊屋下，垫上席子，系上丝缰，为它洗刷清理、修剪马蹄，刮掉污垢、清除涕唾，喂饲铡碎的

荃以雕胡[21]，秣以香萁[22]，错贝鳞镶[23]，凿金文羁[24]，络以和铃[25]，缨以朱绥[26]。或膏其鬣[27]，或劚其脽[28]，御夫尽饰，然后敢持。除道履石，立之水涯。幢旍[29]前罗，杠盖[30]后随，千夫[31]翼卫，当道上驰，抗首出臆[32]，震奋遨嬉。当是时，若有知也，岂不曰宜乎？”

菰草和喷香的萁草，马腹带上镶嵌鱼鳞般的贝壳，马络头上装饰雕花的金饰，车轼前和旗上都系上铃铛，马身缠系上红色的牵索。有人往马鬃上搽油，有人在马臀上打磨，驭马的人打扮齐整，才敢牵它出来。人们清除道路上的石块，让它站立在水边。前面罗列旌旗，有华盖的车子后面跟随着，武士在两旁护卫，让它在大道上奔驰，昂首挺胸，意气风发遨游嬉戏。这个时候，假如马有智慧的话，难道不说这是应该的吗？”

注释

1 **都邑：**城市。

2 **律：**佛教的戒律。

3 **敕(chì)戒：**告诫，警示。**女释者：**尼姑。

4 **扶服：**同“匍匐”，亦作“扶伏”。**舆曳：**用车拉。

5 **侧匿：**形容畏缩犹豫、迟疑不进的样子。

6 **盥濯：**洗涤。

7 **怵惕：**紧张警惕。**疾视：**怒目而视。

8 **巾帨(shuì)：**手巾。

9 **玄：**黑色。**厖(máng)：**杂乱。

10 **硿(kōng)然：**庞大的样子。

11 **齿：**并列。

12 **皂(zào)：**喂牛马的食槽。

13 **屏(bǐng)：**退避。**摈(bìn)：**排斥，弃绝。

14 **掣(chè)顿：**犹困顿。

15 **驷：**古代同驾一辆车的四匹马，或套着四匹马的车。

16 **泝(sù):**逆着水流的方向行进。

17 **庳(bì)狭:**低矮，短小。

18 **庑(wǔ):**堂下周围的廊屋。

19 **剔:**清除。**蚤:**通"爪"(zhǎo)。指甲，脚趾。指修剪马蹄。**鬋(jiǎn):**通"剪"。剪断。

20 **洟(tì):**鼻涕。

21 **莝(cuò):**铡草。**雕胡:**菰。多年生草本植物，生在浅水里，嫩茎称"茭白"。果实称"菰米"，可煮食。

22 **秣(mò):**喂牲口。**萁(jī):**古书上说的一种草，像荻而细。

23 **纕(xiāng):**马腹带。

24 **羁(jī):**马络头。

25 **络:**捆缚。**和铃:**古代车铃。和在轼前，铃在旗上。

26 **缨:**缠绕，系牵。**绥(suí):**指登车时手挽的绳索。

27 **膏(gào):**搽油。**鬣(liè):**此处指马颈上又长又密的毛。

28 **劘(mó):**擦，磨。**脽(shuí):**臀部。

29 **幢(chuáng):**垂筒形，饰有羽毛、锦绣的旗帜。古代常在军事指挥、仪仗行列、舞蹈表演中使用。**旟(yú):**泛指旗帜。

30 **杠盖:**车盖。杠，车盖的柄。借指有华盖的车子。

31 **千夫:**秦汉时武功爵秩名。此处指武士。

32 **抗首出臆:**昂首挺胸。

原文

先生曰："是则然矣，叟将何以教我？"

蟹老进曰："今先生来吾州亦十年。足轶[1]疾风，鼻知膻香，腹溢儒书，口盈宪章[2]，包今统古，进

译文

柳先生说："这件事就是这样，老人家对我有何见教？"

老汉往前走近了说："如今先生到我们州来也有十年了。您脚下生风，鼻子能分辨香臭，满腹经书典籍，满口典章制度，通晓古今，言行适度与贤能

退齐良。然而一废不复，曾不若躄足涎颡之犹有遭[3]也。朽人不识，敢以其惑，愿质[4]之先生。”

先生笑且答曰：“叟过矣！彼之病，病乎足与颡也。吾之病，病乎德也。又彼之遭，遭其无耳。今朝廷洎[5]四方，豪杰林立，谋猷[6]川行；群谈角智，列坐争英；披华发辉，挥喝雷霆；老者育德，少者驰声；丱角羁贯[7]，排厕鳞征；一位暂缺，百事交并；骈倚[8]悬足，曾不得逞，不若是州之乏释师大马也。而吾以德病伏焉，岂躄足涎颡之可望哉？叟之言过昭昭矣，无重吾罪。”

于是黧老、壮齿相视以喜，且吁曰：“谕之矣！”拱揖而旋，为先生病[9]焉。

的人一般。但是一朝被废黜就再也没有被起用，竟然不如跛脚和尚和额头有病流口水的马的际遇。我这个没用的人弄不明白，冒昧地提出我的疑惑，希望请教先生。”

柳先生边笑边回答说：“老人家您错了！他们的毛病，在于腿脚和额头。我的毛病，在于品德。而且他们的际遇，是遇到虚缺的机会。如今从朝廷到各地，才智勇力杰出的人众多，计谋策略像江河一样奔流；人们会谈时较量智慧，共坐时争露才华；华丽的衣服放射出光芒，高谈阔论的声音就像雷霆一般响亮；年老的修养德行，年轻的向往名誉；头发梳成两只角辫的孩子，也像鱼一样依次排列而行；一个职位暂时缺人，无数钻营的事情便发生；人们并列靠倚踮起脚争取，仍然得不到满足，不像这个州欠缺佛教法师和高头大马。我因为品德有毛病谪伏在这里，哪里可以指望瘸腿和尚和病额垂涎的马那样的际遇？老人家的话太明显了，不要加重我的罪过。”

于是老汉和壮年男子互相看着笑了笑，并且惊叹说：“明白了。”众人拱手作揖后归去，为柳先生困恼。

注释

1 **轶**：聚积。

2 **宪章**：章典制度。

3 **遭**：际遇，人生中的好运或坏运。

4 **质**：询问，请教。

5 **洎**(jì)：及，到。

6 **猷**(yóu)：计划，谋划。

7 **丱**(guàn)**角**：古代儿童束的上翘的两只角辫。**羁贯**：古代男女孩童，剪发为饰，女称"羁"，男称"贯"。

8 **骈倚**：并列倚靠。

9 **病**：苦恼，困恼。

祀朝日[1]说

导读

唐贞元二十年(804)于长安作，时柳宗元32岁，任监察御史，主持祭祀。他引经据典指出"祀朝日"是错误的说法，体现了他丰富的学识和独立思考的精神。

原文

柳子为御史[2]，主祀事[3]，将朝日，其僚[4]问曰："古之名曰朝日而已，今而

译文

我担任监察御史之职，主持祭祀的事务，准备进行朝日之礼时，我的同僚问我说："古代称此为朝日而已，现在

曰祀朝日，何也？”余曰：“古之记者，则朝，拜之云也。今而加‘祀’焉者，则朝，旦之云也。今之所云非也。”问者曰：“以夕而偶[5]诸朝，或者今之是乎？”余曰：“夕之名，则朝拜之偶也。古者旦见曰朝[6]，暮见曰夕[7]，故《诗》曰：‘邦君诸侯，莫肯朝夕。’[8]《左氏传》曰：‘百官承事，朝而不夕。’[9]《礼记》曰：‘日入而夕。’又曰：‘朝不废朝，暮不废夕’。[10]”

却称为祀朝日，这是什么原因？”我回答说：“古代记述中，朝，是朝拜的意思。现在加上一个‘祀’字，那么朝，是早晨的意思。现在的说法不对。”问我的人又说：“用夕月来与朝日相匹配，或许现在说的就对了吧？”我说：“‘夕月’这个名称，是与朝拜相匹配的。古代的人早晨朝见君主叫作朝，晚上朝见君主叫作夕，所以《诗经》说：‘邦国之君与封地诸侯，谁也不肯早晚朝见。’《春秋左氏传》说：‘文武百官治事，早上朝拜而晚上不用朝见。’《礼记》说：‘早上进见朝拜君主，晚上也进见朝拜君主。’又说：‘早上不废止朝日，晚上不废止夕月。’”

注释

1 **朝(cháo)日：**古代帝王祭日之礼。春分拜日于东门之外。

2 **御史：**当时柳宗元任监察御史。

3 **祀事：**祭祀之事务。

4 **僚：**同僚。

5 **偶：**对等。

6 **朝：**早晨朝见君主。

7 **夕：**傍晚朝见君主。

8 **《诗》：**《诗经》。中国古代第一部诗歌总集。收集了周朝初年到春秋中期的诗歌305篇。分“风”“雅”“颂”三大类。形式以四言为主，采用了赋、比、兴的艺术表现手法。这些创作手法为后代诗人所继承。汉代将《诗》列入儒家经典，称为《诗经》，为“五经”之一。**朝夕：**谓早晚朝见。

9《**左氏传**》:《春秋左氏传》,简称《左传》,一般认为是春秋时期鲁国史官左丘明所作的一部编年体史书。**承事**:治事,受事。

10《**礼记**》:战国至汉初儒家礼仪论著的总集。为研究中国古代社会、文物制度、典礼、祭祀、教育、音乐和儒家学说的重要参考书。**朝**(zhāo)**不废朝**(cháo):早上不废止朝见君主。

原文

"晋侯将杀竖襄[1],叔向夕。楚子之留乾溪[2],右尹子革夕[3]。齐之乱,子我夕[4]。赵文子砻其椽,张老夕[5]。智襄子为室美,士茁夕[6]。皆暮见也。《汉仪》:'夕,则两郎向琐闱拜,谓之夕郎。'[7]亦出是名也。故曰:大采朝日,少采夕月。[8] 又曰:春朝朝日,秋夕夕月。[9] 若是其类足矣。又加祀焉,盖不学者为之也。"僚曰:"欲子之书其说,吾将施[10]于世,可乎?"余从[21]之。

译文

"晋侯打算杀死襄,叔向于是晚上拜见晋侯。楚子留宿乾溪,右尹子革于是晚上拜见楚子。齐国发生了暴乱,子我于是晚上拜见齐侯。赵文子把椽头磨圆,张老于是晚上拜见他。智襄子建造华美的宫室,士茁于是晚上拜见他。这些都是晚上拜见君主的情况。《汉仪》说:'到了晚上,两名黄门郎向着琐闱礼拜,叫作夕郎。'也是出于这种名义。所以说:大采朝日,少采夕月。又说:春朝朝日,秋夕夕月。像这样类似的情况足够多了。在'朝日'前又加上'祀'字,大概是不学习的人做的吧。"同僚说:"希望你把刚才说的话记下来,我将它传布于世,可以吗?"我听从了他的话。

注释

1 **晋侯将杀竖襄**:竖,对宦官的蔑称。襄,人名。据《国语·晋语》记载，晋平公射鹌鹑但没射死，于是派竖襄去捕捉，竖襄没有捉到。平公大怒，把竖襄拘禁起来，准备杀掉。叔向听说后用巧妙的方法进谏，使平公赦免了竖襄。

2 **楚子之留乾溪：**楚子，楚王。乾溪，水名。春秋时属楚，在今安徽亳州东南。

3 **右尹子革：**右尹，官名。多为主管之官。子革，即郑丹，字子革，春秋时期郑穆公之孙，子然之子。他曾担任楚国的右尹。

4 **齐之乱，子我夕：**指齐国发生内乱时，子我晚上拜见齐侯事。

5 **赵文子礲其椽，张老夕：**赵文子筑房，砍削房椽后又将椽头磨圆，晋大夫张孟于是晚上拜见赵子文。礲(lóng)，磨。

6 **智襄子为室美，士茁夕：**指《国语·晋语》载晋大夫智伯建造的房屋非常华美，其家臣士茁晚上去拜见智伯事。

7《**汉仪**》：《汉官仪》，汉应劭撰，主要记载汉官制的典制史书。**夕郎：**黄门侍郎的别称。汉时，黄门侍郎可加官给事中，因亦称给事中为夕郎。

8 **大采朝日，少采夕月：**大采，古代天子祭日所穿的礼服。少采，黼衣。指古代帝王祭月所穿的礼服。

9 **春朝朝日，秋夕夕月：**春朝，春天的早晨。亦泛指春天。秋夕，秋日的傍晚。朝日、夕月指古代帝王祭日、月之礼。

10 **施：**传布。

11 **从：**听从。

天说

导读

韩愈、柳宗元二人虽政见不同，但在文学上却有不少相同的主张，二人同为古文运动的领袖人物，时有书信往来。本文即柳宗元为二人关于天道的讨论所作，是反映柳宗元唯物观的代表作之一，而刘禹锡以为文章尚未能“极其辩”，于是又作《天论》三篇继续探讨。文末“子而信子之仁义以游其内，生而死尔”是为点题之句。

原文

韩愈谓柳子曰[1]：“若[2]知天之说乎？吾为子言天之说。今夫人有疾痛、倦辱、饥寒甚者，因仰而呼天曰：‘残民者昌，佑民者殃！’又仰而呼天曰：‘何为使至此极戾[3]也？’若是者，举不能知天。夫果蓏[4]、饮食既坏，虫生之。人之血气败逆壅底，为痈疡、疣赘、瘘痔[5]，虫生之。木朽而蝎[6]中，草腐而萤飞，是

译文

韩愈对我说：“你知道关于天的学说吗？我给你讲讲关于天的学说。现在的人遇到疾病痛苦、疲惫受辱、饥饿寒冷时，就会仰头向苍天呼喊：‘残害百姓的人得势，庇护百姓的人却遭殃！’又仰天呼喊道：‘为什么要做如此罪恶的事情呢？’像这样的人，都不懂上天的意志。瓜果、食物腐坏了，就会生虫。人的血气失调瘀塞，就会长出毒疮、瘊子、赘瘤，也是像生了虫一样。树木腐朽了，内部就会生出蛀虫，草腐烂了，萤火虫就会飞出来，这些难道不

岂不以坏而后出耶？物坏，虫由之生；元气阴阳之坏，人由而生。虫之生而物益坏，食啮之，攻穴之，虫之祸物也滋甚。其有能去之者，有功于物者也。繁而息[7]之者，物之雠[8]也。人之坏元气阴阳也亦滋甚：垦原田[9]，伐山林，凿泉以井饮，窾[10]墓以送死，而又穴为偃溲[11]，筑为墙垣、城郭、台榭[12]观游，疏为川渎[13]、沟洫[14]、陂池[15]，燧木以燔[16]，革金[17]以镕，陶甄琢磨[18]，悴然[19]使天地万物不得其情，倖倖冲冲[20]，攻残败挠而未尝息。其为祸元气阴阳[21]也，不甚于虫之所为乎？吾意有能残斯人使日薄岁削，祸元气阴阳者滋少，是则有功于天地者也。繁而息之者，天地之仇也。今夫人举不能知天，故为是呼且怨也。吾意天闻其呼且怨，则有功者受赏必大矣，其祸焉者受罚亦大矣。子以吾言为何如？"

是因为物类败坏之后才出现的吗？物类败坏，虫类就从中生长出来；元气阴阳被破坏，人类于是就产生了。生虫后物类就进一步败坏，虫子咬它，蛀空它，对物类的危害越来越严重。如果有谁能除去这些虫类，就是对物类有功。谁使虫类繁殖生长，就是物类的仇敌。人类对元气阴阳的破坏也日益严重：开垦耕治原野上的田地，砍伐山林，开凿泉井饮用，挖掘墓穴埋葬死人，还要挖坑做厕所，建筑墙壁、城墙、楼台水榭以游览，疏浚河道、沟渠、池塘，钻木取火燃烧，冶炼金属熔铸，烧制陶器，雕刻和磨制玉石，使得天地万物憔悴而不得其情，人们傲慢而不停地破坏、摧残它。这样对元气阴阳造成的祸害，不比虫类所造成的危害更严重吗？我觉得有谁能够使这些人的破坏行为日益减少，对元气阴阳的祸害也日益减少，这就是对天地有功。谁要助长这些人的行为，就是天地的仇敌。现在的人都不懂上天的意旨，所以就发出了那样的呼号和责怪。我觉得上天听到他们的呼号和责怪，那么对于有功劳的人一定会大大地奖赏，对于祸害天地的人也一定会重重地惩罚。你认为我说的这番话怎样？"

注释

1 **韩愈:** 字退之，孟州河阳（今河南孟州南）人，自谓郡望昌黎。唐代文学家、思想家。

2 **若:** 你。

3 **戾**（lì）**:** 罪恶的事情。

4 **果蓏**（luǒ）**:** 瓜果的总称。

5 **壅**（yōng）**底:** 犹阻塞。**痈疡**（yōng yáng）**:** 毒疮。**疣**（yóu）**赘:** 皮肤上生的瘊子。**瘘**（lòu）**痔:** 脖子上生的赘瘤，即颈部淋巴结核。

6 **蝎:** 木中蛀虫。

7 **息:** 滋息，生长。

8 **雠**（chóu）**:** 仇敌。

9 **垦:** 开垦，翻耕。**原田:** 原野上的田地。

10 **窾**（kuǎn）**:** 挖掘使空虚。

11 **偃溲**（yǎn sōu）**:** 厕所。

12 **台榭:** 亭台水榭。亦泛指楼台等建筑物。

13 **川渎:** 泛指河流。此处指河道。

14 **沟洫**（xù）**:** 田间水道，沟渠。

15 **陂**（bēi）**池:** 池沼，池塘。

16 **燧**（suì）**木:** 钻木。**燔**（fán）**:** 焚烧。

17 **革金:** 冶炼金属。

18 **陶甄**（zhēn）**:** 烧制陶器。**琢磨:** 雕刻和磨制玉石。

19 **悴**（cuì）**然:** 憔悴貌。

20 **倖倖:** 刚愎傲慢貌。**冲冲:** 往来不绝貌。

21 **元气:** 泛指宇宙自然之气。**阴阳:** 最初指日光的向背。古代思想家看到一切现象都有正反两方面，就用“阴阳”来解释自然界两种既对立又互相消长的矛盾现象。如动的、热的、向上的、明亮的、强壮的为阳，静的、冷的、向下的、晦暗的、虚弱的为阴。古人把阴阳交替看作宇宙的根本规律。也用来说明君臣、君民、夫妻等关系。

原文

柳子曰："子诚有激[1]而为是耶？则信辩且美矣，吾能终其说。彼上而玄[2]者，世谓之天；下而黄者，世谓之地；浑然而中处者，世谓之元气；寒而暑者，世谓之阴阳。是虽大，无异果蓏、痈痔、草木也。假而有能去其攻穴者，是物也，其能有报乎？繁而息之者，其能有怒乎？天地，大果蓏也；元气，大痈痔也；阴阳，大草木也，其乌能赏功而罚祸乎？功者自功，祸者自祸，欲望其赏罚者大谬。呼而怨，欲望其哀且仁者，愈大谬矣。子而信子之仁义以游其内，生而死尔，乌[3]置存亡得丧于果蓏、痈痔、草木耶？"

译文

我回答说："你必定是有所感触才发这番议论的吧？你的这番话的确雄辩华丽让人信服。但我可以从头到尾讲讲这番道理。那个在上面的黑色的东西，人们称它为天；在下面黄色的东西，人们叫它作地；散布充塞于天地之间的东西，人们称它为元气；冷热轮换交替，人们叫它作阴阳。这些东西虽然很大，但与瓜果、毒疮、草木并没有什么不同。假使有能除掉那些蛀空它的仇敌的人，这些物类，能够有所报答吗？助长那些仇敌的人，它会有所怨怒吗？天地，就是大的瓜果；元气，就是大的毒疮；阴阳，就是大的草木，它怎么能够奖赏有功的、惩罚有害的呢？有功于天地的人按照自己的方式对待大自然，祸害天地的人也按照自己的方式对待大自然，这样，想得到上天的赏罚是非常荒谬的。呼号责怪，想得到上天的怜悯和恩赐，就更加荒谬了。你如果坚持自己的仁义观而游走于天地之间，就从生坚持到死吧，何必把存亡得失寄托在瓜果、毒疮、草木上呢？"

注释

1 **激**：感慨，感触。

2 **玄**：《易·坤》："天玄而地黄。"孔颖达疏："天色玄，地色黄。"后以

“玄”指天。

3 乌：何必，怎么。

捕蛇者说

导读

据唐元和元年（806）李吉甫所撰《元和国计簿》统计，唐王朝当时不申报户口的藩镇割据地区及其相邻军镇达十五道七十一州，国家赋税只能依靠东南八道四十九州。于是苛政重敛成为突出的问题。文章为表达“赋敛之毒甚于蛇”这个“比较级”的论点，运用了大量的对比，如蛇毒与苛政的对比、捕蛇者情绪的前后对比等。

原文

永州之野产异蛇，黑质而白章[1]，触草木尽死，以啮[2]人，无御之者。然得而腊之以为饵[3]，可以已大风、挛踠、瘘、疠[4]，去死肌，杀三虫[5]。其始，太医以王命聚之，岁赋[6]其二，募有能捕之者，当其租入，永之人争奔走焉。

有蒋氏者，专其利三

译文

永州的郊野出产奇异的蛇，身体黑色而有白色花纹，它接触过的草木全都会死，咬了人皆无药可救。但是捕获到它晾成干肉做药饵，可以治愈麻风病、挛踠、瘘、疠等病，除去腐坏的肌肉，消灭人体内的寄生虫。当初，太医奉皇帝的命令征集这种蛇，每年征收两次，招募能捕捉此蛇的人，抵充应缴纳的赋税，永州的人都争着去捕蛇。

有个姓蒋的人，已经三代人享受

世矣。问之，则曰："吾祖死于是，吾父死于是，今吾嗣[7]为之十二年，几死者数矣。"言之，貌若甚戚[8]者。余悲[9]之，且曰："若毒[10]之乎？余将告于莅[11]事者，更若役，复若赋，则何如？"

这种捕蛇抵租的好处了。我问他，他就说："我的祖父死于捕蛇，我的父亲死于捕蛇，如今我继承捕蛇十二年了，已经有好多次差点被蛇咬死。"说到这儿，面容似乎甚为忧伤。我怜悯他，并且说："你怨恨捕蛇这差事吗？我可以告诉掌管这件事的人，更换你的差役，恢复你的税赋，怎么样？"

注释

1 **质：**质地。此处指身体。**章：**花纹。

2 **啮**（niè）**：**咬。

3 **得：**捕获。**腊**（xī）**：**晾干，制成干肉。**饵：**药饵。

4 **已：**治愈。**大风：**麻风病。**挛踠**（luán wǎn）**：**手脚弯曲不能伸直的病。**瘘**（lòu）**：**颈部肿大的病。**疠**（lì）**：**恶疮。

5 **三虫：**即道家所言"三尸"虫。泛指人体内的寄生虫。

6 **赋：**征收。

7 **嗣：**继承。

8 **戚**（qī）**：**忧愁，悲伤。

9 **悲：**哀怜，怜悯。

10 **若：**你。**毒：**怨恨，憎恨。

11 **莅：**管理，掌管。

原文

蒋氏大戚，汪然出涕曰："君将[1]哀而生之乎？则吾斯役之不幸，未若复吾赋不幸之甚也。向吾不

译文

姓蒋的人更加悲伤，眼泪汪汪地说："您是表达同情而想让我活下去吗？那么我这个差役的不幸，还不及恢复我赋税的不幸严重啊。从前如果我不

为斯役，则久已病矣。自吾氏三世居是乡，积于今六十岁矣，而乡邻之生日蹙[2]。殚[3]其地之出，竭其庐之入，号呼而转徙，饥渴而顿踣[4]，触风雨，犯寒暑，呼嘘毒疠，往往而死者相藉[5]也。曩[6]与吾祖居者，今其室十无一焉；与吾父居者，今其室十无二三焉；与吾居十二年者，今其室十无四五焉，非死即徙尔。而吾以捕蛇独存。悍吏之来吾乡，叫嚣乎东西，隳突[7]乎南北，哗然而骇者，虽鸡狗不得宁焉。吾恂恂[8]而起，视其缶，而吾蛇尚存，则弛然而卧，谨食之，时而献焉。退而甘食其土之有，以尽吾齿。盖一岁之犯死者二焉，其余则熙熙而乐，岂若吾乡邻之旦旦有是哉？今虽死乎此，比吾乡邻之死则已后矣，又安敢毒耶？”

余闻而愈悲。孔子曰：“苛政猛于虎也。”吾尝疑

做这个差事，那早就困窘不堪了。自从我家三代居住在乡村中，至今已经六十年了，而乡亲们的生活日渐困窘。缴纳田地的全部产出，竭尽全家的收入，大声哀哭着辗转迁移，饥渴劳累而仆倒在地，经受风吹雨打，冒着严寒酷暑，呼吸着瘴疠毒气，每每死人一个接一个相叠。以往与我的祖父做邻居的，现在十家中剩不了一家；与我的父亲做邻居的，现在十家中剩不了两三家；十二年来与我做邻居的，现在十家中剩不了四五家，不是死去就是逃亡。只有我因为捕蛇才幸存下来。每当凶狠的官吏来到我们村中，四处冲撞骚扰，喧哗震惊得连鸡狗也不得安宁。我小心谨慎地起来，看着装蛇的瓦罐，见我的蛇还在，便放松地躺下，细心地喂养，按规定的时间把它献上。回来后就好好享用田地出产的食物，度此一生。大概一年只有两次冒死亡之险，其余的时间就温和欢乐地生活，哪里像我的乡亲那样每天有死亡的危险呢？如今即使我因捕蛇而死，比较起来，已经是死在我的乡亲们后面了，又怎么敢怨恨这个差事？”

我听后愈加悲哀。孔子说：“残酷的政令比老虎更凶狠。”我曾经怀疑这

原文	译文
乎是，今以蒋氏观之，犹信。呜呼！孰知赋敛之毒，有甚是蛇者乎！故为之说，以俟夫观人风者得焉。	句话，现在看蒋家的遭遇才相信。唉！谁知道横征暴敛的狠毒，超过了这种毒蛇呢！所以我写了这篇《捕蛇者说》，待那些考察民情的官吏晓得。

注释

1 **将：**表达，传达。
2 **蹙**（cù）**：**困窘。
3 **殚**（dān）**：**竭尽。
4 **顿踣**（bó）**：**因疲乏跌倒在地上。
5 **藉**（jiè）**：**衬垫。
6 **曩**（nǎng）**：**以往。
7 **隳**（huī）**突：**冲撞，破坏，骚扰。
8 **恂**（xún）**恂：**小心谨慎的样子。

观《八骏图》说

导读

本文作为赏画的观后感，作者没有从画图的技法等方面论述，而是直探图画的本质，认为《八骏图》的绘制误导了后世之人，并将骏马与圣人两条线索穿插论述，认为求良驹和寻圣人一样，应该索其精髓而戒追逐奇异表象。本篇文笔犀利，思维严谨，体现了柳宗元的思辨精神。

原文

古之书有记周穆王驰八骏升昆仑之墟者[1]，后之好事者为之图，宋、齐[2]以下传之。观其状甚怪，咸若骞[3]若翔，若龙凤麒麟，若螳螂然。其书尤不经[4]，世多有，然不足采。世闻其骏也，因以异形求之，则其言圣人者，亦类是矣。故传伏羲[5]曰牛首，女娲[6]曰其形类蛇，孔子如倛头[7]，若是者甚众。孟子曰："何以异于人哉？尧、舜与人同耳。"今夫马者，驾而乘之，或一里而汗，或十里而汗，或千百里而不汗者，视之，毛物尾鬣[8]，四足而蹄，龁[9]草饮水，一也。推是而至于骏，亦类也。今夫人，有不足为负贩者，有不足为吏者，有不足为士大夫者，有足为者，视之，圆首横目，食谷而饱肉，絺[10]而清，裘而燠[11]，一也。推是而至于圣，亦类也。然则伏羲氏、

译文

古书上有记载周穆王驾着八匹骏马登上昆仑山的故事，后来喜欢多事的人据此画成图画，宋、齐以后传播开来。我看过此画，八骏形状非常古怪，都仿佛在空中飞翔，有的形状像龙、凤、麒麟，有的像螳螂一样。记载它们的书尤其荒诞，世上流传很多，然而没有可取之处。世人听说它们是骏马，于是用不同寻常的形状去想象它们，他们谈论圣人时也如此。所以传说伏羲长着牛头，女娲的形状像蛇，孔子的容貌像倛头，诸如这样的事有很多。孟子说："我的模样有什么不同于众人的呢？尧、舜也与常人一样罢了。"如今的马，拉着车子或被人乘骑，有的跑一里就出汗，有的跑十里才出汗，有的跑百里、千里也不出汗。看这些马，都遍体长毛有尾有鬃，四足有蹄，吃草饮水，相同如一。由此来推论骏马，也应像这样。如今的人，有的不能胜任商贩，有的不能胜任小官吏，有的不能胜任士大夫，有的却能够胜任，看这些人，都是头圆横眼，吃粮食和肉类，穿细葛衣觉得凉爽，穿皮衣觉得暖和，相同如一。由此来推论圣人，也应像这

女娲氏、孔子氏，是亦人而已矣。骅骝、白羲、山子[12]之类，若果有之，是亦马而已矣。又乌得为牛，为蛇，为倛头，为龙、凤、麒麟、螳螂然也哉？

然而世之慕骏者，不求之马，而必是图之似，故终不能有得于骏也。慕圣人者，不求之人，而必若牛、若蛇、若倛头之问，故终不能有得于圣人也。诚使天下有是图者，举而焚之，则骏马与圣人出矣！

样。那么伏羲、女娲、孔子，也是人罢了。骅骝、白羲、山子这类骏马，假如真的有，也是马罢了。又怎能是牛头、蛇身、倛头，像龙、凤、麒麟、螳螂的样子呢？

然而世上喜爱骏马的人，不在马中寻求骏马，却一定要找与这幅《八骏图》上样子相似的，所以始终不能得到骏马。仰慕圣人的人，不在人中去访求圣人，却一定要问长得像牛、像蛇、像倛头的，所以始终不能发现圣人。如果能让天下有这类图画的人，把画全都烧掉，那么骏马和圣人就会出现了！

注释

1 **周穆王：** 周昭王子姬满。西周第五代国君。传说他在位期间周游全国各地。**八骏：** 传说中周穆王的八匹名马。**昆仑之墟：** 昆仑山，又被称作“昆仑虚”“万祖之山”“昆仑丘”“玉山”等。现实中的昆仑山西起帕米尔高原东部，横贯新疆、西藏间，延伸至青海境内，全长约2500公里。据《穆天子传》载，周穆王喜好游历，曾驾八骏之乘，驱驰数万里，西行至昆仑之丘。又于瑶池与西王母唱歌相和。

2 **宋、齐：** 指南朝时宋、齐两朝。

3 **骞(qiān)：** 飞。

4 **经：** 正常。

5 **伏羲：** 又称“太皞伏羲氏”。神话中的人类始祖，“三皇”之一。相传八卦由他始创，又教民渔猎、畜牧和医药。

6 **女娲：** 神话中的人类始祖，与兄伏羲婚配繁衍人类。相传曾炼五色石补天。

7 **倛（qī）头：**古代术士驱鬼时所戴的容貌可怕的面具。

8 **鬣（liè）：**毛。

9 **龁（hé）：**咬。

10 **絺（chī）：**细葛布。

11 **燠（yù）：**热。

12 **骅骝、白羲、山子：**相传周穆王八骏中的马名。

鹘[1]说

导读

柳宗元在这篇文章里叙述了两个主题。其一，认为不能以貌取人，而应透过外表审视其品格是否如鹘般有仁义之心，能否坚持自己的道义，专一自己的意志，诚实地面对内心。其二，歌颂具有阳刚之气的勇者，将之作为追随的对象。

原文

有鸷[2]曰鹘者，穴于长安荐福浮图有年矣[3]。浮图之人室宇于其下者[4]，伺[5]之甚熟。为余说之曰："冬日之夕，是鹘也，必取鸟之盈握者完而致之[6]，以

译文

有种叫鹘的鸷鸟，在长安荐福塔筑巢已经很多年了。在荐福塔下居住的和尚，对它非常熟悉，跟我讲起这只鹘说："到了冬天的晚上，这只鹘鸟一定会带一只盈握大小的鸟完好地回来，捂热小鸟的爪掌，并且左右爪轮换着捂。到了

燠[7]其爪掌，左右而易之。旦则执而上浮图之跂[8]焉，纵[9]之，延[10]其首以望，极其所如[11]往，必背[12]而去焉，苟东矣，则是日也不东逐[13]，南北西亦然。”

第二天早上就携小鸟飞上荐福塔的顶端，放走它，翘首而望，极目远眺小鸟飞行的方向。小鸟飞往一方，它必定按相反的方向飞离，假如小鸟是飞往东面，那么它这一天也不会去东边逐食，其他的南、北，西三个方向也一样。”

注释

1 **鹘**(hú)**:** 一种猛禽，翅膀窄而尖，嘴短而宽，上嘴弯曲并有齿状凸起。飞得很快，善于袭击其他鸟类。

2 **鸷**(zhì)**:** 凶猛的鸟。

3 **穴:** 巢居。**荐福:** 寺名。始建于唐睿宗文明元年(684)，位于长安城开化坊南部(今陕西西安永宁门外)。唐高宗百日忌时宗室贵族为其“献福”而建，故初名献福寺，武则天天授元年(690)改为荐福寺。中宗景龙年间，在寺南安仁坊内另辟院建塔，因名荐福塔，即今小雁塔。**浮图:** 佛教语。指佛塔。又作“浮屠”“佛图”。

4 **浮图之人:** 寺僧。**室宇:** 房舍，屋宇。

5 **伺:** 观察。

6 **盈握:** 满握。握，指一手所能握持的数量。**致:** 带回。

7 **燠**(yù)**:** 暖，热。

8 **跂**(qǐ)**:** 最高处。

9 **纵:** 放。

10 **延:** 伸长。

11 **极:** 目力穷尽。**如:** 往，去。

12 **背:** 朝着相反方向。

13 **逐:** 追赶，追逐。

原文

呜呼！孰谓爪吻毛翮之物而不为仁义器耶[1]？是固无号位[2]爵禄之欲，里闾[3]亲戚朋友之爱也，出乎彀[4]卵，而知攫[5]食决裂之事尔，不为其他。凡食类之饥，唯旦为甚，今忍而释之，以有报也，是不亦卓然有立者乎？用其力而爱[6]其死，以忘其饥，又远而违[7]之，非仁义之道耶？恒其道，一其志，不欺其心，斯固世之所难得也。

译文

唉，谁说爪吻毛翮的禽类就没有行仁义之事的本性呢？鹘本来并没有声名爵禄的欲望，没有乡邻亲戚朋友的友爱之心，它出生于壳卵之中，只懂得攫取食物撕裂吞吃，不做别的事情。但凡像鹘鸟这类吃肉动物的饥饿感，在早晨的时候最严重，现在它却强忍饥饿把手中食物放飞，想要有所回报，这难道不是卓然有所树立吗？它用自己的力量保护小鸟，舍不得小鸟冻死，因而忘了自己的饥饿，还远远地觅食以避开那只小鸟，这难道不是仁义之道吗？坚持自己的道义，专一自己的意志，不欺骗自己的内心，这本来就是世间难能可贵的。

注释

1 **爪吻毛翮(hé)之物：**指禽类。翮，泛指鸟的翅膀。**器：**本性。

2 **号位：**称号和爵位。

3 **里闾(lǘ)：**乡里。

4 **彀(kòu)：**雏鸟。

5 **攫(jué)：**抓取，分割。

6 **爱：**舍不得。

7 **违：**离。

原文

余又疾[1]夫今之说

译文

我又厌恶现在人们所说的："样子

曰："以煦煦而嘿[2]，徐徐而俯者，善之徒；以翘翘而厉[3]，炳炳而白者[4]，暴之徒。"今夫枭鸺晦于昼而神于夜[5]，鼠不穴寝庙[6]，循[7]墙而走，是不近于煦煦者耶？今夫鹘，其立趯然[8]，其动砉然[9]，其视的然[10]，其鸣革然[11]，是不近于翘翘者耶？由是而观其所为，则今之说为未得也。孰若鹘者，吾愿从之。毛耶翮耶，胡不我施[12]？寂寥太清[13]，乐以忘饥。

和悦而静默，动作舒缓而驯顺，一定是善良的人；出群威猛、明耀坦率的，一定是凶暴之人。"现在的枭鸺白天隐蔽夜晚精神抖擞，老鼠不在祭祀的寝庙打洞筑穴，沿着墙根快跑，这不就近似于他们所说的"样子和悦的"那种人吗？现在的大鹘站起来就好像要跳跃的样子，它行动迅速，视察明白，鸣叫急厉，这不就近似于他们所说的"出群威猛"的那种人吗？由此来对照鹘鸟的所作所为，那么现在这个说法就不对了。谁的行为像鹘鸟那样，我愿意跟随他。毛翮之鸟啊，为什么不施惠于我？在寂寥的天宇中，愉悦而忘却了饥饿。

注释

1 **疾：**厌恶，憎恨。

2 **煦煦（xǔ）：**和悦貌。**嘿（mò）：**同"默"。不出声。

3 **翘翘：**与众不同，出群。**厉：**威猛。

4 **炳炳：**光彩照耀貌。**白：**真诚，坦白。

5 **枭：**猫头鹰。**鸺（xiū）：**鸱鸮的一种。羽棕褐色，有横斑，尾黑褐色，腿部白色。外形和猫头鹰相似，但头部没有角状的羽毛。**晦（huì）：**掩蔽，隐秘不露。**神：**精神。

6 **寝庙：**皇帝宗庙的前殿为庙，后殿为寝。亦用以泛指宗庙。

7 **循：**沿着。

8 **趯（tì）然：**跳跃貌。

9 **砉（huā）然：**象声词，形容迅速发出的声响。

10 **的然：**明显貌。

11 **革然：**形容急厉的声音。

12 **施：**给予。

13 **太清：**天空。

罴[1]说

导读

本篇寓言一方面讽刺了没有真才实学的人，另一方面又对当时唐王朝无力掌控藩镇割据的局面，提出了“以藩制藩”的策略警示。

原文

鹿畏貙，貙[2]畏虎，虎畏罴。罴之状，被[3]发人立，绝有力而甚害人焉。

楚之南有猎者，能吹竹为百兽之音。昔云持弓矢、罂火[4]，而即之山。为鹿鸣以感其类，伺[5]其至，发火[6]而射之。貙闻其鹿也，趋而至。其人恐，因为虎而骇之。貙走而虎至，愈恐，则又为罴，虎亦亡去。罴闻而求其类，

译文

鹿害怕貙，貙害怕虎，虎害怕罴。罴的样子像人一样站立，披散毛发，非常有力，对人危害很大。

楚地南方有个猎人，擅长用小竹管吹出各种野兽的叫声。有一次，他拿着弓箭和装着灯火的瓦罐走进山里。他吹出鹿的叫声而感召它的同类，等鹿来了，就亮出瓦罐内的灯火照射鹿。貙听到鹿的叫声，就快步赶来。猎人害怕，就吹出虎啸的声音来驱吓貙。貙离开了，老虎听到这声音却来了，猎人更加害怕，就又吹出罴的叫声，老虎也逃走了。罴听到

至则人也，捽搏[7]挽裂[8]而食之。

声音就来寻找同类，来到发现是人，就抓住猎人撕咬，把他撕扯成碎块吃掉了。

今夫不善内而恃外者，未有不为罴之食也。

当今不善于加强自身修为而依赖外力的人，没有不被罴吃掉的。

注释

1 **罴(pí):** 熊的一种，可能是棕熊。

2 **貙(chū):** 兽名。一种花纹似狸，大如狗的猛兽。

3 **被(pī):** 通“披”。披散。

4 **罂(yīng)火:** 罂，大腹小口的瓦罐，可做酒器。指点在瓦罐中的灯火。

5 **伺(sì):** 等待。

6 **发火:** 此处指亮出罂中的火，用以照明。

7 **捽(zuó)搏:** 揪打，抓住。

8 **挽裂:** 撕破，撕扯成碎块。

梓人传

导读

唐贞元十七年（801）作，时柳宗元 29 岁。作者以梓人造屋之道推及宰相为官治国之道，名义上是给低微的梓人杨潜立传，实际上是对执政者的讽谏。全文先抑后扬，论述层层推进，夹叙夹议。

原文

裴封叔之第在光德

译文

裴封叔的住宅在光德里。有个从

里[1]。有梓人款其门，愿佣[2]隙宇而处焉[3]。所职寻引、规矩、绳墨[4]，家不居砻斫之器[5]。问其能，曰："吾善度材，视栋宇之制，高深、圆方、短长之宜，吾指使而群工役焉。舍我，众莫能就一宇。故食于官府，吾受禄三倍；作于私家，吾收其直[6]太半焉。"他日，入其室，其床阙[7]足而不能理，曰："将求他工。"余甚笑之，谓其无能而贪禄嗜货者。

事建筑的人敲他的门，希望被雇佣而在空屋里居住。他专职于量尺、圆规和矩尺、墨线、墨斗，家里没有积储磨刀石和砍劈的工具。问他有什么技能，他说："我善于估算材料，根据房屋的规模式样，推测适宜的高矮、方圆、长短，我指挥众多工匠操作。离开了我，他们一间房子都造不成。所以在官府干活，我得到的俸禄是别人的三倍；到私家干活，我获得的工钱是造价的一大半。"有一天，我走进他的屋子，他的床脚残缺了自己却不会修缮，他说："准备请别的木工。"对此我感到非常可笑，以为他是个没有本事却又贪爱财物的人。

注释

1 **裴封叔：**裴墐（jǐn），字封叔，唐河东闻喜（今山西运城闻喜县）人。贞元三年（787）进士，曾任京兆府参军、太常寺主簿、吉州长史等职。他是柳宗元的二姐夫。**第：**宅第。**光德里：**唐长安坊名。

2 **梓人：**从事建筑的人。**款：**敲打。**佣：**雇佣。

3 **隙（xì）宇：**隙，同"隙"。隙宇，空房。

4 **寻引：**古时建筑用的丈量长短的量度器具。古时八尺曰寻，十丈曰引。**规：**画圆的器具，今指圆规。**矩：**画直角或方形的工具，即矩尺。**绳墨：**墨线和墨斗，木工取直的工具。后借以比喻法度、规矩。

5 **居：**积储。**砻（lóng）：**磨。**斫（zhuó）：**用刀、斧等砍劈。

6 **直：**价值相当。

7 **阙（quē）：**残缺，不完整。

原文

其后，京兆尹将饰[1]官署，余往过[2]焉。委群材，会众工。或执斧斤[3]，或执刀锯，皆环立向之。梓人左持引，右执杖，而中处焉。量栋宇之任[4]，视木之能，举挥其杖曰："斧！"彼执斧者奔而右。顾而指曰："锯！"彼执锯者趋而左。俄而斤者斫、刀者削，皆视其色，俟其言，莫敢自断者。其不胜任者，怒而退之，亦莫敢愠[5]焉。画宫于堵[6]，盈尺而曲尽其制[7]，计其毫厘而构大厦，无进退[8]焉。既成，书于上栋[9]，曰"某年某月某日某建"，则其姓字也，凡执用之工不在列。余圜[10]视大骇，然后知其术之工[11]大矣。

译文

后来，京兆尹要装饰衙门，我去探访他。看到那里堆积着各种木料，聚集了许多工匠。有的拿着斧头，有的拿着刀锯，站成一圈都面向梓人。梓人左手拿着尺子，右手拿着棍杖，站在人群中间。估量房屋的受力需要，察看木料的性能，挥动他的棍杖说："砍！"拿着斧头的人就奔向右边。他回过头又指着说："锯！"拿着锯子的人就快步走到左边。转瞬间拿斤斧的人砍，拿刀的人削，都看着他的脸色，等着他的指示，没有敢自作主张的。木工中有不合要求的，就愤怒地斥退他，也没有人敢怨恨。他把房屋的图样画在墙上，一尺多见方却能详尽细致地画出房屋的规模式样，测量图上的毫厘分寸以建造大屋，没有丝毫差错。房屋落成，在大梁上写"某年某月某日某人建造"，就只是他的姓名，所有操作的工匠都不在其上。我围观大为惊骇，才知道他精巧的技艺已登峰造极了。

注释

1 **京兆尹：**古代京师的地方长官。**饰：**装饰，修饰。

2 **过：**前往拜访、探望。

3 **斧斤：**各种刀斧。斤，刀。

4 **任:** 承当，担当。此处指房屋结构的受力。
5 **愠(yùn):** 含怒，怨恨。
6 **宫:** 古代对房屋、居室的通称。**堵:** 泛指墙。
7 **制:** 式样，规模。
8 **进退:** 出入，差错。
9 **栋:** 房屋的正梁。
10 **圜(huán):** 圜视，围观。
11 **工:** 精巧。

原文

继而叹曰：彼将舍其手艺，专其心智，而能知体要[1]者欤？吾闻劳心者役人，劳力者役于人，彼其劳心者欤？能者用而智者谋，彼其智者欤？是足为佐天子、相天下法矣，物莫近乎此也。彼为天下者本于人，其执役者，为徒隶[2]、为乡师里胥[3]，其上为下士，又其上为中士、为上士[4]，又其上为大夫、为卿、为公[5]，离而为六职[6]，判而为百役[7]。外薄[8]四海，有方伯、连率[9]。郡有守[10]，邑有宰[11]，皆有佐政。其下有胥吏[12]，又

译文

随后我叹息道：他大概就是舍弃自己的动手技艺，专注于心思智慧，并且能提纲挈领的人吧？我听说用脑的人指挥人，用力的人受人指挥，那他就是用脑的人吧？有本领的人用技艺劳作，有智慧的人谋划指挥，那他就是有智慧的人吧？这足以成为辅佐皇帝治理天下的法则了啊！没有什么比这两件事更相似的了。治理天下的人应以人为本。那些出力干活的人，是服劳役的狱囚，是一乡之长、一里之长，在他们上面的是下士，再上是中士、上士，再上面是大夫、卿、公。分成六种职能，区别开来有各种劳役。京城外迫近四方的边境，有方伯、连帅。州郡有郡守，县邑有邑宰，都有协助治理的人。他们下面有胥吏，再下面都有啬夫、版尹等差役，就

其下皆有啬夫、版尹[13]，以就役焉，犹众工之各有执伎以食力也。彼佐天子相天下者，举而加焉，指而使焉，条其纲纪而盈缩[14]焉，齐其法制而整顿焉，犹梓人之有规矩绳墨以定制也。择天下之士，使称其职，居天下之人，使安其业。视都知野[15]，视野知国，视国知天下。其远迩细大，可手据其图而究焉，犹梓人画宫于堵而绩于成也。能者进而由之，使无所德；不能者退而休之，亦莫敢愠。不衒[16]能，不矜[17]名，不亲小劳，不侵众官，日与天下之英才讨论其大经，犹梓人之善运众工而不伐艺也，夫然后相道得而万国理矣。相道既得，万国既理，天下举首而望曰："吾相之功也。"后人循迹而慕曰："彼相之才也。"士或谈殷周之理者，曰伊、傅、周、召[18]，其百执事之勤劳而

像工匠们都凭技艺赖以为生一样。那些辅佐皇帝治理天下的人，推举、提拔人才，指挥、任用人才，增减伸缩地调整治理国家的大纲要领，完善国家的法律制度使之有条不紊，就像梓人用圆规和角尺、墨斗和墨线来确定准则一样。挑选天下的士人，使他们称职，治理天下的百姓，使他们安居乐业。考察远至五百里的即能推知远至三百里的，考察野即能推知诸侯封地，考察诸侯封地即能推知整个国家。远近大小诸事，手执图纸就能推知，就像梓人把房屋画在墙上便能完成工程一样。有才能的人受提拔任用，使他们不必感恩戴德；无能的人被黜退罢免，也不敢对谁怨恨。不炫耀才能，不自恃名声，不插手琐细的劳役，不侵夺众官的职权，每天和天下杰出的人士讨论国家大计，就像梓人善于调动各种工匠而不夸耀自己的技艺一样，这样才能掌握宰相的正道因而使天下得到治理。当宰相的正道已经掌握，天下已经得到治理，全国的人都会抬头仰望说："这是我们宰相的功劳啊！"后世的人浏览先迹会仰慕说："那人真是宰相之才！"读书人谈论殷周时代治国的人，总是说伊尹、傅说、周公、召公，此外百官的勤劳事迹却得不到记

不得纪焉，犹梓人自名其功而执用者不列也。大哉相乎！通是道者，所谓相而已矣。其不知体要者反此：以恪勤为公，以簿书为尊，衒能矜名，亲小劳，侵众官，窃取六职百役之事，听听[19]于府廷，而遗其大者远者焉，所谓不通是道者也。犹梓人而不知绳墨之曲直、规矩之方圆、寻引之短长，姑夺众工之斧斤刀锯以佐其艺，又不能备其工，以至败绩用而无所成也，不亦谬欤？

载，就像梓人在屋梁上只写自己的名字，而具体操作的人不在记载之列一样。宰相的功劳实在伟大！通晓宰相正道的人，才是人们所说的宰相。那些不知体制纲要的人正好相反：把恭谨勤奋作为功劳，把处理公文作为要务，炫耀才能，自恃名声，亲自做琐细的劳役，侵夺众官的职权，包办六种职守、各种杂役，在官府和朝廷上争辩不休，却忘了重要的事务，这就是人们所说的不懂得宰相正道的人。就像作为梓人却不知道用墨斗和墨线校正曲直、用圆规和角尺确定方圆、用尺子计量长短，姑且夺过工匠的斤斧、刀锯去帮助他们干活，又不能样样手艺都精通，以致工程失败而一无所成，这不是很荒谬吗？

注释

1 **体要：**体制，纲要。

2 **徒隶：**服劳役的狱囚。

3 **乡师：**一乡之长。**里胥：**一里之长。

4 此处下士、中士、上士皆为职官名。古代天子、诸侯皆设士，分上士、中士、下士三等，地位在大夫之下。

5 **大夫：**古代官名。西周以后的诸侯国中，国君下有卿、大夫，大夫世袭，且有封地。后来大夫成为一般任官职者的称呼。**卿：**古时高级长官或爵位的称谓。汉以前有六卿，汉设九卿，北魏在正卿下还有少卿。以后历代相沿，清末始废。**公：**古代朝廷最高官位的通称。后泛称朝中职高掌权者。

6 **六职：**此处指古官府的六种职能，即治、教、礼、政、刑、事。

7 **百役：**各种劳役。

8 **薄：**迫近。

9 **方伯：**一方诸侯之长。后泛称各地方的长官。亦称“邦伯”。**连率：**官名。与“连帅”同。后指刺史、节度使。

10 **守：**秦朝郡的长官名，汉朝更名太守。后为州、府地方长官的省称，此处为郡守。

11 **宰：**古代官吏的通称，此处为邑宰。

12 **胥吏：**古代掌理案卷、文书的小吏。

13 **啬（sè）夫：**秦置为乡官，掌听讼收税等事情。**版尹：**古代掌管户籍的官吏。

14 **盈缩：**增减伸缩。

15 **都：**离国城五百里之地。**野：**离国城三百里之地。

16 **衒（xuàn）：**炫耀，卖弄。

17 **矜：**自夸，自恃。

18 **伊：**伊尹，名挚，商初的贤相。卒时，帝沃丁葬以天子之礼。**傅：**傅说（yuè）。商朝宰相，曾辅佐武丁实现中兴。**周：**周公，姬姓，名旦，周文王之子，周武王之弟。曾辅佐周武王建国，后又辅佐武王之子成王平定内乱，定礼仪。**召：**姓姬，名奭（shì）。周武王之弟。因封地在召而称“召公”或“召伯”，曾与周公一起辅佐成王。

19 **听听：**争辩不休。

原文

或曰：“彼主为室者，倘或发其私智，牵制梓人之虑，夺其世守而道谋是用，虽不能成功，岂其罪

译文

有人说：“那造房子的主人，假使发挥自己的主张，制约梓人的考虑，强行改变他世代相传的方法，而采用过路人的意见，房屋如果因此建造不成，难

耶？亦在任之而已。”余曰：“不然。夫绳墨诚陈，规矩诚设，高者不可抑而下也，狭者不可张而广也。由我则固，不由我则圮[1]。彼将乐去固而就圮也，则卷其术，默其智，悠尔而去，不屈吾道，是诚良梓人耳。其或嗜其货利，忍而不能舍也，丧其制量，屈而不能守也，栋挠屋坏，则曰‘非我罪也’，可乎哉？可乎哉？”余谓梓人之道类于相，故书而藏之。

梓人，盖古之审曲面势者，今谓之“都料匠”[2]云。余所遇者，杨氏，潜其名。

道是梓人的过错吗？只在于梓人听任他罢了。”我说：不是这样的。如果墨线确实弹好，方圆已经确定，高的地方就不能压低，窄的地方就不能扩张。照我说的做房屋就牢固，不照我说的做房屋就倒塌。假如他乐意不要坚固而要倒塌，那么就收起自己的技能，隐藏自己的智慧，悠然自得地离去，不放弃自己的原则，才是真正优秀的梓人。有的梓人贪图钱财，忍受着而不离去，抛弃自己的设计，放弃原则不能坚守，等到梁曲屋塌，就说‘这不是我的过错’，可以吗，可以吗？”我以为梓人的工作方法类似做宰相的，所以写这篇文章并把它保存起来。

梓人，大概就是考察审核各种材料的曲直方圆并根据需要而采用的人，现在称他作“都料匠”。我所遇到的梓人，名叫杨潜。

注释

1 **圮**(pǐ)：倒塌。

2 **都料匠**：木工。

种树郭橐驼[1]传

导读

本文题为郭橐驼立小传，而文中详写其种树之法，又由种树之法引申到理民之术，此写法颇有曲径通幽之妙。

原文

郭橐驼，不知始何名，病偻[2]，隆然伏行，有类橐驼者，故乡人号之"驼"。驼闻之曰："甚善！名我固当。"因舍其名，亦自谓橐驼云。其乡曰丰乐乡，在长安西。驼业种树，凡长安豪富人为观游及卖果者，皆争迎取养。视驼所种树，或移徙[3]，无不活，且硕茂[4]，早实以蕃[5]。他植者虽窥伺效慕，莫能如也。

有问之，对曰："橐驼非能使木寿且孳[6]也，

译文

郭橐驼这个人，不清楚最初叫什么名字，他患驼背病，背部拱起俯身走路，像骆驼一样，所以同乡的人叫他"驼"。他听到后说："很对！这样称呼我的确恰当。"于是不再用原来的名字，也自称"橐驼"。他的故乡名叫丰乐乡，在长安城的西面。郭橐驼以种树为职业，所有长安城里的富贵人家，为观赏游乐而栽种树木，以及种植果树的人，都争着迎请他到家中供养。观察郭橐驼种的树，或者他移植的树，没有不成活的，而且长得高大茂盛，果实结得又早又多。其他种树的人虽然暗中观察效仿，都比不上他。

有人问他原因，他回答说："我并

能顺木之天[7]，以致其性焉尔。凡植木之性，其本[8]欲舒，其培[9]欲平，其土欲故，其筑[10]欲密。既然已，勿动勿虑，去不复顾。其莳[11]也若子，其置也若弃，则其天者全而其性得矣。故吾不害其长而已，非有能硕茂之也；不抑耗其实而已，非有能早而蕃之也。他植者则不然，根拳而土易，其培之也，若不过焉则不及。苟有能反是者，则又爱之太恩，忧之太勤，旦视而暮抚，已去而复顾。甚者爪其肤以验其生枯，摇其本以观其疏密，而木之性日以离矣。虽曰爱之，其实害之；虽曰忧之，其实仇之，故不我若也。吾又何能为哉！”

不能使树木活得长久而且繁茂，只是顺着树木的生长规律，使它达到自己的天性罢了。大致说来，种树的规律是：根要舒展，培土要平坦，填土要使用旧土，捣土要密实。种下之后，不要去摇动它、担忧它，离开它不必回去照看。在移栽时要像照顾子女一样，待栽好后要像抛弃它一样，那么树木的生长规律得以保全，天性得以发展。所以我只是不妨碍树木的生长罢了，并非有能力使它长得高大茂盛；只是不遏制减少它的果实罢了，并非有能力使它果实结得又早又多。别的种树人就不是这样，树根拳曲而且改换土壤，培土不是过多就是太少。即使有不这样做的人，却又爱护得太过分，忧念得太频繁，早晨去看晚上去摸，离开后又回来照看，甚至用指甲抠破树皮来检验它的死活，摇动树根来查看筑土的松紧，树木就渐渐地背离了天性。虽然说是爱护它，其实是伤害它；虽然说是关心它，其实是仇恨它，所以就不如我了。我又有什么能耐呢！”

注释

1 **橐(tuó)驼：**人年老或生病而背部隆起。

2 **偻：**佝偻，驼背。

3 **移徙：**此处指移植。

4 **硕茂**：高大茂盛。

5 **蕃**（fán）：多。

6 **孳**（zī）：繁茂。

7 **天**：此处指习性、生长规律。

8 **本**：草木的根。

9 **培**：为保护植物或墙堤等，在根基部分加土。

10 **筑**：捣土。

11 **莳**（shì）：移栽。

原文

问者曰："以子之道，移之官理，可乎？"驼曰："我知种树而已。理，非吾业也。然吾居乡，见长人者好烦其令，若甚怜焉，而卒以祸。旦暮吏来而呼曰：'官命促尔耕，勖[1]尔植，督尔获。早缫[2]而绪，早织而缕。字而[3]幼孩，遂[4]而鸡豚。'鸣鼓而聚之，击木[5]而召之。吾小人辍飧饔以劳吏者[6]，且不得暇，又何以蕃吾生而安吾性耶？故病且怠。若是，则与吾业者其亦有类乎？"问者曰："嘻，不亦

译文

提问的人说："把你的道理，移到做官治理政事上，可以吗？"郭橐驼说："我只知道种树罢了。当官治民，不是我的职业。不过我居住在乡间，看到当官的喜欢不断地发布命令，好像很爱护百姓，结果却给百姓带来灾祸。差役早晚不停地来喊：'官府命令催促你们耕地，勉励你们种植，督促你们收割。赶快抽好你们的蚕丝，赶快把你们的纱织成布，教育好你们的小孩，养育好你们的家禽家畜。'官吏击鼓聚合百姓，敲梆子召集百姓，我们小民吃饭时都要放下饭碗去接待差役，尚且忙不过来，又怎么能养育我们的子孙，安定我们心性呢？所以既困苦又疲惫。像这样，就和我种树的职业也相似吧？"问他的人说："嘻，这不是很好嘛！我问的是种树，却得到了治

善夫！吾问养树，得养人术。”传其事以为官戒。

理人民的方法。”于是就记载这件事用它作为官吏的箴戒。

注释

1 **勖**(xù)**:** 勉励。
2 **缫**(sāo)**:** 抽丝。
3 **字:** 教育。**而:** 代词，你或你的。
4 **遂:** 养育。
5 **木:** 木制的器物。此处指梆子。
6 **辍**(chuò)**:** 中止，此处指放下。**飧**(sūn)**:** 晚饭。**饔**(yōng)**:** 早饭。**劳:** 慰劳。

童区寄传

导读

唐元和三年（808）于永州作。时柳宗元36岁。本文根据真人真事改写。作者突破了传统史传的写法，行文简洁生动、叙事传神，尤其在中段描写区寄遭劫持和挣脱的情节时运用了大量的短句，在语感上凸显了惊险之状。

原文

柳先生[1]曰：“越人少恩[2]，生男女必货视之。自毁齿[3]已上，父兄鬻卖[4]，以

译文

柳先生说：“越地人缺乏恩情，生下儿女，必定像买卖货物一样看待他们。七八岁以后，父兄就将他们贩卖，以图

觊[5]其利。不足，则取他室，束缚钳梏[6]之。至有须鬣[7]者，力不胜，皆屈为僮。当道相贼杀以为俗。幸得壮大，则缚取么[8]弱者。汉官因以为己利，苟得僮，恣[9]所为，不问。以是越中户口滋耗。少得自脱[10]，惟童区寄以十一岁胜，斯亦奇矣。桂部从事杜周士为余言之[11]。

钱财。不满足于此，就强取别人家的孩子，捆绑起来铐上枷锁卖掉。甚至已长了胡须的人，因为力量不敌，都被迫去做僮仆。在大路上相互抢夺残杀已成风气。侥幸能够长大成人，年幼体弱的就被绑架。汉族官吏凭借这类情况为自己谋利，只要能得到僮仆，就放纵而不加过问。因此越地的户籍人口日益消减。受害人很少能够自己逃脱，只有十一岁的儿童区寄成功了，这也很出奇了。桂管经略观察使从事杜周士给我讲了这个故事。

注释

1 **柳先生：**作者自称。

2 **越人：**江浙粤闽之地古时为越族所居，谓之“百越”。此处指越地一带的土著。**恩：**恩情。

3 **毁齿：**小孩七八岁更换乳齿的年纪。

4 **鬻（yù）：**贩卖，出卖。

5 **觊（jì）：**希望得到。

6 **钳梏：**枷锁。钳，古代刑罚，用铁圈束颈、手、足。梏，戴上手铐。也泛指械系、拘系。

7 **须鬣：**此处指人的胡须。

8 **么（yāo）：**同“幺”。幼小，年幼。

9 **恣（zì）：**放纵。

10 **脱：**摆脱。

11 **桂部：**指当时桂管经略观察使衙门。**从事：**职官名。汉刺史佐吏，如别驾、治中等皆称为“从事史”，通称为“州从事”。**杜周士：**唐京兆（今陕西西安）人。贞元十七年（801）进士。柳宗元的好友。元和年间任桂管经略观察使从事。

原文

童寄者，柳州荛[1]牧儿也。行牧且荛[2]，二豪贼劫持，反接[3]，布囊其口，去逾四十里之墟所卖之。寄伪儿啼，恐栗为儿恒[4]状。贼易[5]之，对饮酒，醉。一人去为市，一人卧，植[6]刃道上。童微伺其睡，以缚背刃，力下上，得绝，因取刃杀之。逃未及远，市者还，得童，大骇，将杀童。遽[7]曰："为两郎僮，孰若为一郎僮耶？彼不我恩也。郎诚见完与恩，无所不可。"市者良久计曰："与其杀是僮，孰若卖之？与其卖而分，孰若吾得专焉？幸而杀彼，甚善。"即藏其尸，持童抵主人所，愈束缚牢甚。夜半，童自转，以缚即炉火，烧绝之，虽疮[8]手勿惮。复取刃杀市者。

译文

小童区寄是柳州一个打柴放牧的孩子。一天他在路上边放牛边打柴草，两个强盗绑架了他，将他的双手在背后反绑，用布封住他的嘴，到四十里外的集市去卖。区寄假装像小孩一样啼哭，做出小孩惯常那种怕得发抖的样子。强盗因此轻视他，两人饮酒喝醉了。一个人去找买主交易，一个人睡倒，把刀插在路上。区寄悄悄地观察他已熟睡，便将捆手的绳子背对着刀刃，用力上下摩擦，割断绳子，拿起刀把强盗杀了。逃跑还没多远，找买主的强盗回来了，他捉住区寄，大为惊骇，要杀死他。区寄急忙说："做两个主人的奴仆，哪里比得上做一个主人的奴仆呢？他待我太不好，您如果能保全我的性命并待我好，怎样都行。"去找买主的强盗盘算了很久，心想："与其杀掉这孩子，不如卖掉他。与其卖了钱两人分，不如我一人独享。幸亏这孩子杀了他，太好了。"就掩藏起被杀强盗的尸体，押着区寄到了旅店，把区寄捆绑得更牢固。半夜，区寄转过身子，把捆绑他的绳子凑近炉火烧断，即使烧伤手也没有惧怕。又取刀杀死了找买主的那个强盗。区寄于是大声喊叫，整

因大号，一墟皆惊。童曰：“我区氏儿也，不当为僮。贼二人得我，我幸皆杀之矣，愿以闻于官。”墟吏白州[9]，州白大府[10]，大府召视，儿幼愿[11]耳，刺史颜证奇之，留为小吏，不肯。与衣裳，吏护还之乡。乡之行劫缚者，侧目莫敢过其门，皆曰：“是儿少秦武阳[12]二岁，而讨杀二豪，岂可近耶?”

个乡村集市都被惊动了。区寄说：“我是区家的孩子，不应当做僮仆。两个强盗劫持了我，我幸而把他们都杀了。希望把这件事报告官府。”管理集市的官吏报告给州府，州府报告给桂管经略观察使府，经略观察使府召他来看视，见他不过是个年幼谨慎老实的孩子。刺史颜证很惊奇，要留他下来当小吏，他不愿意。于是给他衣裳，派官吏护送他返回家乡。家乡以绑架为勾当的人都畏惧得不敢正眼看他，也不敢经过他的家门，都说：“这个孩子比秦武阳杀人时还小两岁，却用计谋杀了两个强盗，怎么可以接近他呢?”

注释

1 **荛(ráo):** 打柴草。

2 **行牧且荛:** 一边放牛，一边打柴草。

3 **反接:** 指把双手在背后捆绑起来。

4 **恒:** 惯常，普通。

5 **易:** 轻视。

6 **植:** 竖，插。

7 **遽(jù):** 立刻。

8 **疮:** 创伤，创口。此处为动词，烧伤。

9 **州:** 指州府衙门。

10 **大府:** 上级官府。此处指桂管经略使衙门。

11 **愿:** 谨慎老实。

12 **秦武阳:** 战国时的勇士。十三岁就杀过人，人皆惧之。燕太子丹曾派他充当荆轲刺秦王的助手。

宋清传

导读

本文是为一位药商作传，详细地叙述了宋清取利与得誉的方法，至今仍具有现实意义。作者通过将宋清与商人和士大夫多维度的对比，颂扬了宋清营商、为人之道，批判了所指商人、士大夫的短见陋行，也表达了自己无望报国的怨愤之情。本文夹叙夹议，层层推进，结构有曲径通幽之妙。

原文

宋清，长安西部药市人也，居[1]善药。有自山泽来者，必归宋清氏，清优主[2]之。长安医工得清药辅其方，辄易雠[3]，咸誉清。疾病疕疡[4]者，亦皆乐就清求药，冀速已。清皆乐然响应，虽不持钱者，皆与善药，积券[5]如山，未尝诣[6]取直。或不识遥与券，清不为辞。岁终，度不能报，辄焚券，

译文

宋清是长安西部药材集市上的卖药人，他积储良药。有从深山大泽来的采药人，一定会去宋清那儿，宋清优厚地接待他们。长安的医生得到宋清的药材佐配他们的药方，便容易出售，人们都称誉宋清。生疮害病的人，也都愿意到宋清处买药，希望迅速治愈。宋清总是乐于满足他们的要求，即便是没有钱的人，他都给予良药，积累下来的债券堆积如山，他从未前去兑取药钱。有不相识的人，从远方寄来债券购药，宋清也不推辞。到了年底，估计他们无法兑现，

终不复言。市人[7]以其异，皆笑之，曰："清，蚩妄[8]人也。"或曰："清其有道者欤？"清闻之，曰："清逐利以活妻子耳，非有道也。然谓我蚩妄者，亦谬。"

宋清就把债券烧了，始终不再提起。集市上的人因为他的怪异，都取笑他，说："宋清是个愚蠢荒唐的人。"也有人说："宋清大概是个有道的人吧？"宋清听到这些议论，说："我不过追求利益以养活妻子儿女罢了，并不是有道。然而说我愚蠢荒唐的人，也是错误的。"

注释

1 **居：**积储。

2 **主：**接待。

3 **雠**（chóu）**：**出售，给价。

4 **疕**（bǐ）**：**头疮。**疡**（yáng）**：**痈疮。

5 **券：**古代用于买卖或借贷的契据，即债券。起先书于简牍，常分为两半，双方各执其一，以为凭证。后用纸或布帛书写。

6 **诣**（yì）**：**前往。

7 **市人：**市肆中人，商人。

8 **蚩**（chī）**：**痴呆，愚蠢。**妄：**荒谬，荒诞。

原文

清居药四十年，所焚券者百数十人，或至大官，或连数州，受俸博，其馈遗清者相属于户[1]。虽不能立报，而以赊死者千百，不害清之为富也。清之取利远，远故大，岂若小市人哉！一不得直，则怫然[2]

译文

宋清售药四十年，烧掉了一百多人的药券，有的人后来做了朝廷的大官，有的人成了管领几个州郡的官吏，享有很高的薪俸，他们相继上门馈赠宋清财物。即使有的人不能即刻回报，而且赊账后死去的人成百上千，这也并不妨碍宋清致富。宋清牟利的目光远，目光远所以收益大，哪里像那些小商贩啊！一

怒，再则骂而仇耳。彼之为利，不亦翦翦[3]乎？吾见蚩之有在也。清诚以是得大利，又不为妄，执其道不废，卒以富。求者益众，其应益广。或斥弃沉废，亲与交，视之落然者，清不以怠，遇其人，必与善药如故。一旦复柄用，益厚报清。其远取利，皆类此。

旦拿不到货款，就勃然大怒，再次就痛骂生仇了。他们求利的方法，岂不是太狭隘了吗？我发现愚蠢的人倒是有的啊。宋清的确以此获得大利，行为又不荒唐，坚持自己的方法不改变，终于致富。来求他的人更多，他应允的人范围更广。有被贬官放逐沉沦失意，亲戚和朋友都冷眼看待的人，宋清并不怠慢，遇到他们，一定如过去一样给予良药。一旦他们重新当权，就更加厚重地回报宋清。他从长远考虑来求利，都类似这样。

吾观今之交乎人者，炎而附，寒而弃，鲜有能类清之为者。世之言徒曰"市道交"[4]。呜呼！清，市人也，今之交有能望报如清之远者乎？幸而庶几，则天下之穷困废辱得不死亡者众矣，"市道交"岂可少耶？或曰："清，非市道人也。"柳先生[5]曰："清居市不为市之道，然而居朝廷、居官府、居庠塾乡党以士大夫自名者[6]，反争为之不已，悲夫！然则清非独异于市人也。"

我看现在的人交友，得势时便攀附，失意时便嫌弃，很少有人能做到像宋清那样。俗世舆论只是说什么"市道交"。唉！宋清，买卖人而已，现在的人交友有期望别人报答像宋清那样目光长远的吗？假使有的话，那么天下穷困潦倒、废黜受辱的人幸免于死亡的就多了，"市道交"难道可以缺少吗？有人说："宋清不是做买卖的人。"柳先生说："宋清身处集市却不用市场的道理，可是身在朝廷、官府、学校乡里自称为士大夫的人，反倒争着不停地用'市道交'，可悲啊！这样说来宋清就不仅仅不同于一般的买卖人了。"

注释

1 **馈遗:** 馈赠。**相属:** 连续不断。

2 **怫(fú)然:** 愤怒的样子。

3 **翦(jiǎn)翦:** 狭隘、浅薄的样子。

4 **市道交:** 以商人买卖逐利的方式结交朋友。比喻势利之交。

5 **柳先生:** 作者自称。

6 **庠(xiáng):** 古代的学校。**塾:** 旧时私人设立的学校。**乡党:** 乡里,家乡。**士大夫:** 旧时指官吏或较有声望、地位的知识分子。

蝜蝂[1]传

导读

本文与《三戒》都为动物寓言,不同在于本文写完小虫蝜蝂之后,作者加上了直接对人的议论对比,较《三戒》更为直接犀利。

原文

蝜蝂者,善负小虫也。行遇物,辄持取,卬[2]其首负之。背愈重,虽困剧[3]不止也。其背甚涩[4],物积因不散,卒踬仆[5]不能起。人或怜之,为去其负。苟能行,又持取如故。又好上

译文

蝜蝂是一种善于背负的小虫。它在行进的时候遇到物体,总是要拿过来,仰起头把东西背在背上。背上的东西越来越重,即使极其疲惫也不停止。它的背很不光滑,因此物体积压着不会散落,最终会被压倒爬不起来。倘若有人可怜它,为它除去背上的负担,如果

高，极其力不已，至坠地死。

今世之嗜取者，遇货不避[6]，以厚其室。不知为己累也，唯恐其不积。及其怠而踬也，黜弃[7]之，迁徙[8]之，亦以病矣。苟能起，又不艾[9]，日思高其位，大其禄，而贪取滋甚，以近于危坠，观前之死亡不知戒。虽其形魁然大者也，其名人也，而智则小虫也，亦足哀夫！

它可以爬动，依旧又会看见物体就取来背上。它还喜欢爬向高处，用尽力气也不停止，直至掉到地上摔死。

当世贪得无厌的人，碰见财物不谦让，用来丰厚自己的家产。不知道会成为自己的累赘，只担心财物积累得不够多。待到疲惫疏忽而栽了跟头，被贬谪罢官，被流放，也算够苦的了。假如能被起用，又不能停止取物背负，成天想着提升官位，增加俸禄，而更加贪取财物，以致临近从高处坠落的危险，看到前人贪财丧命的教训而不知道引以为戒。虽然他身形高大魁梧，被称为人，但他的智慧却如蝜蝂小虫，也实在可悲啊！

注释

1 **蝜蝂：**一种黑色的小虫，好负重物。
2 **卬(áng)：**通“昂”，仰。
3 **剧：**严重。
4 **涩：**不光滑。
5 **踬(zhì)仆：**跌倒，压倒。
6 **避：**谦让。
7 **黜(chù)弃：**贬谪，罢官。
8 **迁徙(xǐ)：**贬谪，流放。
9 **艾(ài)：**停止。

宥蝮蛇文并序

导读

本文承继了屈原《离骚》以恶禽臭物指称贼佞小人的传统。但作者以“宥”统领情绪，这既能将蝮蛇的恶毒与人们对它的痛恨写得淋漓尽致，又能在痛快胸臆后荡开一笔，让自己站在更高的层次悲悯之，进而叩问天道，使内心的情感得以丰富地呈现。

原文

家有僮，善执蛇。晨持一蛇来谒曰：“是谓蝮蛇。犯[1]于人，死不治。又善伺[2]人，闻人咳喘步骤[3]，辄不胜其毒，捷取巧噬[4]肆其害。然或慊[5]不得于人，则愈怒，反啮[6]草木，草木立死。后人来触死茎，犹堕[7]指、挛[8]腕、肿足，为废病。必杀之，是不可留。”余曰：“汝恶[9]得之？”曰：“得之榛[10]中。”曰：“榛中若是

译文

我家中有个僮仆很会抓蛇，一天早晨，他抓着一条蛇来告诉我说：“这叫蝮蛇，如果它咬了人，人就会死去，没法救治。这蛇很会窥伺人，听到或咳或喘、或缓或急的声音，它就会袭击人，人很难防备，蝮蛇敏捷地获取，机巧地咬噬，肆虐为害。然而有时它咬不到人而不满，就会更恼怒，回过头来咬啮草木，草木马上就会枯死。之后的人碰到枯死的草木，还会断掉手指、手腕痉挛、两脚肿痛，变成残废。我一定要杀死它，绝对不可以留它活命。”我说：“你怎么抓到它的？”他回答说：“我在灌木丛中抓

者可既[11]乎？”曰：“不可，其类甚博[12]。”余谓僮曰：“彼居榛中，汝居宫内，彼不汝即[13]，而汝即彼，犯而斗死以执而谒者，汝实健且险，以轻近是物。然而杀之，汝益暴矣。彼耕获者、求薪苏[14]者，皆土其乡，知防而入焉，执耒[15]、操鞭、持芟[16]，扑以远其害。汝今非有求于榛者也，密汝居，易汝庭，不凌奥[17]，不步暗[18]，是恶能得而害汝？且彼非乐为此态也，造物者赋之形，阴与阳命之气，形甚怪僻，气甚祸贼，虽欲不为是不可得也。是独可悲怜者，又孰能罪而加怒焉？汝勿杀也。”余悲其不得已而所为若是，叩其脊，谕[19]而宥之。其辞曰：

到的。”我问他：”在灌木丛中像这样的蝮蛇可以抓得完吗？”他回答说：“不能，像这样的蛇非常多。”我对僮仆说：“它住在灌木丛之中，你住在房舍里面，它没有来碰你，你却去抓它，主动进犯并与之以死相拼，抓它到这儿来见我，你实在是很强健，也很冒险，竟然如此轻率地接近这种危险的动物。但是如果杀了它，你也太残暴了。那些耕田种地的人、打柴的人，都是住在这里的当地人，都懂得要提防着进入丛林，拿着耒、持着鞭、扛着芟，扑打着草丛以远离它的侵害。现在你并没有到丛木中去的必要，密闭你的住所，平整你的庭院，不逾越深幽处，不在黑暗里行走，这样它哪里能伤害你呢？况且这蛇也不喜欢如此的生存状态，造物主赋予它这种形体，阴阳给它这种气质，形体非常怪异，气非常毒辣害人，即使它想不这样做也不可能。它尚且是值得悲怜的东西，又怎么能加罪于它，对它生怒呢？你不要杀死它。”我悲叹蝮蛇迫不得已而做出这样伤天害理的事，敲着它的脊背，教诲并宽恕了它。宥辞说：

注释

1 **犯**：咬，侵犯。

2 **伺**(sì)：窥伺。

3 **步骤**：步为缓行，骤为急走。

4 **噬**（shì）：咬。

5 **慊**（qiǎn）：不满，恨。

6 **反**：回过头来。**啮**（niè）：咬。

7 **堕**（duò）：脱落，断掉。

8 **挛**（luán）：蜷曲不能伸展，痉挛。

9 **恶**（wū）：疑问代词。相当于"何""安""怎么"。

10 **榛**（zhēn）：树丛。

11 **既**：穷尽，终尽。

12 **博**：多，丰富。

13 **即**（jí）：接近，靠近。

14 **薪苏**：柴禾。

15 **耒**（lěi）：古代一种可以脚踏的木制翻土农具。

16 **芟**（shān）：镰刀。

17 **凌**：逾越。**奥**：泛指室内深处。

18 **暗**（àn）：黑暗。

19 **谕**：教导，教诲。

原文

吾悲夫天形汝躯，绝翼去足，无以自扶，曲膂[1]屈胁，惟行之纡[2]。目兼蜂虿[3]，色混泥涂，其颈蹙恧[4]，其腹次且[5]，褰[6]鼻钩牙，穴出榛居，蓄怒而蟠[7]，衔毒而趋。志蕲[8]害物，阴妒潜狙[9]。汝之禀受若是，虽欲为蛙为螾[10]，焉可得已？凡

译文

我悲叹上天赋予了你这样的体形，没有翅膀也没有腿脚，无从自我扶持，弯曲着脊骨和两肋，只能曲折地爬行。眼睛像蜂蝎，颜色同烂泥，你愧疚地紧皱脖颈，你犹豫地蠕动腹部，鼻紧缩，牙带钩，在丛林中挖穴深居，心中怒火盘结，含着毒液爬行。志在毒害万物，贪妒狡诈。你天生的禀性就这样，即使想行如青蛙、蚯蚓，又怎么可

汝之为恶，非乐乎此，缘形役性，不可自止。草摇风动，百毒齐起，首拳脊努[11]，呥[12]舌摇尾。不逞其凶，若病乎己。世皆寒心，我独悲尔。吾将薙[13]吾庭，葺吾楹[14]，窒吾垣[15]，严吾扃[16]，俾奥草[17]不植，而穴隙不萌[18]。与汝异途，不相交争。虽汝之恶，焉得而行？

能呢？凡是你所作的恶，并不是你乐于如此，缘于你的形体受役于你的本性，不能自控。风吹草动，百毒齐现，你的头如拳举，脊如鼓凸，吐舌摆尾。如果不逞凶施恶，就会陷自己于不利。世人都戒惧你，唯独我悲悯你。我将清除我的庭院，修整我的房楹，堵严我的墙垣，密封我的门户，使深草不长，空隙不现。与你不在一条路上，就不会彼此争斗。即使你很凶恶，又如何能施逞呢？

注释

1 **膂(lǚ)**: 脊骨。

2 **纡(yū)**: 曲折。

3 **虿(chài)**: 蝎子一类的毒虫。

4 **蹙(cù)**: 紧皱，收缩。**恧(nǜ)**: 惭愧，愧疚。

5 **次且**: 犹豫不进貌。

6 **褰(qiān)**: 紧缩。

7 **蟠**: 盘曲，盘结。

8 **蕲(qí)**: 通“祈”。祈求。

9 **狙**: 狡诈。

10 **螾(yǐn)**: 蚯蚓。

11 **努**: 凸出，鼓起。

12 **呥(rán)**: 吐舌。

13 **薙(tì)**: 除草。

14 **葺(qì)**: 修理，修整。**楹**: 厅堂的前柱。

15 **窒(zhì)**: 堵塞。

16 **扃**(jiōng): 门户。

17 **俾**(bǐ): 使。**奥草**: 茂密的荒草。

18 **穴隟**(xì): 隟, 同"隙"。孔穴, 洞孔。**萌**: 产生。

原文

嘻!造物者胡甚不仁, 而巧成汝质。既禀乎此, 能无危物? 贼害无辜, 惟汝之实。阴阳为戾[1], 假汝忿疾。余胡汝尤, 是戮是抶[2]。宥汝于野, 自求终吉。彼樵竖[3]持芟, 农夫执耒, 不幸而遇, 将除其害, 余力一挥, 应手糜碎。我虽汝活[4], 其惠实大。他人异心, 谁释汝罪? 形既不化, 中焉能悔? 呜呼悲乎! 汝必死乎! 毒而不知, 反讼[5]其内。今虽宽焉, 后则谁赉[6]? 阴阳尔, 造化尔, 道乌乎在? 可不悲欤!

译文

嘻! 造物主为什么那么不仁慈, 而机巧地使你具备这样的禀性。既然秉承了这样的特性, 怎么能不危害外物呢? 贼害无辜, 这是你行凶的事实。阴阳之气变得乖戾, 借你的身躯发泄愤怒。除了你是罪恶之首还有谁呢? 屠戮你还是鞭打你呢? 我还是宽恕你, 把你放归野外, 自己寻求安全的终老之所吧。那樵童持着芟, 农夫拿着耒, 不巧碰见你, 就会除掉他们的敌人, 奋力挥动手中的工具, 你将应声粉身碎骨。我虽然让你活下来, 这恩惠确实很大, 但别人有其他的想法, 谁肯开脱你的罪恶呢? 你的形体既然没有改变, 心中又怎么能悔改呢? 唉, 可悲可怜啊, 你必定会死的!毒害人却不自知, 内心反而自我夸赞。如今我虽然宽宥了你, 今后谁会放过你呢? 阴阳之气啊, 造化之力啊, 公理在哪里呢? 怎能不让人悲愤啊!

注释

1 **戾**(lì): 乖戾, 乖张。

2 **抶**(chì): 笞击, 鞭打。

3 **竖**：童仆。

4 **活**：使动词，让……活。

5 **讼**：夸赞。

6 **赉**（lài）：赏赐，赐予。此处指放过。

哀溺文并序

导读

本文以短句描述渡河溺水的惊险场面，用字句的短促音调与惊心动魄的情节配合，使读者如临其境。在内容上，柳宗元以怜惜一个善游而贪财的小民为引子，联想到在风云变幻的世事中，对功名利禄贪得无厌的愚笨之人的悲悯，使散文的主题得到了升华。

原文

永之氓[1]咸善游。一日，水暴[2]甚，有五六氓乘小船绝湘水[3]。中济[4]，船破，皆游。其一氓尽力而不能寻常[5]。其侣曰："汝善游最也，今何后为[6]？"曰："吾腰千钱，重，是以后。"曰："何不去之？"不应，摇其首。有顷，益

译文

永州的老百姓都很擅长游泳。一天，河水骤涨，有五六个老百姓乘着小船横渡湘水。行到中流，船破了，大家都下水游泳。其中有个人虽然尽力游却不如平时快。他的同伴问道："你是最会游泳的，现在怎么落后了？"那人回答说："我的腰上缠着一千铜钱，太重了，所以落在后面。"同伴说："为什么不把它扔掉？"那人不回答，只是

怠[7]。已济者立岸上，呼且号[8]曰："汝愚之甚！蔽[9]之甚！身且死，何以货[10]为？"又摇其首，遂溺死。吾哀之。且若是，得不有大货之溺大氓者乎？

摇了摇头。过了一会儿，那人更加疲倦了。已经游过去的人站在岸上，大声呼喊："你太愚蠢了，太不明事理了。自己都快死了，要钱干什么？"那人又摇摇头，结果淹死了。我怜悯他。如果像这样，难道没有因贪大利而淹死大愚人的情况吗？

注释

1 **氓**(méng)：乡野之民，百姓。

2 **暴**：急骤，猛烈。

3 **绝**：横渡。

4 **济**：渡，行。

5 **寻常**：平常，平时。

6 **为**：句末语气词，表示疑问或反问。

7 **怠**：疲倦。

8 **号**(háo)：大声喊叫。

9 **蔽**：昏聩，不明是非，愚蠢。

10 **货**：钱财，财物。

原文

于是作《哀溺》：吾哀溺者之死货[1]兮，惟大氓之为忧。世涛鼓以风涌兮，浩涽荡[2]而无舟。不让禄以辞富兮，又旁窥而诡求[3]。手足乱而无如[4]兮，负重逾乎崇丘[5]。既浮颐

译文

于是我写下这篇《哀溺文》：我可怜那因贪恋钱财而淹死的人啊，替那些大愚人担忧。这世界就像波涛汹涌的激流啊，浩瀚的水波摇荡而又无渡河之舟。他们不但不肯推辞财禄啊，还要窥探索求。手忙脚乱而无可奈何啊，就像背负重物翻越高山。灭顶之灾已经要来

而灭膂[6]兮，不忍释利而离尤[7]。呼号者之莫救兮，愈摇首以沉流。发披鬤以舞澜[8]兮，魂侬侬[9]而焉游？龟鼋互[10]进以争食兮，鱼鲔[11]族而为羞。始贪赢以啬厚[12]兮，终负祸而怀雠[13]。前既没而后不知惩兮，更揽取而无时休。哀兹氓之蔽愚兮，反贼己而从仇。不量多以自谏[14]兮，姑指幸者而为谋。

到了啊，还不肯放弃财物而自取其咎。大声呼喊的人也无法解救他啊，越发摇头以致没入洪流。乱发在波涛中浮荡啊，失魂落魄要向何方漂游？龟鳖互相逼进抢食吃啊，鱼类成群地把他当作美味珍馐。起初贪钱啬财啊，最终都遭祸患心怀仇怨。前人已经淹死而后人不知惩戒啊，愈加拼命捞取钱财而没有止休。悲叹这种人不明事理又愚蠢啊，反过来毁灭了自己而追随冤仇。不裁度危害的严重而自我匡正啊，苟且以那些侥幸得利的人为匹俦。

注释

1 **死货**：死于（贪恋）财物。

2 **滉**（huàng）**荡**：摇晃，摇荡。

3 **诡求**：责求，索求。

4 **无如**：无可奈何。

5 **逾**（yú）：越过，经过。**崇丘**：高山。

6 **颐**：下巴。**膂**（lǚ）：脊梁骨。

7 **离尤**：遭罪，遇祸。

8 **鬤**（ráng）：（头发）散乱浮荡。**澜**：大波浪。

9 **侬侬**：无所适从的样子。

10 **鼋**（yuán）：大鳖。**互**：争相，互相。

11 **鲔**（wěi）：泛指鱼类。

12 **赢**：做买卖所获得的利润。**啬厚**：吝惜财富。

13 **怀**：心怀。**雠**（chóu）：报复，仇怨。

14 **量**（liáng）：裁度，测断。**谏**：匡正，挽回。

原文

夫人固灵于鸟鱼兮，胡昧罻[1]而蒙钩？大者死大兮，小者死小。善游虽最兮，卒以道夭[2]。与害偕行兮，以死自绕[3]。推今而鉴古兮，鲜克[4]以保其生。衣宝焚纣[5]兮，专利灭荣[6]。豺狼死而犹饿兮，牛腹尸而不盈[7]。民既瞀瞀[8]而无知兮，故与彼咸谥为氓。死者不足哀兮，冀中人[9]之为余再更。噫！

译文

人本来比鸟鱼聪明啊，为什么会蒙昧于罗网和钓钩？大愚人为大利而丧身啊，小愚人为小利而命休。虽然最会游泳啊，结果还是中途夭亡。因为你们与祸害为伍啊，以亡命之危自绕。推想今天的现实以借鉴古代的教训啊，这样很少能保全自己的性命。商纣王穿着玉衣终究被焚啊，贪财逐利使荣夷公命休。豺狼至死还贪吃不厌啊，牛死后肚子还未充盈。人们既然如此昏聩无知啊，因此应与那个溺死者一样给予“愚人”的谥号。已死去的人不足以哀叹啊，希望那些可以领悟道理的人因为我这篇文章而改弦易辙。唉！

注释

1 **昧：**蒙蔽，蒙昧。**罻**（wèi）**：**泛指网。

2 **道夭：**中途夭亡。

3 **绕：**引申指某事或某问题纠缠不清。

4 **克：**能够。

5 **衣**（yì）**宝焚纣：**衣，穿衣。纣，殷商末代君王帝辛的别名。据《史记·殷本纪》载，商纣王兵败时逃到鹿台，穿玉衣赴火而死。

6 **专利灭荣：**据《国语·周语上》记载，荣夷公好利，周厉王却专任他掌管政事。

7 **尸：**犹死。**盈：**满。

8 **瞀瞀**（mào）**：**即“贸贸”，昏聩貌。

9 **中人：**普通人，与文中“愚人”相对。

憎王孙[1]文并序

导读

王孙是猴子的别称，出自东汉王延寿的《王孙赋》："有王孙之狡兽，形陋观而丑仪。"本文以对比的手法、寓言的体裁、骚体的语言写成。序言部分的短句与正文的骚体语句形成对比，富于表现力。

原文

猿、王孙居异山，德异性，不能相容。猿之德静以恒[2]，类仁让孝慈。居相爱，食相先[3]，行有列，饮有序。不幸乖离[4]，则其鸣哀。有难，则内[5]其柔弱者。不践稼蔬。木实未熟，相与视之谨[6]；既熟，啸呼群萃[7]，然后食，衎衎[8]焉。山之小草木，必环[9]而行遂其植[10]。故猿之居山恒郁然。王孙之德躁以嚣，勃诤号呶[11]，唶

译文

猿与王孙居住在不同的山野，因为它们品性不同，互不相容。猿的品性喜欢安静而且恒常不变，如人类懂得仁义、礼让、孝悌、慈善，平时彼此相爱，吃东西互相谦让，行走前后成行，喝水有秩序。如果有同伴不幸失散，其他猿都悲伤哀鸣。遇到危难，它们会把年小体弱者围纳在中间保护起来。猿从来不践踏庄稼和蔬菜。树上的果实如果还未成熟，就共同谨慎地守护。果实成熟以后，就呼啸聚集在一起，然后才开始吃，一派和乐融融的景象。遇见山中幼小的花草树木，必定绕道行走，让它顺意生长。因此猿居住的地方，山中总是草木繁盛。王孙的品性暴躁

嗜彊彊[12]，虽群不相善也。食相噬啮[13]，行无列，饮无序。乖离而不思。有难，推其柔弱者以免。好践稼蔬，所过狼藉披攘[14]。木实未熟，辄龁咬投注[15]。窃取人食，皆知自实其嗛[16]。山之小草木，必凌挫折挽，使之瘁然[17]后已。故王孙之居山恒蒿然[18]。以是猿群众则逐王孙，王孙群众亦齰[19]猿。猿弃去，终不与抗。然则物之甚可憎，莫王孙若也。余弃山间久，见其趣如是，作《憎王孙》云：

且喧嚣，乖戾争吵叫嚷，嗜嗜喧闹地聚在一起，虽然群居却难以和睦相处。吃东西时互相撕咬，行走无先后，饮水无秩序，即使同伴失散也无动于衷。遇到危难，就抛弃年小体弱者而自己逃命。喜欢践踏庄稼蔬菜，所过之处草木倒伏乱七八糟。树上的果实还没成熟，它们就乱咬乱扔。偷窃人们的食物，都只懂得把自己两腮上的颊囊填得满满的。遇见山中幼小的花草树木，必定摧折拉扯，把树木摧残枯槁才罢休。所以王孙居住的地方，山野总是荒凉一片。因此猿群多的时候就会驱逐王孙，王孙众多的时候就撕咬猿群。猿最终离去，不与王孙抗争。然而动物里最惹人讨厌的，非王孙莫属了。我离开山里面的时间很长了，看见它们这样的行为，于是写下这篇《憎王孙》：

注释

1 **王孙：** 猴子的别称。

2 **以：** 而，且。**恒：** 有常性。

3 **相先：** 相互谦让。

4 **乖离：** 分离，失散。

5 **内：** 同“纳”。接纳，收留，围纳。

6 **谨：** 慎守，严守。

7 **萃：** 聚集。

8 **衎（kàn）衎：** 和乐的样子。

9 **环**：围绕。此处指绕道。

10 **植**：生长。

11 **勃**（bèi）：通“悖”。乖戾。**诤**（zhèng）：通“争”。争讼，争论。**号呶**（hào náo）：喧嚣叫嚷。

12 **啧**（zé）**啧**：啧通“谱”。大声呼叫。

13 **噬啮**（shì niè）：咬。

14 **披攘**（rǎng）：犹披靡。指草木倒伏。

15 **龁**（hé）**咬**：啮咬。**注**：投，击。

16 **嗛**（qiǎn）：猿猴的颊囊，用于储藏食物。

17 **瘁**（cuì）**然**：枯槁貌。

18 **蒿**（hāo）**然**：草木凋零，荒凉貌。

19 **齰**（zé）：咬。

原文

湘水之激激[1]兮，其上群山。胡兹郁而彼瘁兮，善恶异居其间。恶者王孙兮善者猿。环行遂植兮止暴残。王孙兮甚可憎！噫，山之灵兮，胡不贼旃[2]？跳踉[3]叫嚣兮，冲目宣断[4]。外以败物兮，内以争群。排[5]斗善类兮，哗骇披纷[6]。盗取民食兮，私己不分。充嗛果腹兮，骄傲欢欣[7]。嘉华美木兮硕而繁，群披竞啮兮枯株根。

译文

湘水悠悠流淌啊，两岸是起伏的群山。为何这座山郁郁葱葱而那座山枯槁荒芜啊，因为善者和恶者分住两端。可恶的是王孙啊，善良的是猿。猿遇见幼苗就绕行让其顺意生长，制止残暴。王孙实在太可恨！噫，山神啊，您为什么不制止王孙呢？王孙嚣张地跳蹿啊，龇牙瞪眼。对外破坏万物啊，对内相互争斗不断。它们排挤打击良善啊，惊骇喧哗骚动混乱。偷盗人类的食物啊，占为己有不会均分。它们把偷来的东西装满肚子和颊囊啊，自鸣得意傲慢欢腾。美丽的树木上鲜花盛开，果实繁硕，王孙群起乱咬啊，使树枯根残。它们摧树毁果啊，愈加喧闹不堪，

毁成败实兮更怒喧，居民怨苦兮号穹旻[8]。王孙兮甚可憎！噫，山之灵兮，胡独不闻？猿之仁兮，受逐不校[9]。退优游兮，惟德是效。廉、来[10]同兮圣囚，禹、稷[11]合兮凶诛。群小遂兮君子违，大人聚兮孽无余。善与恶不同乡兮，否泰既兆其盈虚[12]。伊细大之固然兮，乃祸福之攸趋。王孙兮甚可憎！噫，山之灵兮，胡逸而居？

百姓怨声载道啊，哭号声上达云端。王孙太可恨了！噫，山神啊，为何您偏偏置若罔闻？猿类仁义，被王孙驱逐却顺受不计较，它们退避王孙悠然自乐，只有这种品行才值得仿效。飞廉、恶来父子共进谗言，周文王就被商纣王囚禁；夏禹和后稷联手啊，四凶才被舜惩诛。成群的小人遂意啊，正人君子只得离开，正人君子聚政朝廷啊，恶人才会无处可待。善恶不共处啊，他们命运的幸与不幸昭示着国家的盛衰成败。小人与君子此消彼长的关系本来如此啊，他们之间斗争的结果决定了国家的祸福。王孙啊真是可恨！噫，山神啊，您为何还安然地无动于衷？

注释

1 **滶滶**(yóu)：水缓缓流动貌。

2 **旃**(zhān)：文言助词，相当于“之”或“之焉”。

3 **跳踉**(liáng)：跋扈，强横嚣张。

4 **冲目**：向上翻眼。**宜断**(yín)：露出齿根肉。断，同“龈”。

5 **排**：排斥，排挤。

6 **哗骇**：大声叫喊，十分惊骇。**披纷**：散乱，分散。

7 **欢欣**：欢腾，快乐而兴奋。

8 **穹旻**：犹苍穹。此处指云端。

9 **逐**：顺受。**校**(jiào)：计较，考虑。

10 **廉、来**：飞廉、恶来。商纣的两个佞臣。

11 **禹、稷**：指夏禹与后稷。夏禹和后稷受尧舜之命整治山川，教民耕种，被称为贤臣。舜用禹、稷除去“四凶”。

12 **否泰:**《易经》的两个卦名。天地不交闭塞谓之“否”;天地交,万物通谓之“泰”。后常指世事的盛衰,命运的顺逆。**兆:** 预示,显现。**盈虚:** 盛衰,成败。

吊屈原[1]文

导读

唐永贞元年(805)于永州作。时柳宗元33岁。在汨罗江上,作者名为悲吊屈原,实为哀叹自己。作者借揭露过去迫害屈原的守旧贵族势力,抨击当时朝廷中颠倒是非黑白的昏庸之人,又以对屈原忠君爱国精神的歌颂,进而勉励自己坚守赤子之心。本文一唱三叹、凄婉萦回,仿“离骚”体来凭吊屈原,是向屈子文才的最高致敬。

原文

后先生盖千祀兮[2],余再逐而浮湘[3]。求先生之汨罗[4]兮,揽蘅若以荐芳[5]。愿荒忽之顾怀兮[6],冀陈词而有光[7]。

译文

较先生逝世晚约一千年的时间啊,我再次被放逐航行于湘江。为访求先生的遗迹我来到汨罗江畔啊,采摘杜蘅、杜若以祭献芳香。愿先生幽冥的神灵顾念我啊,希望为您致辞而闻见灵光。

注释

1 **屈原:** 战国楚人,芈姓,名平,字原;又自云名正则,字灵均。祖先封于屈,遂以屈为氏。为楚怀王委以重任,官至左徒。遭谗迁三闾大夫。楚襄王时被放逐于沅、湘流域。因深感已无力救国,遂投汨罗江自尽。

屈原博闻强识，娴于辞令，所作《楚辞》是中国浪漫主义文学的源头。

2 **后：**晚。**先生：**指屈原。**盖：**大概。**祀：**古代对年的一种称呼。千祀，即千年。**兮：**古代韵文中的助词。用于句中或句末，表示停顿或感叹。与现代的“啊”相似。

3 **再逐：**唐永贞元年（805）九月，柳宗元贬邵州（今湖南邵阳）刺史。十一月，再贬永州（今湖南永州）司马。**浮：**水上航行。

4 **汨罗：**水名。屈原投水自尽处。

5 **揽：**采摘。**蘅**（héng）**：**香草名。即杜蘅。又作“杜衡”。文学作品中常用以比喻君子、贤人。**若：**香草名。即杜若。**荐：**祭献。

6 **荒忽：**模糊不清貌。此处指屈原模糊不清的灵魂。**顾怀：**顾念思怀。

7 **冀：**希望，盼望。**陈词：**谓著述辞赋。

原文

先生之不从世兮，惟道是就[1]。支离抢攘[2]兮，遭世孔疚[3]。华虫荐壤[4]兮，进御羔褏[5]。牝鸡咿嚘[6]兮，孤雄束味[7]。哇咬[8]环观兮，蒙耳大吕[9]。堇喙以为羞[10]兮，焚弃稷黍[11]。犴狱之不知避兮[12]，宫庭之不处。陷涂藉秽[13]兮，荣若绣黼[14]。榱[15]折火烈兮，娱娱[16]笑舞。谗巧之哓哓[17]兮，惑以为《咸池》[18]。便媚鞠恧[19]兮，美逾西

译文

先生不肯随波逐流啊，只遵循正确的治国主张。当时国家是那样的残破纷乱啊，遭遇乱世教人十分痛苦忧伤。华贵的冕服被委弃在地上啊，却进呈羊皮制的粗贱衣裳。雌鸡咿嚘乱叫啊，孤独的雄鸡却被限制引吭高唱。俚俗的歌曲被围拥观赏啊，人们对高雅的音乐反而要捂住耳朵尽力阻挡。把乌头、附子这样的毒药当作美味佳肴啊，五谷粮食却被抛弃烧光。明知是牢狱却不懂趋避啊，不安居于宫殿的华堂。陷进泥潭坐在污秽之处啊，还自以为像穿着高贵礼服一样荣光。屋椽已被烈火焚折啊，却还歌舞其乐洋洋。谗邪巧佞争辩不休啊，却糊涂地当成《咸池》一样优美的乐章。低声下气阿谀谄媚的小丑啊，

施。谓谟言[20]之怪诞兮，反寘瑱而远违[21]。匿重痼以讳避兮[22]，进俞、缓[23]之不可为。	却被认为比西施还要漂亮。应奉为圭臬的谋略之言被视为怪诞啊，反而用玉瑱塞住双耳远远避藏。患了顽疾还要讳疾忌医啊，即使请俞跗、秦缓一样的名医来也无良方。

注释

1 **惟道是就**："惟就是道"的倒装。就，接近。是，代词，用于前置的宾语与谓语间，以示强调。

2 **支离**：残缺不全，残破纷乱。**抢攘**：纷乱貌。

3 **孔疚**：非常难过，很痛苦。

4 **华虫**：雉的别称。古代常用作冕服上的画饰。此处指高贵华美的冕服。**荐壤**：委弃于地。

5 **进御**：犹进呈。**羔褎（xiù）**：褎，同"袖"。价值低廉的羊羔皮做的袖子。此处指代粗贱的衣裳。

6 **牝（pìn）鸡**：雌鸡。**咿嚘（yī yōu）**：形容雌鸡乱叫的声音。

7 **雄**：此处指雄鸡。**束**：约束，限制。**咮（zhòu）**：鸟嘴。

8 **哇咬**：俚俗的音乐，民歌。

9 **大吕**：古代乐律名。古乐分十二律，阴阳各六，六阴称吕，其四为大吕。此处为黄钟大吕的省称。指庄严、和谐的高雅音乐。

10 **堇**：药名，即乌头，有毒。**喙（huì）**：中药附子的别称。

11 **稷黍（jì shǔ）**：泛指五谷。

12 **犴（àn）狱**：牢狱。犴，同"豻"。此处指楚怀王不听屈原劝谏，结果被骗到秦国遭囚禁，后死于秦。

13 **涂**：泥。**藉（jiè）**：坐卧在某物上。

14 **黼（fǔ）**：诸侯的礼服。

15 **榱（cuī）**：即椽，放在檩上支持屋面和瓦片的木条。

16 **娭娭**：欢乐貌。

17 **谗巧**：谗邪巧佞。**哓（xiāo）哓**：争辩声。

18 **咸池：**古乐曲名。

19 **便媚：**阿谀谄媚。**鞠恧（nǜ）：**谓弯着身子，低声下气。

20 **谟（mó）言：**可奉为圭臬的谋略之言。

21 **寘（zhì）：**放置。**瑱（tiàn）：**古人垂在冠冕两侧用以塞耳的玉坠。**违：**离开。

22 **匿：**隐藏；隐瞒。**痼（gù）：**积久难治的病。**讳避：**忌讳回避。

23 **俞、缓：**指俞跗、秦缓。俞跗，亦作“俞柎”，上古名医。秦缓，相传为春秋时秦国良医。

原文

何先生之凛凛[1]兮，厉针石[2]而从之。但仲尼之去鲁兮[3]，曰吾行之迟迟[4]。柳下惠之直道兮[5]，又焉往而可施？今夫世之议夫子兮，曰胡隐忍[6]而怀斯？惟达人之卓轨兮[7]，固僻陋之所疑[8]。委故都以从利兮，吾知先生之不忍；立而视其覆坠兮，又非先生之所志。穷与达固不渝兮，夫唯服道以守义。

译文

为什么像先生这样威严让人敬畏的人啊，执意要磨砺石针去医治那些不能治愈的创伤？但是从前孔子离开鲁国的时候啊，曾说：“我缓慢地走，步履踉跄。”柳下惠奉行直道啊，可到哪里去都不能实现自己的主张。如今世上的人都在议论先生啊，说您为何克制忍耐还心怀楚国的兴亡？这是通达之人的卓越行为啊，本来就不是偏执浅陋的人可以理解估量的。舍弃自己的祖国去谋求个人的利益啊，我知道先生绝不愿意做这样的勾当；袖手旁观坐视自己国家倾覆啊，又不是先生的志向。无论得志与否都不改变自己的意志啊，只始终坚守自己的道义和主张。

注释

1 **凛凛：**威严而使人敬畏的样子。

2 **厉：**磨砺。**针石：**用砭石制成的石针。古代针灸用石针，后世用金针。

3 **仲尼之去鲁:** 仲尼,即孔子,名丘,字仲尼。鲁国陬邑(今山东曲阜)人。相传有弟子三千,其贤弟子有七十二人,孔子曾带领弟子周游列国。

4 **吾行之迟迟:** 迟迟,行走缓慢貌。比喻屈原不忍离开故土。

5 **柳下惠:** 展获,字禽。鲁国大夫。食邑于柳下(一说居于柳下),私谥"惠",故称"柳下惠"。因排行最末,亦称"展季""柳下季"。为官任劳任怨,不以职低而卑,被称为贤人。他任士师时多次被撤职,却不肯离开鲁国。

6 **隐忍:** 克制,忍耐着不动声色。

7 **达人:** 通达事理的人。**卓轨:** 高超的行为。

8 **僻陋:** 性情偏执、见识浅陋的人。**疑:** 怀疑,不相信。此处指理解估量。

原文

矧先生之悃愊兮[1],蹈大故而不贰。沉璜瘗佩[2]兮,孰幽而不光?荃蕙蔽匿[3]兮,胡久而不芳?先生之貌不可得兮,犹仿佛其文章。托遗编而叹喟[4]兮,涣余涕之盈眶。呵星辰而驱诡怪兮,夫孰救于崩亡?何挥霍夫雷电兮,苟为是之荒茫[5]。耀姱辞之曭朗[6]兮,世果以是之为狂。哀余衷之坎坎[7]兮,独蕴愤而增伤。谅[8]先生之不言兮,后之人又

译文

何况先生一直忠心赤诚啊,即使付出生命也决不改变立场。璜佩美玉无论是被沉在水底还是埋进土里啊,怎么会幽暗无光?菖蒲蕙兰这样的香草被隐藏起来啊,怎么会因时间久而不吐露芬芳?先生的容貌已经无法看见了啊,但读您的文章就仿佛看到了您一样。捧读先生的遗著而叹息啊,我泪水纵横盈眶。您作《天问》指斥星辰而驱遣各种怪异啊,那又如何能挽救国家的危亡?雷霆万钧多么迅速啊,姑且沉浸于荒诞渺茫。您的文章辞藻华美又晦暗不明啊,世上的凡人果真以为您是在发狂。唯独我的内心忧愤难平啊,充满了悲愤和哀伤。如果先生不写下这些文章啊,后世的人又如何对您景仰瞻望?您爱

何望？忠诚之既内激兮，抑衔忍[9]而不长。芈为屈[10]之几何兮，胡独焚其中肠？

吾哀今之为仕兮，庸有虑时之否臧[11]？食君之禄畏不厚兮，悼得位之不昌。退自服[12]以默默兮，曰吾言之不行。既偷风[13]之不可去兮，怀先生之可忘。

国的赤诚已然在内心激荡啊，强制忍耐也不会久藏。芈姓的楚国与您姓屈的能有多少牵连啊，为什么唯独您内心如焚忧愁断肠？

我对现在那些当官的感到痛心疾首啊，哪里有一个关心国家的治乱兴亡？他们只担心自己的俸禄不足啊，发愁不能腾达飞黄。我只好离开适应默不作声啊，因为我也难以实现自己的主张。既然这浇薄之风难以去除啊，我只有长怀先生永不遗忘。

注释

1 **矧**（shěn）：况且。**悃愊**（kǔn bì）：赤诚。

2 **璜**：玉器名。状如半璧。古代朝聘、祭祀、丧葬时所用的礼器。**瘗**（yì）：埋藏，隐藏。**佩**：玉佩，古人佩带的饰物。

3 **荃**（quán）：香草名。即菖蒲。多喻君主。**蕙**：香草名。所指有二：一指熏草，俗称“佩兰”。古人佩之或作香焚以避疫。二指蕙兰。叶似兰草而稍瘦长，暮春开花，一茎可发八九朵，气逊于兰，色也略淡。**蔽匿**：隐藏。

4 **遗编**：前人留下的著作。**叹喟**（kuì）：叹息，叹气。

5 **挥霍**：迅速的样子。**荒茫**：荒诞渺茫。

6 **姱**（kuā）：华美。**曭**（tǎng）**朗**：晦暗不明。

7 **坎坎**：忧愤。

8 **谅**：假如。

9 **抑**：文言发语词，无义。**衔忍**：怀藏强忍。

10 **芈**（mǐ）：春秋时楚国祖先的族姓。此处代指楚国。**屈**：楚王同宗贵族的一支。屈原的祖先屈瑕为楚武王熊通之子，受封于屈，故以屈为姓。

11 **否臧:** 成败，善恶，优劣。
12 **服:** 习惯，适应。
13 **偷风:** 浇薄的社会风气。

吊乐毅[1]文

导读

柳宗元所作的祭吊文，多以凭吊前人之名而哀悼自己，本文也是如此。全文分为四段。第一段交代写作的缘由，从闻而哀之、遥而吊之的情形，可知作者是因内心情感被深深触动而为之。第二段是正文的起首，用两个比喻起兴，以大厦和良车比喻乐毅，可见作者对乐毅的推重。第三段以叙述乐毅的事迹为主，叙事中有抒情。第四段为议论，由哀吊乐毅转而哀叹自己，引出了真正的写作意图。

原文

许纵自燕[2]来，曰："燕之南有墓焉，其志曰乐生之墓[3]。"余闻而哀之。其返也，与之文使吊焉。

大厦之骞[4]兮，风雨萃[5]之。车亡其轴[6]兮，乘者弃之。呜呼夫子兮，不

译文

许纵来自燕地，说："燕南有一座坟墓，墓志上说是乐毅的墓。"我听了很悲哀。在他返回之时，把这篇文章给他，请他前去吊唁。

大厦将要毁坏啊，风雨汇聚侵袭。车失去主轴啊，乘车的人就将它抛弃。唉，先生的遭遇啊，不幸的情况与此类似。

幸类之。

尚何为哉？昭不可留兮，道不可常[7]。畏死疾走兮，狂顾[8]傍徨。燕复为齐兮[9]，东海洋洋。嗟夫子之专直[10]兮，不虑后而为防。胡去规而就矩兮，卒陷滞[11]以流亡。惜功美之不就兮，俾愚昧之周章[12]。

还能有什么作为呢？昭王不能长留于世啊，他治国的方略也不能永久维持。你为逃生只得疾奔啊，遑急顾盼又徘徊迟疑。燕国征伐得来的领地又复归于齐国啊，东海依旧广阔无际。嗟叹你一意直行的忠贞啊，不懂谋划提防自己的将来。为什么你厌弃世故圆滑而坚持正确主张啊，结果郁郁不得志而流亡。可惜辉煌的功业无法成就啊，使那些愚昧之徒四处逞强。

注释

1 **乐毅：**子姓，乐氏，名毅，字永霸。战国中山灵寿（今河北平山东北）人，魏将乐羊后裔。拜燕上将军，受封昌国君，辅佐燕昭王振兴燕国，报了强齐伐燕之仇。齐行反间计，燕惠王遂以骑劫代乐毅。乐毅逃奔赵国，后死于赵国。

2 **许纵：**唐贞元至元和时人，柳宗元的朋友。**燕：**战国时燕国之地，在今河北北部和辽宁西部。

3 **志：**墓志。**乐生：**乐毅。

4 **骞**（qiān）**：**毁坏。

5 **萃：**聚集，汇集。

6 **亡：**失去。**轴：**车轴。

7 **常：**长久，永远。

8 **狂顾：**遑急顾盼。

9 **燕复为齐：**指乐毅逃奔后，燕所攻得的齐国城池尽被收复。

10 **专直：**一意直行。

11 **陷滞：**引申为郁郁不得志。

12 **俾**（bǐ）**：**使。**周章：**周遍流行，遍及各地。

原文

岂夫子之不能兮，无亦恶是之遑遑[1]！仁夫对赵之悃款[2]兮，诚不忍其故邦[3]。君子之容与[4]兮，弥亿载[5]而愈光。谅遭时之不然兮，匪[6]谋虑之不长。跽[7]陈辞以陨涕兮，仰视天之茫茫。苟偷世[8]之谓何兮，言余心之不臧[9]。

译文

难道先生您没有能力为自己谋划啊，您不是也厌恶这样心神惊恐匆匆忙忙？对赵王的诚挚体现了您的仁义啊，实在是对故邦人心怀不忍。先生您安闲自得的样子啊，到了千秋万代愈加光彩流芳。料想您是所遇非时啊，并非谋虑不够深长。我跪着向您致辞悼念不禁流泪啊，仰望天宇苍茫。我苟且偷生，世人会怎样议论啊，也许会说我的心不善良。

注释

1 **无亦：**表示委婉的反问。**遑遑：**惊恐匆忙，心神不定。

2 **悃(kǔn)款：**诚挚。

3 **“诚不忍”句：**指燕所攻得的齐城尽被收复后，燕惠王致书乐毅以谢其罪，乐毅复返燕国，往来于燕赵之间。

4 **容与：**安闲自得的样子。

5 **亿载：**亿年，此处指千秋万代。

6 **匪：**通“非”。

7 **跽(jì)：**两膝着地，上身挺直，即跪。

8 **偷世：**苟且偷生。

9 **臧：**善良。

三戒并序

导读

此三篇文章，作者用寓言的形式，生动形象地叙述了某些人“乘物以逞”的可笑后果。

原文

吾恒恶世之人，不推己之本[1]，而乘物以逞[2]，或依势以干非其类[3]，出技以怒强，窃时[4]以肆暴，然卒迨[5]于祸。有客谈麋[6]、驴、鼠三物，似其事，作《三戒》。

译文

我一向厌恶世上的一些人，不切合自身的实际情况，而凭恃外在条件恣肆放纵。有的依仗外势冒犯异类，有的使用小伎俩激怒强大的对手，有的得势时肆意施暴，然而最终都遭到灾祸。有朋友讲起关于麋、驴、鼠的三个故事，与那些人情形相似，我于是写此《三戒》。

注释

1 **本：**本来的真实情况。

2 **乘：**凭恃，依仗。**物：**外界环境及条件。**逞：**放纵，恣肆。

3 **干：**冒犯，冲犯。**类：**相似。

4 **窃时：**此处指得势。

5 **迨(dài)：**及，遭到。

6 **麋(mí)：**麋鹿。

临江之麋

原文

临江之人，畋得麋麑[1]，畜[2]之。入门，群犬垂涎[3]，扬尾皆来。其人怒，怛[4]之。自是日抱就[5]犬，习示之，使勿动，稍使与之戏。积久[6]，犬皆如人意。麋麑稍大，忘己之麋也，以为犬良[7]我友，抵触偃仆[8]，益狎[9]。犬畏主人，与之俯仰[10]甚善，然时啖其舌[11]。

三年，麋出门，见外犬在道甚众，走欲与为戏[12]。外犬见而喜且怒，共杀食之，狼藉[13]道上。麋至死不悟。

译文

临江有个人打猎捕获了一只小麋鹿，打算饲养它。回家一进门，群狗就翘着尾巴、流着口水围过来了。猎人很生气，恐吓群狗。从此，他每天抱着麋鹿接近狗，长期地这样做，使狗慢慢习惯，先命令狗不许动麋鹿，逐渐开始让狗与麋鹿玩耍。时间久了，狗都能顺合人的旨意。麋鹿逐渐长大，忘记了自己是麋鹿，以为狗的确是自己的朋友，与狗互相抵触碰撞、扑倒玩耍，越发亲近。狗畏惧主人，非常迎合麋鹿，但是时常馋得舔舌头。

三年过后，麋鹿外出，在路上看见许多不认识的狗，跑过去想与它们戏耍。那些狗见了它高兴而又凶怒，一起将麋鹿咬死吃了，皮毛骨骸散乱在路上。麋鹿到死也没明白这是怎么回事。

注释

1 **畋**(tián)：打猎。**麑**(ní)：幼鹿。

2 **畜**：饲养。

3 **垂涎:** 因想吃东西而流下口水。

4 **怛(dá):** 畏惧,惊恐。此处指恐吓。

5 **自是:** 从此。**就:** 接近。

6 **积久:** 长时间的积累。

7 **良:** 的确。

8 **抵触:** 互相抵触碰撞。**偃仆:** 倒下,扑倒。

9 **狎(xiá):** 亲近而态度不庄重。

10 **俯仰:** 低头和抬头,泛指迎合应对。

11 **啖(dàn)其舌:** 舔舌头。垂涎欲吃貌。

12 **戏:** 戏耍。

13 **狼藉:** 散乱。指麋鹿被吃后皮毛骨骸散乱一地。

黔[1]之驴

原文

黔无驴,有好事者船载以入。至则无可用,放之山下。虎见之,尨然[2]大物也,以为神。蔽林间窥之,稍出近之,慭慭然[3]莫相知。

他日,驴一鸣,虎大骇[4],远遁[5],以为且噬[6]己也,甚恐。然往来视之,觉无异能者。益习[7]其声,又近出前后,终不

译文

黔地没有驴,有个喜欢多事的人用船运了一只驴来。驴运到了后又没有什么用处,就把它放到山下。老虎看见驴这个庞然大物,以为是神物,躲到树林里偷偷观察它,逐渐出来接近它,因不知道它是什么东西而谨慎惊疑。

有一天,驴叫了一声,老虎非常害怕,逃得远远的,以为驴要来咬自己,极度恐惧。可是老虎来来回回地观察驴,又觉得它没有什么特殊的本领。渐渐习惯了驴的叫声后,老虎又在驴的近处前后逡

敢搏。稍近，益狎，荡倚冲冒[8]，驴不胜怒，蹄之。虎因喜，计之曰："技止此耳！"因跳踉大㘎[9]，断其喉，尽其肉，乃去。

噫！形之尨也类有德，声之宏也类有能。向不出其技，虎虽猛，疑畏，卒不敢取。今若是焉，悲夫！

巡，始终不敢搏击。随着逐渐靠近，老虎更加轻慢驴，从围观、倚靠，再到冲撞冒犯，驴不禁发怒，用蹄子踢老虎。老虎于是很高兴，暗暗盘算道："你的本领不过如此罢了！"于是跳跃大吼，咬断驴的喉咙，吃光了它的肉然后离开。

唉！庞然大物似乎有德行，声音洪亮似乎有本事。当初如果不显露自己的那点小伎俩，老虎虽然凶猛，因疑惑畏惧，最终也不敢轻易攻击。如今落得如此下场，可悲啊！

注释

1 **黔：**唐朝黔中道的简称。辖境包括今贵州大部分地区和湖南西部、四川东南部、湖北西南部。

2 **尨（páng）然：**巨大的样子。尨，通"庞"。

3 **慭慭（yìn）然：**谨慎的样子。

4 **骇（hài）：**害怕。

5 **遁（dùn）：**逃避，躲闪。

6 **噬（shì）：**咬。

7 **益：**渐渐。**习：**习惯，熟悉。

8 **荡：**四处走动。**倚：**靠近。**冲：**冲撞。**冒：**冒犯。指老虎对驴的各种试探。

9 **跳踉（liáng）：**跳跃。**㘎（hǎn）：**虎怒吼声。

永某氏之鼠

原文

永有某氏者，畏日[1]，拘忌异甚。以为己生岁直子[2]，鼠，子神也。因爱鼠，不畜猫犬，禁僮勿击鼠。仓廪庖厨[3]，悉以恣[4]鼠不问。由是鼠相告，皆来某氏，饱食而无祸。某氏室无完器，椸[5]无完衣，饮食大率鼠之余也。昼累累[6]与人兼行，夜则窃啮斗暴，其声万状，不可以寝。终不厌。

数岁，某氏徙居他州。后人来居，鼠为态如故。其人曰："是阴类恶物也，盗暴尤甚，且何以至是乎哉！"假五六猫，阖门[7]撤瓦，灌穴，购僮罗捕[8]之。杀鼠如丘，弃之隐处，臭数月乃已。

译文

永州有个人，对日子很迷信，有非常多忌讳。他认为自己出生时值子年，老鼠是子年的生肖神，因此喜欢老鼠，不养猫狗，禁止僮仆击杀老鼠。粮仓和厨房都任凭老鼠横行恣肆而不过问。因此老鼠奔走相告，都到他家里，吃得饱又没有灾祸。那个人家里因此没有完好的器物，衣架上没有完好的衣服，吃的喝的大都是老鼠糟蹋后剩余之物。白天，老鼠成群结队地和人一起行走，夜晚，老鼠偷偷地啃咬东西，激烈打斗，发出各种吵声，使人无法入睡。但是那个人始终没有厌恶。

几年后，那个人迁居别的州，另有人来此居住，老鼠如从前一样恣意妄为。新搬来的人说："老鼠是在阴暗处活动的坏家伙，偷盗打斗尤其厉害，为什么竟然猖狂到如此地步啊！"他借来五六只猫，关上门，撤去屋瓦，用水灌鼠洞，出钱雇僮仆围捕老鼠。捕杀的老鼠堆积如小山，丢弃到偏僻的地方，臭气几个月才散尽。

呜呼！彼以其饱食无祸为可恒也哉！	唉！老鼠还以为自己能饱食无灾直到永远呢！

注释

1 **畏日**：指旧时迷信的人认为日子有好坏，行事要参照每天的禁忌。
2 **生岁**：生年。**直子**：正值子岁，即鼠年。
3 **仓廪**（lǐn）：粮仓。**庖**（páo）**厨**：厨房。
4 **恣**（zì）：放纵，任凭。
5 **椸**（yí）：衣架。
6 **累累**：繁多的样子。
7 **阖**（hé）**门**：关门。
8 **罗捕**：围捕。

剑门[1]铭并序

导读

剑门地势险要，历代为兵家重地。唐永贞元年（805），剑南西川节度使韦皋卒，刘辟继任后恃险扩张。严砺、高崇文等奉命讨伐，击败刘辟。柳宗元因此作铭记之。

铭是文体的一种。古代常刻于石碑等物上，具有称颂、警戒等性质，多用韵语。为配合铭文的特点，柳宗元在序文部分就非常注重句型的整齐、语意的节奏。在铭文部分，则运用了大量的四言对偶句，既生动地叙述了事实又饶有韵味。

原文

惟蜀都重险多货[2]，混同戎蛮[3]，人龙俗剽[4]，嗜为寇乱。皇帝元年[5]八月，帅丧[6]众暴，群疑不制[7]，妖孽扇行[8]。怙恃[9]富强，滔天阻兵，攻陷他部，北包剑门，凭负丘陵，以张骜[10]猛，坚利锋镝[11]，以拒大顺，谓雷霆之诛莫已加[12]也。

译文

蜀地地势险要，财货丰饶，西戎与南蛮等少数民族共居，人种混杂，风俗好斗，喜欢为寇作乱。唐永贞元年八月，剑南节度使韦皋去世，众军士发生暴乱，群臣惊疑未定而无法控制，妖孽肆意炽盛。刘辟凭借蜀地的富强，胆大妄为，阻兵自守，又攻陷梓州，向北夺占剑门，凭借着险要地势，张狂骄横，磨刀擦箭抵抗大唐王朝，说皇帝的诛罚不会加于己身。

注释

1 **剑门：**剑门关，位于今四川广元剑阁县城北大剑山中断处，下有隘路如门，故名。剑门关是入蜀咽喉，地势险要，为古代戍守要地。

2 **货：**财货。

3 **戎蛮：**西戎与南蛮等少数民族。

4 **龙：**指杂乱。

5 **元年：**指唐永贞元年（805）。

6 **帅丧：**指剑南西川节度使韦皋病逝。

7 **制：**控制。

8 **扇：**炽盛。

9 **怙恃：**依靠，凭借。此处指韦皋病卒后，节度副使刘辟自为留后，阻兵自守。刘辟要求兼领西川、东川、山南西道三地，宪宗不许，刘于是发兵进攻东川，取梓州（今四川三台县）。

10 **骜（ào）：**骄傲，骄横。

11 **坚利：**使……坚利。**锋镝（dí）：**刀刃和箭头。泛指兵器。

12 **雷霆之诛：**指帝王暴怒时给臣下的惩处。**莫已加：**“莫加己”的倒装用法。不会加于己身。

原文

惟梁守臣礼部尚书严公[1]，以国害为私仇，以天讨为己任。推仁仗信，不待司[2]死，而人致其命；立义抗愤，不待喋血[3]，而士一其心。悉师出次[4]，祗俟[5]明昭。凡诸侯之师，必出于是。储峙飨赉[6]，取其丰穰[7]。乃遣前军严秦[8]，奉扬[9]王诛，诞告[10]南土。

译文

梁州守将、礼部尚书严砺公，把国家的祸害视为自己的仇敌，把替天讨伐当作自己的使命。他一向推行仁爱，依靠诚信，不用等军官赴死，就有民众来为他效命；树立道义，激昂愤慨，不用待到喋血沙场，军士就已上下一心。严公率领全部军队出城驻扎，恭敬地等待圣明的讨伐诏令到来。各路讨伐的军队，一定要经过这个地方。通过宴请和馈赠储备军队给养，取其丰熟。然后就派遣严秦为先头部队，奉旨宣扬皇帝诛讨叛贼的命令，遍告当地百姓。

注释

1 **严公**：指山南西道节度使严砺。唐元和元年（806），宪宗命左神策行营节度使高崇文、神策京西行营兵马使李元奕和严砺同讨刘辟。

2 **司**：官吏，军官。

3 **喋血**：形容杀人流血很多。

4 **出次**：出城驻扎。

5 **祗**：恭敬。**俟**（sì）：等待。

6 **储峙**（zhì）：储备。指存储物资以备需用。**飨**（xiǎng）：以隆重的礼仪宴请宾客。**赉**（lài）：馈赠。

7 **丰穰**（ráng）：丰熟。

8 **严秦**：严砺的将领。唐元和元年（806）六月，严秦在绵州（今四川绵阳）石碑谷击破刘辟军队万余人。

9 **奉扬**：颂扬，宣扬。

10 **诞告:** 遍告。

原文

十一月[1]，右师逾利州[2]，蹈寇地，乘山斩虏，以遏奔冲。左师出于剑门，大攘顽嚚[3]，谕引劫胁[4]，蚁溃鼠骇，险无以固，收夺利地，以须[5]王师。刲刳肾肠[6]，振拔根柢，俾[7]无以肆毒，用集我勋力[8]。鼖鼓[9]一振，元戎[10]启行，取其渠魁[11]，以为大戮[12]。由公忠勇愤悱[13]，授任坚明，谋猷[14]弘长，用能启辟险阨，夷为大涂，衰沮[15]害气，对乎天意。

译文

十一月，右翼军队越过利州，踏进叛军地界，依借山势斩杀寇贼，以遏止叛军肆行。左翼军队向剑门关出击，大败奸贼，用告谕引导或威逼胁迫的方式，使得叛军像蚂蚁一样溃散，像老鼠一样惊骇，剑门险阻不再牢不可破，最终收复了失地，以等待天子的部队到来。他们如剖割肾肠一般，如将大树连根拔起一般彻底摧毁叛军，使得他们不能再肆虐毒害百姓，以顺从于大唐王朝的无比威力。大鼓一击，大车起程，捉拿到叛军的头目，处死陈尸示众。因为严公忠贞勇猛、义愤填膺，授官任命坚定明确，谋略远大，使得军队能够打通险厄的关隘，将其夷为平坦大道，让害民之贼衰败沮丧，合乎上天的旨意。

注释

1 **十一月:** 唐元和元年(806)十一月。

2 **利州:** 在今四川广元。

3 **攘**(rǎng)**:** 驱逐。**顽嚚**(yín)**:** 泛指愚妄而奸诈的人。

4 **劫胁:** 威逼胁迫。

5 **须:** 等待。

6 **刲刳**(kuī kū)**:** 剖割。

7 **俾(bǐ):** 使。

8 **用:** 以。**集:** 顺从。**勋力:** 功勋。此处指威力。

9 **鼖(fén)鼓:** 大鼓。

10 **元戎:** 大的兵车。

11 **渠魁:** 大头目,首领。

12 **大戮:** 处死且陈尸示众。

13 **愤悱(fěi):** 愤慨,义愤填膺。

14 **谋猷(yóu):** 计谋。

15 **衰沮:** 衰败沮丧。

原文

帝用休嘉[1],议功居首,增秩[2]师长,进为大藩,宅是南服[3]。将校群吏,愿刊[4]山石,昭著公之功,垂号无穷。铭曰:

译文

皇上因为这美好嘉祥之事,评定功劳认为严公居于首位,提拔他为师长,进用他为东川节度使,镇守南方。大小官吏希望在山石上刻上铭文,宣扬严公的功劳,使之流芳百世。铭文说:

注释

1 **休嘉:** 美好嘉祥。

2 **秩:** 官吏的职位或品级。

3 **宅:** 任职,居官。**南服:** 古代王畿以外地区分为五服,故称南方为“南服”。

4 **刊:** 刻。

原文

井络坤垠[1],时惟外区。界山为门,环于蜀都。从险积货,混并

译文

蜀地处于西南边陲,当时属于外围地区。蜀都以高山为门界,群山绵延环绕。此处地势险要,财货丰饶,混居着羌、髳

羌、髳[2]，狂猾窥隙，狺狺[3]啸呼。凭据势胜，厚[4]其凶徒。皇帝之仁，宥[5]而不诛。暴非德驯，害及巴渝[6]。乃出王旅[7]，乃咨列岳[8]。牧臣司梁[9]，当其要束[10]。器备攸[11]积，糗粮[12]是蓄。人无增赋，师以饶足。喋血誓士，玄机在握。分命貔貅[13]，陈为掎角[14]。右逾岷山，左直剑门。攻出九地[15]，上披重云。攀天蹈空，夷视阻艰。破裂层垒，殄歼群顽。内获固圉[16]，外临平原。天兵徐驱，卒乘啴啴[17]。大憝[18]囚戮，戎夏[19]咸欢。帝图厥功，惟梁是先。开国进位，南服于藩。邦之清夷，人以完安。铭功鉴乱，永代是观。

等少数民族。狂暴狡猾之徒窥伺朝廷，如狂犬般呼啸。刘辟倚仗着地势险要，优待残暴作乱之徒。皇上心怀仁慈，宽宥他而不加以诛杀。而残暴并不是仁德所能驯化的，祸害危及巴、渝两地。朝廷于是派出王师，侦察崇山峻岭。梁州守将严公，正处在此管制之地。他的武器齐全，军用充足，粮草完备，百姓没有增加赋税，而军队的用度非常充足。以血誓师，他掌握着神妙的计策，命令如貔貅般勇猛的将士，棋布成掎角之阵。右翼军队翻越岷山，左翼军队直抵剑门。他的军队从各种隐秘的地形下奔杀而出，向上几乎与重云相接。攀上苍天，横蹈空中，把崇关险阻视为平地。攻破层层堡垒，一举歼灭众贼寇。向内有坚固的防御，对外有安定的原野。天兵徐徐前行，兵马浩浩荡荡。罪魁刘辟被囚禁杀戮陈尸示众，少数民族与汉人齐欢庆。皇帝评定他们的功劳，严公居首位。于是提升他的官职，任命他为南藩的节度使。治内清明平安，百姓充足安乐。铭刻严公的功勋，警戒作乱的教训，让世世代代的人都来观看。

注释

1 **井络坤垠：**井络，泛指蜀地。坤垠，指西南边陲。

2 **羌：**羌族。**髳（máo）：**古代西南少数民族名。

3 **狂猾**：狂暴狡猾的人。**狺狺**（yín）：犬吠声。

4 **厚**：优待。

5 **宥**（yòu）：宽容，饶恕。

6 **巴渝**：蜀古地名，指今重庆地区。

7 **旅**：泛指军队。

8 **列岳**：高大的山岳，崇山峻岭。

9 **牧臣**：治民之官。指严砺。**司**（sì）：通“伺”。侦察，探察。

10 **要束**：制约，管束，管制。

11 **攸**：乃。

12 **糗**（qiǔ）**粮**：干粮。此处指粮草。

13 **分命**：命令，任命。**貔貅**（pí xiū）：比喻勇猛的将士。

14 **掎角**：兵分两面，以牵制或夹攻敌人。

15 **九地**：指各种隐秘难测的地形。

16 **圉**（yǔ）：防御。

17 **啴啴**（tān）：喘息之貌。此引申为声势浩大。

18 **憝**（duì）：恶人。此处指刘辟。

19 **戎夏**：少数民族和华夏汉族。此指天下万民。

鞭 贾[1]

导读

本篇是寓言体杂文。作者通过市集卖鞭者与朝廷官员的类比，讽刺不学无术、欺世盗名之人，发人深思。

原文

市之鬻[2]鞭者，人问之，其贾宜[3]五十，必曰五万。复[4]之以五十，则伏[5]而笑；以五百，则小怒；五千，则大怒；必以五万而后可。

有富者子，适[6]市买鞭，出五万，持以夸余。视其首[7]，则拳蹙而不遂[8]；视其握[9]，则蹇仄而不植[10]；其行水[11]者，一去一来不相承[12]；其节朽黑而无文[13]，掐之灭爪[14]而不得其所穷；举之翲然[15]若挥虚焉。

译文

集市上有个卖鞭子的人，有人向他问价，鞭子的价值应为五十文，他却一定说五万文。还价五十文，他就笑得弯腰；还价五百文，他就恼怒；还价五千文，他就大怒；一定要五万文才出售。

有个富家子弟到集市上去买鞭子，出了五万文买下，拿着鞭子向我夸耀。我看鞭子的梢，卷皱而不伸展；看鞭子的柄，屈曲而不挺直；鞭缨上下不相衔接；鞭节腐黑而无纹理，掐下去指甲陷入还没掐到底；举起鞭子挥舞，轻飘飘的就像什么都没有一样。

注释

1 **贾**(gǔ)：商人。

2 **鬻**(yù)：卖。

3 **贾**(jià)："价"的古字。价格，价值。

4 **复**：回答。此处指买者还价。

5 **伏**：身体前倾，此处指弯腰。

6 **适**：往，到。

7 **其首**：指鞭梢。

8 **拳**：卷曲。**蹙**(cù)：聚拢，皱缩。**遂**：此处指伸展。

9 **其握**：指鞭柄。

10 **蹇仄**(jiǎn zè)：屈曲。**植**：同"直"。

11 **行水**：指鞭缨。

12 **相承**：依次连接相续。

13 **节：**鞭节。**文：**纹理。

14 **灭：**淹没。此处指陷入。**爪：**指甲。

15 **翲（piāo）然：**轻飘飘的样子。

原文

余曰："子何取于是而不爱五万？"曰："吾爱其黄而泽，且贾者云。"余乃召僮爚汤以濯[1]之，则遬[2]然枯，苍然白，向[3]之黄者，梔[4]也；泽者，蜡也。富者不悦，然犹持之三年。后出东郊，争道长乐坂[5]下。马相踶[6]，因大击，鞭折而为五六。马踶不已，坠于地，伤焉。视其内，则空空然，其理[7]若粪壤，无所赖者。

今之梔其貌，蜡其言，以求贾技于朝，当其分则善。一误而过其分则喜；当其分则反怒，曰："余曷不至于公卿？"然而至焉者亦良多矣。居无事，虽过三年不害。当其有事，驱之于陈力之列以御乎物，以夫空

译文

我说："您看中了这鞭子的什么，而不爱惜五万文钱？"他说："我喜爱它的颜色黄而且有光泽，并且出售鞭子的人也这样说。"我于是让僮仆烧热水来洗鞭子，鞭子迅速枯涩失去光泽，现出灰白色。先前的黄色，是用梔子染的；先前的光泽，是用蜡涂的。富家子弟不高兴，但仍然用了三年。后来他去东郊，与别人在长乐坂下争道，两马互相踢碰，他因此大力抽鞭子，鞭子折断成五六节。马仍然不停地踢，他跌落在地而受伤。看鞭子的内部空洞无物，质地如粪土朽烂，无所依凭。

当今那些像用梔子染色一样乔装容貌，像用蜡涂抹一样粉饰言辞，试图向朝廷兜售伎俩的人，给他适合实际能力的职位还好。一旦错误地给他超过实际能力的职位，他就高兴；给他适合实际能力的职位，他反而发怒说："我为什么不能做到公卿？"可是，通过这样而做到公卿的人也有很多。国家太平无事，即使混过三年也无妨。当国家有事时，派他去

空之内，粪壤之理，而责其大击之效，恶有不折其用，而获坠伤之患者乎？

施展才能处理事务，就像使用那空无所有、质地如粪土的鞭子，却要求它有奋力抽击的效用一样，哪会没有不自毁而又累及主人坠马跌伤的祸患的呢？

注释

1 **爚(yuè)汤：**烧热水。**濯(zhuó)：**洗。

2 **遬(sù)：**迅速。

3 **向：**先前。

4 **栀(zhī)：**栀子，植物名。茜草科栀子属，常绿灌木或小乔木。夏天开白花或黄花，香味浓郁。果实可供药用，也可做黄色染料。

5 **长乐坂：**地名。在唐长安城东。

6 **踶(dì)：**踢，碰。

7 **理：**机理，质地。

读韩愈所著《毛颖[1]传》后题

导读

唐元和五年（810）于永州作。《毛颖传》是韩愈将毛笔拟人化，仿效司马迁史传文学的体例和笔法写的一篇带有寓言性质的传记。当时的文人多怪而贬之，柳宗元以此文表达了对韩愈的支持。

原文

自吾居夷[2]，不与中州[3]人通书。有来南者，时言韩愈为《毛颖传》[4]，不能举其辞[5]，而独大笑以为怪，而吾久不克[6]见。杨子诲之来，始持其书，索而读之，若捕龙蛇，搏虎豹，急与之角而力不敢暇[7]，信韩子之怪于文也。世之模拟窜窃[8]、取青媲白[9]、肥皮厚肉、柔筋脆骨，而以为辞者之读之也，其大笑固宜。

译文

自从我谪居永州，和中原人士没有书信往来。有到永州来的人，经常谈及韩愈写的《毛颖传》，说不出文章的内容，却偏认为其怪诞而大笑，我很长时间都没能见到这篇文章。直到杨诲之到永州，才带来韩愈的书，我向他要来阅读，读韩愈的文章就像捕捉龙蛇、搏击虎豹，急于与之搏斗而力量不敢有少许的懈怠，韩愈确实为文险怪。世间那些模仿剽窃、讲求对仗、追求丰腴、风骨孱弱的人，读了韩愈的《毛颖传》，当然会哈哈大笑。

注释

1 **毛颖**：毛笔。

2 **夷**：泛称中原以外的各少数民族。此处指永州。

3 **中州**：指中原地区。

4 **《毛颖传》**：韩愈所作的一篇文章，用拟人化的手法为毛笔立传。

5 **举**：称，言说。**辞**：文辞。指文章内容。

6 **克**：能。

7 **角**(jué)：较量，搏斗。**暇**：闲散怠惰，懈怠。

8 **窜窃**：剽窃。

9 **取青媲白**：即取青配白。比喻写作时讲求工整对仗。

原文

且世人笑之也，不

译文

况且世人讥笑这篇文章，不正是因

以其俳乎[1]？而俳又非圣人之所弃者。《诗》曰："善戏谑兮，不为虐兮。"[2]《太史公书》有《滑稽列传》[3]。皆取乎有益于世者也。故学者终日讨说[4]答问，呻吟习复[5]，应对进退[6]，掬溜播洒[7]，则罢惫而废乱[8]，故有"息焉游焉"[9]之说。"不学操缦，不能安弦。"[10]，有所拘者，有所纵也。大羹玄酒[11]，体节之荐[12]，味之至者。而又设以奇异小虫、水草、楂梨、橘柚，苦咸酸辛，虽蜇吻裂鼻[13]，缩舌涩齿，而咸有笃好之者。文王之昌蒲菹，屈到之芰，曾皙之羊枣，然后尽天下之奇味以足于口，独文异乎？韩子之为也，亦将弛焉而不为虐欤？"息焉游焉"而有所纵欤？尽六艺之奇味以足其口欤？而不若是，则韩子之辞若壅[14]大川焉，其必决而放诸陆，不可以不陈也。

为它的滑稽诙谐吗？可是圣人并不排斥戏谑诙谐。《诗经·卫风·淇奥》中说："善戏谑兮，不为虐兮。"司马迁的《史记》中也有《滑稽列传》，所选取的故事都对世有益。所以读书人整天互相讨论问答、吟咏复习、接待应酬、洒水打扫，就会因精力极度疲惫昏乱而弃止，因此《礼记·学记》有"息焉游焉"的说法。"弹琴不学习和弦，就不能按弦成曲。"有所限制的人，就会有所放纵。祭祀时的肉汁和代替美酒的清水，带骨的大块牛羊祭品，是最好的美味。但是又摆上奇异的小虫、水草、山楂野梨、橘柚，味道苦咸酸辛，即使吃起来让人龇牙咧嘴、气味刺鼻、缩舌涩齿，但都有真心嗜好这些东西的人。周文王喜欢吃菖蒲根做成的腌菜，楚国的屈到喜欢吃菱角，孔子的弟子曾皙喜欢吃羊枣，他们吃过这些东西，然后又尝尽天下珍奇以满足自己的口腹之欲，唯独文章就要另当别论吗？韩愈作此文章，也是有所放松而不过分呢？或是休息悠游而不加拘束呢？还是穷尽文章中的各种奇异风格以满足自己对不同文章的口味呢？如果不是这样，韩愈的文章就像堵塞了的大河，一定会冲破堤岸蔓延到陆地上，不能不写出来了。

注释

1 **以**：因为。**俳**（pái）：诙谐，滑稽。

2 **善戏谑**（xuè）**兮**：语出《诗经·卫风·淇奥》："宽兮绰兮，猗重较兮，善戏谑兮，不为虐兮。"戏谑，用诙谐有趣的话开玩笑。

3 **太史公书**：即司马迁所著《史记》，其自题名为《太史公书》。

4 **讨说**：讨论。

5 **呻吟**：诵读，吟咏。**习复**：复习。

6 **应对**：用语言对答。**进退**：和尊长、客人等见面、告退时的礼仪。

7 **掬**（jū）：两手相合捧物。**溜**：滑动，滑落。**播洒**：散布。

8 **罢惫**：疲惫。**废乱**：昏乱而最终停止。

9 **息焉游焉**：语出《礼记·学记》："故君子之于学也，藏焉修焉，息焉游焉。"息，休息。游，游玩。

10 **不学操缦，不能安弦**：语出《礼记·学记》："不学操缦，不能安弦；不学博依，不能安诗；不学杂服，不能安礼。"操缦，和弦。

11 **大羹**：不含调料的肉汁。**玄酒**：古代祭礼中当酒用的清水。

12 **体节**：指带骨的大块牛羊肉。**荐**：指祭品。

13 **螫**：痛；刺痛。**吻**：嘴唇，嘴角。

14 **壅**（yōng）：堵塞，阻挡。

原文

且凡古今是非六艺百家，大细穿穴用而不遗者[1]，毛颖之功也。韩子穷古书，好斯文[2]，嘉[3]颖之能尽其意，故奋而为之传，以发其郁积，而学者得以励，其有益于世欤！是其言也，固[4]与

译文

况且古往今来的是是非非以及六经和诸子百家的言论，事无巨细得以毫无遗漏地记录下来，都是毛颖的功劳。韩愈读尽古籍，喜好礼乐典章制度，嘉许毛颖能够全部表达自己的心意，因此奋起为之立传，以抒发胸中郁积之情，而读书人以此得到激励，这篇《毛颖传》是对社会有益的啊！他这篇文章本来就是写给不合流俗

异世者语，而贪常嗜琐者，犹呫呫[5]动其喙，彼亦甚劳矣乎！

的人的，那些惯于常规、专注琐碎而议论纷纷的人，还在那里七嘴八舌喋喋不休，他们也是太操劳了吧！

注释

1 **大细：**大处和小处，指无论大小。**穿穴：**钻研，此处指记录。

2 **斯文：**指礼乐教化，典章制度。

3 **嘉：**嘉许，表彰。

4 **固：**本来，原来。

5 **呫（chè）呫：**多言貌，絮语貌。

杨评事文集后序

导读

柳宗元在本文阐述了对文学的见解，他把文学的社会功用归结为“辞令褒贬”和“导扬讽谕”两类。指出文章要“高、壮、广、厚，词正而理备”，诗歌要“丽则清越，言畅而意美”。这种文学主张与当时文坛的靡丽之风大相径庭，体现了他“文以明道”“文质相资”的文学观。

原文

赞[1]曰：文之用，辞令[2]褒贬，导扬讽谕[3]而已。虽其言鄙野[4]，足

译文

赞语说：文章的作用，在于言辞交流、褒贬善恶、启发颂扬和讽刺告谕罢了。即使语言鄙陋粗俗，也能完全满足需

以备于用。然而阙其文采[5]，固不足以竦动[6]其听，夸示后学。立言时朽，君子不由[7]也。故作者抱其根源，而必由是假道[8]焉。

求。但是文章缺乏文采，一定无法惊动当时人的视听，也不能被夸示为后进学者的典范。著书立说而被淘汰，才德出众的人是容不得这种事情发生的。因此作者在写作时除了要坚守有思想内容这一根本，还必须借助于文采。

注释

1 **赞**：赞语。纪传等文章的总评性文字。

2 **辞令**：社交场合中得体的应对言辞。此处指用得体的言辞交流。

3 **导扬**：启发，颂扬。**讽谕**：讽刺告谕。

4 **鄙野**：鄙陋粗俗。

5 **文采**：词藻雅丽，文章华美。

6 **竦(sǒng)动**：惊动，震动。

7 **不由**：不容。

8 **假**：借用，利用。

原文

作于圣，故曰经[1]；述于才，故曰文。文有二道：辞令褒贬，本乎著述[2]者也；导扬讽谕，本乎比兴[3]者也。著述者流，盖出于《书》之谟、训[4]，《易》之《象》《系》[5]，《春秋》之笔削[6]，其要在于高、壮、

译文

由圣人写就的，称为经典；有才学的人的著述，叫作文章。文章有两种类别：言辞交流和褒贬善恶的作品，起源于古代的文章；启发颂扬和讽刺告诫的作品，起源于古代的诗歌。文章一类作品，渊源于《尚书》中的谟、训，《周易》的《象辞》《系辞》，《春秋》中经过增删的文字，其要领在于格调高超、气势磅礴、内容丰富、内涵深厚，辞令庄重而说理充

广、厚，词正而理备，[7]谓宜藏于简册[8]也。比兴者流，盖出于虞、夏之咏歌，殷、周之风雅，[9]其要在于丽则清越[10]，言畅而意美，谓宜流于谣诵也。兹二者，考其旨义，乖离[11]不合，故秉笔之士恒偏胜独得，而罕有兼者焉。厥[12]有能而专美，命之曰艺成。虽古文雅之盛世，不能并肩而生。

分，我认为只有这样的文字才适合在书籍中保存。诗歌一类作品，源于虞、夏时的歌谣，殷、周两代的风雅，其要领在于文采的华美典雅、音韵的清脆悠扬。语言流畅、意境优美，我认为只有这样的文字才适合在吟咏中广泛流传。文章和诗歌这两类作品，考察它们的主旨和意图，彼此背离不同，所以从事写作的人，往往擅长其中一类而有独到的见解，而少有两者兼备。因此，能够写作并擅长这两类作品的人，就可称为在艺术上臻于至善的境界。即使在古代艺文礼乐的极盛时期，这种人也不能并肩而生。

注释

1 **经：**对儒家典籍的尊称。古代儒家把“作”和“述”视为写作中两个不同的等级。圣人写文章叫“作”，意思是“创作”；一般有才能的人写文章叫“述”，意思是只能根据圣人的思想加以阐述，所谓“述而不作”。

2 **著述：**与后面的“比兴”相对，指古人记叙、议论等文章。

3 **比兴：**此处指古人创作的诗歌。

4 **谟（mó）、训：**指《尚书》中的典、谟、训、诰、誓、命等文体。谟，记述君臣谋议国事的一种文体。训，记述训导之词的文体。

5《**象**》《**系**》：《易传》中的《象辞》《系辞》。

6《**春秋**》**之笔削：**《春秋》为春秋时代鲁国的编年史。笔：记载。削：删除。古代用竹简记载文字，有所更改就用书刀刮削，故称为“笔削”。

7 **高：**格调高超。**壮：**气势磅礴。**广：**内容丰富。**厚：**内涵深厚。**词正：**

辞令庄重。**理备：** 说理充分。

8 **简册：** 纸张发明前，古人在竹简木片上书写，编竹简而成册，后遂为书籍的通称。

9 **咏歌：** 吟咏歌颂。**风雅：** 本指《诗经》中的国风、大雅、小雅。后泛指诗文。

10 **丽则：** 形容文学作品有文采，华美典雅。**清越：** 此处指诗歌音韵的清脆悠扬。

11 **乖离：** 抵触，背离。

12 **厥**(jué)**：** 因此。

原文

唐兴以来，称是选而不怍[1]者，梓潼陈拾遗[2]。其后，燕文贞[3]以著述之余，攻比兴而莫能极。张曲江[4]以比兴之隙，穷著述而不克备[5]。其余各探一隅，相与背驰于道者，其去弥远。文之难兼，斯亦甚矣。

译文

自唐朝开国以来，当之无愧称得上是这种优秀人物的，只有梓潼陈子昂。之后，张说在从事著述之余，努力研究诗歌之法却没有取得很高的成就。张九龄写作诗歌的闲暇，尽力钻研著述也没能达到完美的境界。其余的人各自探求某一个方面，交相背道而驰的人，差距就更远了。文章与诗歌的才能兼备，这真是难到极点了。

注释

1 **怍**(zuò)**：** 惭愧。

2 **梓潼陈拾遗：** 陈子昂，字伯玉，梓潼郡射洪（今四川射洪）人，曾任右拾遗。后世称“陈拾遗”。他一变初唐浮靡诗风，力主恢复“汉魏风骨”。

3 **燕文贞：** 张说，字道济，或字说之，洛阳（今河南洛阳）人。封燕国公，谥号“文贞”。擅文辞，与许国公苏颂并称为“燕许大手笔”。

4 **张曲江：** 张九龄，字子寿，韶州曲江（今广东韶关）人。曾任左拾遗，累官至中书令。其诗主兴寄，典雅蕴藉。

5 **克：** 能够。**备：** 完备，完美。

原文

若杨君[1]者，少以篇什[2]著声于时，其炳耀[3]尤异之词，讽诵于文人，盈满于江湖，达于京师。晚节遍悟文体，尤邃[4]叙述，学富识远，才涌未已，其雄杰老成之风，与时增加。既获是，不数年而夭。其季年[5]所作尤善，其为《鄂州新城颂》《诸葛武侯传论》、饯送梓潼陈众甫、汝南周愿、河东裴泰、武都符义府、泰山羊士谔、陇西李炼，凡六序，《庐山禅居记》《辞李常侍启》《远游赋》《七夕赋》，皆人文之选已。用是陪陈君之后，其可谓具体者欤？

呜呼！公既悟文而疾，既即功而废，废不逾年，大病及之，卒不得穷其工、竟其才。遗文未克

译文

至于杨凌先生，他少年时就以诗歌闻名于当时，他文采灿烂的独特佳句，被文人们称赏吟诵，流布于四方，并传播到了京城。他晚年对各种文体都有所领悟，尤其精通叙述文。他学问渊博，见识高远，才华横溢，他那雄健老练的文风，随着时间的推移日臻完善。他获得这样的成就后，不出数年却不幸辞世。他晚年的作品尤其出色，他的《鄂州新城颂》《诸葛武侯传论》，梓潼陈众甫、汝南周愿、河东裴泰、武都符义府、泰山羊士谔、陇西李炼的共六篇序文，以及《庐山禅居记》《辞李常侍启》《远游赋》《七夕赋》，都是人世间不可多得的佳作。用这些作为追随陈子昂之后的成就，大概可以说得上是文章、诗歌两方面的才能都具备了吧？

呜呼！杨公领悟了各种文体后便得了病，功力已达却停止了写作，停止写作还不到一年，大病又至，最终来不及穷尽他的功力，完全发挥他的才能。他遗留下来的诗文还没有能够在社会上广

流于世，休声[6]未克充于时。凡我从事于文者，所宜追惜而悼慕也。宗元以通家修好[7]，幼获省谒[8]，故得奉公元兄[9]命，论次篇简，遂述其制作之所诣，以系于后。

泛流传，美好的名声还没有能够在当时得到传播。所有从事写作的人，都应当对他追思叹惜和哀悼仰慕啊。我以姻亲的关系与他交好，年幼时就曾拜谒过他，所以受杨公长兄的嘱托，把他的文稿按次序编辑成册，于是阐述他创作上的成就，附在文集的后面。

注释

1 **杨君：**指杨凌。

2 **篇什：**诗篇。

3 **炳耀：**形容文采光辉灿烂。

4 **邃：**精通。

5 **季年：**晚年。

6 **休声：**美好的名声。

7 **通家：**姻亲。柳宗元与杨凌家本有亲戚关系。柳宗元的岳父杨凝是杨凌的二哥。**修好：**与……交好。

8 **省谒：**拜谒。

9 **公元兄：**指杨凌的长兄杨凭。

送豆卢膺秀才南游诗序

导读

好友豆卢秀才即将从长安南游，柳宗元以诗赠别，并作此诗序。文中提出了为人要内外兼修，作文要内容与形式兼顾的主张。

原文

君子病无乎内而饰乎外[1]，有乎内而不饰乎外者。无乎内而饰乎外，则是设覆[2]为阱也，祸孰大焉；有乎内而不饰乎外，则是焚梓毁璞也，诟[3]孰甚焉。于是有切磋琢磨、镞砺栝羽之道[4]，圣人以为重。

译文

才德出众的人担忧没有内在的修养而藻饰于外，或者有修养却一点也不显示出来。没有内在的修养而藻饰于外，就是为陷阱铺设了遮盖，还有什么能比它的危害更大呢；有修养却不表现出来，就是烧掉梓木、损毁璞玉，还有什么能比它更让人耻辱的呢？所以在道德学问方面，如切磋琢磨互相研讨勉励，又如将箭头磨锋利，为箭尾加上羽毛那样刻苦磨炼，古来圣贤都重视这种精益求精的方法。

注释

1 **君子：**泛指才德出众的人。**病：**忧虑，担忧。

2 **覆：**遮蔽，遮盖。

3 **诟：**耻辱。

4 **切磋琢磨:** 比喻道德学问方面互相研讨勉励。**镞**(zú)**:** 箭头。**砺**(lì)**:** 钻研,磨炼。**栝:** 箭末扣弦处。**羽:** 古代箭竿上的羽毛。此处作动词用,意为加上箭羽。

原文

豆卢生,内之有者也,余是以好之,而欲其遂[1]焉。而恒以幼孤羸馁[2]为惧,恤恤焉游诸侯求给乎是[3],是固所以有乎内者也。然而不克专志于学,饰乎外者未大。吾愿子以《诗》《礼》为冠屦[4],以《春秋》为襟带[5],以图史为佩服[6],琅乎璆璜冲牙[7]之响发焉,煌乎山龙华虫之采列焉[8],则揖让周旋乎宗庙朝廷,斯可也[9]。惜乎余无禄食[10]于世,不克[11]称其欲、成其志,而姑欲其速反[12]也,故诗而序云。

译文

豆卢先生,是有内在修养的人,因此我欣赏他,并且希望他获得成功。然而因为他自幼就成了孤儿,常常在瘦弱饥饿中恐惧,忧虑地游历于各诸侯之间以谋求生活的供给,这本来是造就他内在修养的原因啊。然而这样就不能专心于学业,品德表露于外不够明显。我希望你能把《诗经》《礼记》作为鞋帽,把《春秋》作为纽带,以图书史籍为佩饰,那么你的名声就会像美玉相碰发出悦耳之音那样发散出来,你的才华就会像衮服旌旗上的山、龙、雉的画饰那般鲜明地展现出来,你就可以自如地周旋应对庙堂朝廷的事了。可惜我没有俸禄,不能够使你称心如意、成就你的志向,而只是希望你能尽早返回,所以写了诗和这篇序文。

注释

1 **遂:** 完成,成功。

2 **幼孤:** 年幼的孤儿。**羸**(léi)**:** 瘦弱。**馁**(něi)**:** 饥饿。

3 **恤恤:** 忧虑貌。

4 **屦(jù):** 单底鞋。多以麻、葛等制成。后亦泛指鞋。

5 **襟带:** 衣襟与腰带。此处指纽带。

6 **图史:** 图书和史籍。**佩服:** 佩带，佩挂。此处指佩饰。

7 **琅(láng):** 象声词。琅琅，形容清朗、响亮的声音。**璆(qiú):** 美玉。可制磬，亦借指磬。**璜(huáng):** 玉器名。状如半璧。古代朝聘、祭祀、丧葬时所用的礼器。**冲牙:** 一种古代佩玉部件。

8 **煌:** 鲜明。**山龙:** 指古代衮服或旌旗上的山、龙图案。**华虫:** 雉的别称。古代常用作冕服上的纹饰。

9 **揖让:** 古代客人与主人相见时互相作揖谦让。**周旋:** 此处指为交际应酬。**宗庙:** 古代帝王、诸侯祭祀祖宗的地方。

10 **禄食:** 俸禄。也指享有俸禄。

11 **不克:** 不能。

12 **反:** 同"返"。返回。

送薛存义序

导读

"序"是一种文体，分两种：第一种是赠序，指书写临别赠言的文章，用于表达惜别、祝福。另一种是文序，指对著作、诗文的评论或说明，多置于著作或诗文之前，与跋相对。薛存义是永州零陵的代理县令，他离任时，柳宗元在永州作此文相赠。他借赠别之机阐述为官之道，指出官吏应为"民之役，非以役民"，否则就会被"黜罚"。这一观念直到今天仍然有现实意义。

原文

河东薛存义[1]将行，柳子[2]载肉于俎[3]，崇酒于觞[4]，追而送之江之浒[5]。饮食[6]之，且告曰："凡吏于土者，若知其职乎？盖民之役，非以役民而已也。凡民之食于土者，出其十一佣乎吏，使司平于我也。今受其直、怠其事者，天下皆然。岂惟怠之，又从而盗之。向使佣一夫于家，受若直[7]，怠若事，又盗若货器[8]，则必甚怒而黜罚之矣。以今天下多类此，而民莫敢肆其怒与黜罚者，何哉？势不同也。势不同而理同，如吾民何？有达于理者，得不恐而畏乎？"

译文

河东人薛存义将离任，柳先生盛肉于盘中，倒酒于杯中，追随他送至江边，一边请他饮酒食肉，一边告诉他说："凡是在地方上做官的人，你知道他们的职责吗？地方官是百姓的仆役，并不是役使百姓的。凡是靠耕种土地吃饭的人，拿出收入的十分之一来雇佣官吏，是为了让官吏公正地为自己办事。如今官吏收受了百姓的工钱，怠慢百姓的事，天下都如此。哪里只是怠慢百姓的事，还要欺盗掠劫百姓。假如雇佣一个仆人到家里，他收受你的工钱，怠慢你的事，又偷盗你的财物，那你必定非常恼怒要惩罚驱赶他了。如今天下的官吏大多如此，然而百姓不敢充分表露自己的愤怒并驱逐官吏，为什么呢？因为情势不同啊。情势不同但道理相同，如何对待我们的百姓呢？有懂得这个道理的人，能不惶恐畏惧吗？"

注释

1 **薛存义：** 河东（今山西永济一带）人，柳宗元的同乡。时任永州零陵（今湖南零陵）县令。

2 **柳子：** 柳宗元自称。

3 **俎（zǔ）：** 古代祭祀时盛食品的礼器。又指宴会时用的四脚方形青铜盘或木漆盘，常陈设牛羊肉。

4 **觞**(shāng): 古代盛酒器。

5 **浒**(hǔ): 水边，江边。

6 **食**(sì): 拿东西给人吃。

7 **直**: 此指工钱。

8 **货器**: 财物。

原文

存义假令[1]零陵二年矣。蚤作而夜思，勤力而劳心，讼者平，赋者均，老弱无怀诈暴憎[2]。其为不虚取直也的矣[3]，其知恐而畏也审[4]矣。

吾贱且辱，不得与考绩幽明[5]之说。于其往也，故赏以酒肉而重[6]之以辞。

译文

存义代理零陵县令已经两年了。每天早起，夜里仍思虑不止，辛勤劳作又忧心，打官司的人都感到公平，缴纳赋税的人负担均平，无论老幼都不心怀欺诈面露憎恶。他的确没有白拿百姓的工钱，他确切地懂得惶恐畏惧了。

我地位低贱而且遭贬受辱，不参与考核官员贤愚升降的评议。在他离开时，因此赠酒肉为他饯行，又写了这篇序。

注释

1 **假令**: 临时代理县令。

2 **暴**: 显露。

3 **的**(dí): 的确，确实。

4 **审**: 确切。

5 **考绩幽明**: 考核官吏优劣以定其升降。

6 **重**(chóng): 又加上。

愚溪诗序

导读

柳宗元到永州后，在冉溪边筑室而居，将冉溪更名为愚溪，并作《八愚诗》(诗今已佚)咏愚溪及沿岸的丘、泉、沟、池、堂、亭、岛，本文就是《八愚诗》的序文。作者通过对“八愚”的咏赞描述了自己与“八愚”相依相存的生活状态，抒发了不为世所知的愤懑之情。

原文

灌水之阳[1]有溪焉，东流入于潇水[2]。或曰冉氏尝居也，故姓是溪为冉溪。或曰可以染也，名之以其能，故谓之染溪。余以愚触罪，谪潇水上，爱是溪，入二三里，得其尤绝者家焉。古有愚公谷[3]，今予家是溪，而名莫能定，土之居者犹龂龂然[4]，不可以不更也，故更之为愚溪。

愚溪之上，买小丘，为愚丘。自愚丘东北行

译文

灌水的北面有一条溪水，向东流入潇水。有人说姓冉的人家曾在溪边居住，所以为溪水冠以冉姓而名为冉溪。有人说溪水可以染布，根据它的功能命名，所以称它为染溪。我因为愚鲁而犯罪，被贬谪到潇水边，喜爱这条溪水，便沿着它走了二三里，寻获了溪中风景特别优美的地方筑室安家。古代有愚公谷，如今我居住在这条溪边，可溪名却不能确定，当地居民还在争辩不休，不得不给它更换名称，所以更名为愚溪。

在愚溪的上游，我买了一座小丘，就是愚丘。从愚丘向东北走六十步，寻

六十步，得泉焉，又买居之，为愚泉。愚泉凡六穴，皆出山下平地，盖上出也，合流屈曲而南，为愚沟。遂负土累石，塞其隘[5]，为愚池。愚池之东为愚堂，其南为愚亭，池之中为愚岛。嘉木异石错置，皆山水之奇者，以余故，咸以“愚”辱焉。

获一处清泉，又买得它，就是愚泉。愚泉共有六个泉眼，都出自山下的平地，是从地底向上涌出，六眼泉水合流后蜿蜒南流，形成愚沟。于是挑土垒石，堵塞愚沟的狭窄处，成为愚池。愚池的东面是愚堂，南面是愚亭，池中央是愚岛。秀美的树木和奇石错落陈列，这些都是奇特的山水景致，因为我的缘故，全被“愚”字玷辱了。

注释

1 **阳：**河流的北面。

2 **潇水：**湘江的东源。

3 **愚公谷：**位于今山东淄博东南。

4 **断断（yín）然：**争辩的样子。

5 **隘（ài）：**狭窄。

原文

夫水，智者乐[1]也。今是溪独见辱于愚，何哉？盖其流甚下，不可以溉灌；又峻急，多坻石[2]，大舟不可入也；幽邃浅狭，蛟龙不屑，不能兴云雨。无以利世，而适类于余。然则虽辱而愚之，可也。

宁武子“邦无道则

译文

水，是智者所喜爱的。如今这条溪水却被“愚”字玷辱，是为何呢？因为它的流域低下，不能用来灌溉田地；水流又湍急，多有石头露出水面，大船无法驶入；水道幽僻浅窄，蛟龙不屑于兴云作雨。溪水对世间毫无益处，而恰恰与我类似，那么即使委屈用“愚”称呼它，也是可以的。

宁武子在国家黑暗时便显得愚蠢，

愚”[3]，智而为愚者也；颜子“终日不违如愚”[4]，睿而为愚者也，皆不得为真愚。今余遭有道而违于理、悖于事，故凡为愚者，莫我若也。夫然则天下莫能争是溪，余得专而名焉。

溪虽莫利于世，而善鉴万类，清莹秀澈，锵鸣金石，能使愚者喜笑眷慕，乐而不能去也。余虽不合于俗，亦颇以文墨自慰，漱涤[5]万物，牢笼百态，而无所避之。以愚辞歌愚溪，则茫然而不违，昏然而同归，超鸿蒙，混希夷，寂寥而莫我知也。于是作《八愚诗》，纪于溪石上。

是聪明的人装傻；颜回整天不提出异议似乎愚笨，是通达的人装笨，都不是真正的愚蠢。如今我身临政治清明的时代却违背道理、做错事情，所以一切被称为愚蠢的人都比不上我。既然如此，那么天下没有人能与我争夺这条溪水，唯独我能为它命名了。

溪水虽然无益于世，却善于印鉴万物，洁净明亮清莹澄澈，流水声如钟磬般洪亮清越，能让愚钝的人欢笑而眷顾依恋，不愿离去。我虽然与俗世不合，也很能舞文弄墨以自我慰藉，刻画各种形象，捕捉千姿百态，使一切如被洗涤过一样无所遁形。用愚笨的言辞赞美愚溪，就茫茫然自觉调和，昏昏然同归一体，超越宇宙，混同无声无色之境，空旷高远而忘记了自身的存在。于是作《八愚诗》，题写在溪边石上。·

注释

1 **乐(yào)：**喜爱，欣赏。

2 **坻(chí)石：**此处指露出水面的石头。

3 **宁武子：**春秋时期卫国大夫宁俞。谥号“武”。**邦无道则愚：**语出《论语·公冶长》：“宁武子邦有道则知(智)，邦无道则愚。其知可及也，其愚不可及也。”意即宁武子在政治清明时便很聪明，在政治黑暗时便很愚笨。

4 **颜子：**孔子的弟子颜回。**终日不违如愚：**语出《论语·为政》：“子曰：

'吾与回言终日，不违如愚。退而省其私，亦足以发，回也不愚。"即颜回听讲从不提出意见，好像笨人。但事后考察他，方知他不但领悟，而且能发挥，所以并不笨。

5 **漱涤：**洗涤。

送元十八山人南游序[1]

导读

唐元和五年（810）于永州作。时柳宗元38岁。本文虽为柳宗元对即将远行的好友元十八的赠序，但开篇就论述了自己对各学派不专宗一家，并提出调和众说以佐世的理论。

原文

太史公[2]尝言："世之学孔氏者则黜老子，学老子者则黜孔氏[3]。道不同不相为谋。"余观老子，亦孔氏之异流也，不得以相抗[4]，又况杨、墨、申、商，刑名、纵横之说，其迭相訾毁抵捂而不合者[5]，可胜言耶？然皆有以佐世[6]。太史公没，其后有释氏，

译文

太史公曾经说过："世上学孔子学说的就贬斥老子，学老子学说的就贬斥孔子。人们由于立场、志趣不同，不能共同谋划合作。"我看老子学说也是孔子学说的一个支流，不可以将两者匹敌抗衡。又何况杨朱、墨翟、申不害、商鞅等人的学说，刑名、纵横等学派，它们相继非议诋毁彼此不相一致而不合的地方，能说得尽吗？可是它们都对社会有一定帮助。太史公逝世。之后佛教传

固学者之所怪骇舛逆其尤者也[7]。

人，这当然更是让某些读书人感到惊恐悖逆的事了。

注释

1 **元十八：**姓元，排行十八，未详其名。**山人：**隐居在山中的士人。

2 **太史公：**指《史记》作者司马迁。

3 **黜（chù）：**贬斥。**孔氏：**孔子。

4 **抗：**匹敌，抗衡。

5 **迭相：**相继，轮番。**訾（zī）毁：**非议诋毁。**抵捂：**矛盾，不相一致。

6 **佐：**辅助，帮助。

7 **学者：**此处特指反对佛教的一些读书人。**怪骇：**惊恐，惊讶。**舛（chuǎn）逆：**颠倒，悖逆。

原文

今有河南元生[1]者，其人闳旷而质直[2]，物无以挫其志，其为学恢博而贯统[3]，数无以踬其道[4]。悉取向之所以异者，通而同之，搜择融液[5]，与道大适，咸伸其所长，而黜其奇邪[6]，要之与孔子同道，皆有以会其趣[7]，而其器[8]足以守之，其气足以行之。不以其道求合于世，常有意乎古之守雌[9]者。

译文

如今有一位姓元的河南书生，他为人宽宏豁达、朴实正直，任何事情都无法挫败他的意志，他学问广博精深并且能融会贯通，命运不能阻碍他的志向。他尽取过去人们认为大相径庭的各派学说，贯通统一，采择融会，使之与圣人之道完全相符，这样他就发挥了各派学说的长处，而去除了邪伪不正的部分，总之做到了与孔子的思想相一致，而又能聚合各家学派的旨趣，他的才能完全能够坚守“道”，他的气魄完全能够运用“道”。他并不用“道”去求遇于世人，而常常有心做古代那种抱弱守拙与世无争的人。

注释

1 **河南元生：**指元十八山人。

2 **闳（hóng）旷：**宽宏豁达。**质直：**朴实正直。

3 **恢博：**广博。**贯统：**贯通。

4 **数：**天命，命运。**踬（zhì）：**阻碍。**道：**志向。

5 **融液：**融为一体。

6 **奇邪：**诡诈，邪伪不正。

7 **会：**聚合。**趣：**旨趣。

8 **器：**才能。

9 **守雌：**以柔弱的态度处世。此处指抱弱守拙与世无争。

原文

及至是邦，以余道穷多忧，而尝好斯文[1]，留三旬有六日，陈其大方，勤以为谕[2]，余始得其为人。今又将去余而南，历营道[3]，观九疑[4]，下漓水[5]，穷南越[6]，以临大海，则吾未知其还也。黄鹄[7]一去，青冥[8]无极，安得不冯丰隆[9]、愬蜚廉[10]，以寄声于寥廓耶？

译文

等他来到永州，因见我穷途潦倒心多忧虑，且又曾经爱好礼乐典章，特地逗留了三十六天，向我陈述了他的高见，致力于向我告诫教诲，我才得以了解他的为人。现在他又将要离开我去南游，经过营道，游览九嶷山，经漓江而下，穿过南越直向大海，我不知道他什么时候才能回来。他就像黄鹄一去千里，在无边无际的青天翱翔，又怎能不凭借风雷之神，把声音留在寥廓的天空呢？

注释

1 **斯文：**指礼乐教化、典章制度。

2 **勤：**忙于，致力于。**谕：**告诫的言辞。

3 **营道：**今湖南道县。

4 **九疑：**即九嶷山。又名苍梧山，在今湖南宁远县南。

5 **漓水：**漓江。

6 **南越：**指今广东、广西一带。

7 **黄鹄（hú）：**比喻高才贤士。此处指元十八山人。

8 **青冥：**青天。

9 **冯：**凭借，依恃。**丰隆：**古代神话中的雷神。

10 **蜚廉：**风神。

送僧浩初序[1]

导读

唐元和五年（810）于永州作。时柳宗元38岁。柳宗元的思想包容而客观，文中他辩证地分析各学派，认为学者应该汲取百家之长。

原文

儒者韩退之[2]与余善，尝病余嗜浮图言[3]，訾余与浮图游[4]。近陇西李生础自东都来[5]，退之又寓书罪余[6]，且曰："见《送元生序》[7]，不斥浮图。"浮图诚有不可斥者，往往与《易》《论语》合，

译文

尊崇儒学的韩退之与我交情很好，他曾经不满于我对佛教教义的喜好，指责我和佛教徒的交往。近来陇西人李础先生从东都洛阳来到这儿，韩退之又传书信来责备我，并且说："看到你写的《送元生序》，里面竟然没有斥责佛教。"佛教的确不该受到斥责，他们的教义常常与《易经》《论语》等儒家经典相

诚乐之，其于性情奭然[8]，不与孔子异道。退之好儒未能过扬子[9]，扬子之书于庄、墨、申、韩皆有取焉。浮图者，反不及庄、墨、申、韩之怪僻险贼[10]耶？曰："以其夷[11]也。"果不信道[12]而斥焉以夷，则将友恶来、盗跖[13]，而贱季札、由余[14]乎？非所谓去名求实者矣。吾之所取者与《易》《论语》合，虽圣人复生，不可得而斥[15]也。

吻合，所以我真心地爱好它，它追求性情消散的旨趣，与孔子的学说没有分歧。退之对儒学的尊崇不会超过扬雄，扬雄的书对于庄子、墨子、申不害、韩非子等都有所择取。佛教学说，反而没有庄子、墨子、申不害、韩非子等人的古怪孤僻、阴险奸诈吧？回答说："因为它来自外国。"如果自己不信奉佛教而以它来自外国便横加斥责，那么这难道不就是推崇恶来、盗跖，而轻视季札、由余吗？就不是所谓的不看虚名实事求是了啊。我从佛学里择取的观点与《易经》《论语》等宗旨相吻合，即使圣人复活，也不会对它有所指责。

注释

1 **浩初：**僧人，长沙龙安寺如海禅师弟子，柳宗元好友。

2 **儒者：**尊崇儒学、通习儒家经书的人。

3 **病：**不满。

4 **訾(zǐ)：**指责。**游：**交往。

5 **陇西：**泛指陇山以西地区。约今甘肃六盘山以西、黄河以东一带。古代以西为右，故又称"陇右"。**李生础：**李础，洛阳亲王长史李仁钧子。贞元十九年(803)进士，元和初为秘书省正字、湖南观察推官。**自东都来：**李础从洛阳回来。元和六年(811)李础往东都洛阳省父，返时捎来韩愈致柳宗元的信，柳宗元作此文回应。

6 **寓书：**寄信，传递书信。**罪：**责备。

7 **《送元生序》：**指柳宗元《送元十八山人南游序》。

8 **奭(shì)然：**消散貌。

9 **扬子：**扬雄，一作“杨雄”，字子云，西汉蜀郡成都（今四川成都）人。他主张一切言论都应以“五经”为准则，提倡学习儒家的礼义以“修性”。

10 **怪僻：**古怪孤僻。**险贼：**阴险奸诈。

11 **夷：**泛称中原以外的各少数民族。佛教由古印度传入，故称夷。

12 **道：**此处指佛教学说。

13 **恶来、盗跖：**此二人是中原华夏之人，旧时被认为是大恶之人。

14 **季札：**公子札，春秋时吴国贵族。吴王诸樊之弟，贤明博学，曾数次推让君位。**由余：**春秋时秦穆公的上卿。由余攻伐西戎，开地千里，灭十二国，遂使秦国称霸西戎。此二人是边鄙夷人，旧时被认为是大贤。

15 **斥：**指责，责骂。

原文

退之所罪者其迹[1]也，曰：“髡而缁[2]，无夫妇父子，不为耕农蚕桑而活[3]乎人。”若是，虽吾亦不乐也。退之忿其外而遗其中，是知石而不知韫玉[4]也。吾之所以嗜浮图之言以此。与其人游者，未必能通其言也。且凡为其道者，不爱官，不争能，乐山水而嗜闲安者为多。吾病世之逐逐然唯印组为务以相轧也[5]，则舍是其焉从？吾之好与浮图游以此。

译文

退之指责的是佛教徒的行为表现，说：“和尚们都剃光头发，穿着青黑的僧服，断绝夫妇、父子间的人伦关系，不耕田种地、养蚕植桑而要人养活。”如果是这样，即使是我也不喜欢。退之因为愤恨表象而遗漏了其内在本质，这就是只知道石头而不了解石头里边还藏着美玉。我之所以喜好佛教，原因也就在于此。与人交往，不一定能完全理解他的言辞。凡是信奉佛教的人，不喜欢做官，不争强好胜，喜山水爱闲适安静的为多。我不满于世人争先恐后地只以做官为己任，以至于相互排挤，那么舍弃僧人我又能与谁交往呢？我之所以喜欢与僧人交往，原因也就在于此。

今浩初闲其性，安其情，读其书，通《易》《论语》，唯山水之乐，有文而文之。又父子咸为其道[6]，以养而居，泊[7]焉而无求，则其贤于为庄、墨、申、韩之言。而逐逐然唯印组为务以相轧者，其亦远矣。

如今浩初心性闲适，情志安稳，既读佛教的书，又精研《易经》《论语》，专情于山水之间的乐趣，有文才而擅长写文章。而且他们父子都信仰佛教，同居一处可赡养以尽孝道，心境淡泊而无欲无求，就胜过那些信奉庄子、墨子、申不害、韩非子等学说的人。而那些争先恐后只以做官为己任以至于相互排挤的人，与他相比，差得就更远了。

李生础与浩初又善。今之往也，以吾言示之。因北人寓[8]退之，视何如也？

李础先生与浩初交情也好。如今浩初要出发了，我就把这篇序给他看。又托往北方的人把这篇序寄给退之，不知他看了以为如何？

注释

1 **迹：**行为表现。

2 **髡（kūn）：**剃光头发。**缁（zī）：**穿青黑色僧服。

3 **活：**养活。

4 **韫（yùn）玉：**藏玉。

5 **逐逐然：**争先恐后的样子。**印组：**印绶。古人印信上系有丝带，可佩带在身。此处借指官爵。**轧（yà）：**倾轧，排挤。

6 **父子咸为其道：**指浩初和尚和他的父亲都信奉佛教。

7 **泊：**淡泊，恬静。

8 **寓：**寄。

送贾山人南游序[1]

导读

柳宗元被贬到柳州不久，好友贾鹏即来拜访，两人以诗唱和赠答。本文为贾鹏南游，在即将出发的舟中，柳宗元为其践行并作的赠序。全文以短句为主，或三字，或四字，通过强烈的节奏表现行舟将发的急迫。而文末的四言歌，句句入韵，前两句兼以对仗，极富韵律感。

原文

传所谓学以为己者[2]，是果有其人乎？吾长京师三十三年[3]，游乡党[4]，入太学[5]，取礼部、吏部科[6]，校集贤秘书[7]，出入去来，凡所与言，无非学者，盖不啻[8]百数，然而莫知所谓学而为己者。及见逐于尚书，居永州，刺柳州，所见学者益稀少，常以为今之世无是决也。

译文

传闻学习是为了增德进业，并非是为做官，果真有这样的人吗？我生活在京城中三十三年，与乡族朋友交往，进入太学，考取礼部的进士科、吏部的博学宏词科，出任集贤院秘书郎。进去出来的人，凡是与我交谈过的，都是学者，大概不会少于一百人，然而却没发现有所谓为了增进自己的道德、学问而学习的人。直到我从尚书省被放逐，谪居永州，又到柳州做刺史，所见到的学者越来越少，常常以为今世没有机会来证明这句话了。

注释

1 **贾山人:** 贾鹏, 字景伯, 长乐(今福建长乐)人。

2 **传:** 传说, 传闻。**学以为己者:** 为了增进自己的道德、学问而学习的人。语出《论语 · 宪问》:"古之学者为己, 今之学者为人。"

3 **长:** 生活。唐代宗大历八年(773)柳宗元生于长安, 到唐德宗贞元二十一年(805)被贬永州离开长安, 前后共计三十三年。

4 **乡党:** 乡族朋友。

5 **太学:** 我国古代设立在京城, 用以培养人才、传授儒家经典的最高学府。

6 **取礼部、吏部科:** 唐贞元九年(793)柳宗元考取由礼部主持的进士科, 贞元十四年(798)柳宗元考取由吏部主持的博学宏词科。

7 **校集贤秘书:** 柳宗元登博学宏词后授官集贤殿书院正字, 也称"秘书郎"。

8 **盖:** 大概。**不啻**(chì): 不止, 不少于。

原文

居数月, 长乐贾景伯[1]来, 与之言, 邃[2]于经书, 博取诸史群子[3]昔之为文章者, 毕贯统[4], 言未尝诐[5], 行未尝怪。其居室愔然[6], 不欲出门, 其见人侃侃而肃[7]。召之仕[8], 怏然[9]不喜。导之还中国[10], 视其意, 夷夏若均[11], 莫取其是非[12]。曰:"姑为道而已尔[13]。"若然者, 其实为己乎? 非已乎? 使[14]吾取乎今之

译文

住了几个月, 长乐人贾景伯来到我这儿, 我与他交谈, 发现他精通经典, 博览并取法各种历史典籍和诸子百家的文章, 将它们全部融会贯通, 没有偏颇的言辞, 没有怪诞的举止。他的居所幽深静寂, 他呆在里面不喜欢出门, 见到人总是庄重从容、直抒己见。朝廷征召他去做官, 他快快不乐。我劝导他返回中原, 看他的意见, 中原和南方如同一样, 都没好坏的取舍。他说:"不过是修道而已。"像这样的人, 他到底学习是为自己呢? 还是不为自己呢? 假如我从当今社会举荐"学以为己"的学者, 那么贾先生果

世，贾君果[15]其人乎？其足也则居[16]，其匮也则行[17]，行不苟之[18]，居不苟容，以是之于今世，其果逃于匮乎？

真就是这样的人吗？如果生活充裕，他就居住在家，如果生活匮乏，他就出游在外。出行不随意乱跑，居家不随意苟且。当今社会中以这种态度对待生活，他果真能逃离贫困带来的困扰吗？

注释

1 **贾景伯：**贾鹏。

2 **邃（suì）：**精通，深晓。

3 **诸史：**各种历史典籍。**群子：**诸子百家。

4 **毕：**全部。**贯统：**贯通。

5 **诐（bì）：**偏颇。

6 **愔（yīn）然：**幽深、悄寂貌。

7 **侃侃：**直抒己见，从容不迫。**肃：**庄重，严肃。

8 **仕：**为官，任职。

9 **怏（yàng）然：**不快乐、不满意的样子。

10 **导：**劝导，劝说。**中国：**指中原。

11 **夷：**指南方地区。**夏：**指中原。**均：**等同。

12 **取：**通“趋”。趋向。

13 **姑：**姑且，只是。**为道：**修行；修道。

14 **使：**假如。

15 **果：**果真。

16 **足：**富足，充裕。**居：**居住。

17 **匮（kuì）：**匮乏，穷尽。**行：**出游。

18 **苟：**随便，不审慎。**之：**往，至。

原文

吾名逐[1]禄贬，言见

译文

我遭到贬谪，功名利禄受损，著述

疵[2]于世，奈贾君何？于其之也，即其舟与之酒，侑[3]之以歌。歌曰："充乎己居，或踬其涂[4]。匮己之虚，或盈其庐。孰匮孰充？为泰[5]为穷。君子乌乎取？以宁其躬[6]。"若君者，之于道而已尔，世孰知其从容者耶？

言辞也遭到世人的挑剔非议，但这些又能把贾先生怎样呢？在他要离开柳州时，我登上船与他饮酒饯行，唱歌助兴。歌中唱道："满足于自己的寄寓状态，或许会在路上跌倒。让自己内习空虚，或许能使满屋富庶。哪个是缺憾？哪个是充足？是安泰是窘促，君子如何抉择？只是为了其自身的安处。"像先生这样的人，只不过是追求"道"而已，世人又怎么能了解他的从容安然呢？

注释

1 **逐：**驱逐，放逐。

2 **疵**（cī）**：**挑剔，非议。

3 **侑**（yòu）**：**在筵席旁助兴，劝人吃喝。

4 **踬**（zhì）**：**跌倒，绊倒。**涂：**道路。亦作"涂"。

5 **泰：**安定平和。

6 **躬：**自身。

连山郡复乳穴记

导读

唐元和三年（808）于永州作。时柳宗元 36 岁。全文先叙后议，从客观描述到他人议论再到最后以自己的观点作结，层次鲜明，论述严谨。

原文

石钟乳，饵[1]之最良者也。楚、越之山多产焉，于连、于韶[2]者，独名于世。连之人告尽焉者五载矣，以贡，则买诸他部。

今刺史崔公[3]至，逾月，穴人[4]来，以乳复告。邦人悦是祥也，杂然谣曰："甿之熙熙[5]，崔公之来。公化所彻[6]，土石蒙烈。以为不信，起视乳穴。"穴人笑之曰："是恶知所谓祥耶？向吾以刺史之贪戾嗜利，徒吾役而不吾货也，吾是以病而绐[7]焉。今吾刺史令明而志洁，先赖而后力，欺诬屏息，信顺休洽，吾以是诚告焉。且夫乳穴必在深山穷林，冰雪之所储，豺虎之所庐。由而入者，触昏雾，扞[8]龙蛇，束火以知其物，縻绳以志[9]其返。其勤若是，出又不得吾直[10]，吾用是安得不以尽

译文

石钟乳，是药物中最好的。楚、越一带的山区多有出产，出产于连州和韶州的，尤其闻名于世。连州的人报告石钟乳被采尽已经有五年了，为进贡给朝廷，就到其他地区去采购。

现任连州刺史崔公到任，一个月过后，采石人报告说石钟乳重新出现了。当地人因这吉祥的事喜悦，纷纷编歌谣唱道："百姓和乐，崔公到此。教化通达，土石被泽。如若不信，请观乳穴。"采石人嘲笑他们说："怎么知道这就是吉祥的事情呢？过去我们因为刺史贪财暴虐，只役使我们却不给报酬，我们因此痛恨而欺骗他。现在我们的刺史政令清明而操守廉洁，先付钱再劳役，不再欺诈工人，诚信顺理，我们因此如实禀告。并且石钟乳的洞穴一定在深山老林，冰天雪地封存，是豺狼虎豹栖息的地方。从洞口进去的人，穿越昏暗的雾瘴，抵御龙蛇的侵袭，点起火把方能看到石钟乳，拴缚绳索标记才能返回。如此辛勤劳苦，回来又得不到我们应有的报酬，我们为什么不报告说已被采完了呢？如今风化主张诚实，所

告？今而乃诚，吾告故也，何祥之为？”

士闻之曰：“谣者之祥也，乃其所谓怪者也；笑者之非祥也，乃其所谓真祥者也。君子之祥也，以政不以怪。诚乎物而信乎道，人乐用命，熙熙然以效其力。斯其为政也，而独非祥也欤！”

以我们报告实情，哪里是什么祥瑞之兆呢？”

士人听到这事后说：“编歌谣的人认为吉祥，是指怪异的现象；讥笑他们的人认为不是瑞兆，才是真正的吉祥。君子认为的吉祥，是依据清明的政治而不是怪异现象。诚以待物而信守正道，百姓就乐于听命，和谐喜乐地贡献他们的力量。这样治理政事，难道不就是吉祥吗？”

注释

1 **饵：**药物。古人认为服食石钟乳可以延年益寿。

2 **连：**连州，治所在今广东连州一带。**韶：**古州名，治所在今广东韶关。

3 **崔公：**崔简，字子敬，博陵（今河北定州）人。唐贞元五年（789）进士。时任连州刺史。元和五年（810）转永州刺史。他是柳宗元的大姐夫。

4 **穴人：**在洞穴中采石钟乳的人。

5 **氓（méng）：**泛指百姓。**熙熙：**和乐貌。

6 **化：**感化，教化。**彻：**通达。

7 **绐（dài）：**欺骗。

8 **扞（hàn）：**抵御。

9 **縻（mí）：**捆拴。**志：**做记号。

10 **直：**工钱，报酬。

始得西山宴游记

导读

唐元和四年（809）于永州作。时柳宗元37岁。本文为《永州八记》中的一篇，作者将初到永州游历的山与西山对比，游前者“起而归”，游西山则“犹不欲归”。突出西山“不与培塿为类”的特点，亦是自况。行文节奏有音乐感，顶针写法令语气回环激荡。

原文

自余为僇人[1]，居是州，恒惴栗[2]。其隙[3]也，则施施[4]而行，漫漫而游，日与其徒上高山，入深林，穷回溪，幽泉怪石，无远不到。到则披草而坐，倾壶而醉。醉则更相枕以卧，卧而梦，意有所极，梦亦同趣[5]。觉而起，起而归。以为凡是州之山水有异态者，皆我有也，而未始[6]知西山之怪特。

译文

自从我成为罪人，住在此州，经常忧惧不安。闲暇的时候，就缓缓地散步，漫无目的地游走。每天与同伴登高山，进深林，沿着萦回曲折的溪水走到尽头，清幽的泉水和奇特的山石，无论多远都去游览。到了拨开野草就坐在地上，倾尽壶中的酒喝到醉。醉了就彼此依偎着睡倒，睡了就做梦，心里想到的地方，梦中也会梦到。睡醒就起来，起来了就归去。本以为这个州中的奇山异水都已被我欣赏完了，却未曾知道西山风景的怪异独特。

注释

1 **僇(lù)人:** 罪人。

2 **惴栗(zhuì lì):** 忧愁、恐惧得发抖。

3 **隙:** 闲暇。

4 **施施:** 缓慢前进的样子。

5 **趣:** 赴,前往。

6 **未始:** 未曾。

原文

今年九月二十八日,因坐法华[1]西亭,望西山,始指异之。遂命仆人过湘江,缘染溪[2],斫榛莽[3],焚茅茷[4],穷山之高而止。攀援而登,箕踞而遨[5],则凡数州之土壤,皆在衽席[6]之下。其高下之势,岈然[7]、洼然[8],若垤[9]、若穴。尺寸千里,攒蹙[10]累积,莫得遁隐。萦青缭白,外与天际,四望如一。然后知是山之特立,不与培塿[11]为类。悠悠[12]乎与颢气[13]俱,而莫得其涯,洋洋[14]乎与造物者游,而不知其所穷。引觞[15]满酌,颓然[16]就醉,不知日之入。苍然暮色,自

译文

今年九月二十八日,我因坐在法华寺的西亭,遥望西山,才指着西山感到它的奇异。于是命令仆人随同渡过湘江,沿着染溪行进,劈砍丛杂的草木,焚烧茂密的茅草,爬到山顶才停止。攀援着登山,舒展双腿坐着远望游观,附近几个州的大地都呈现在卧席之下。它们高高低低的姿态,有的深空、有的低凹,有的像蚁封、有的像洞窟。千里之遥而只有尺寸大小,紧密积聚在一起,没有可以隐藏的,都尽收眼底。青山白水萦回缭绕,尽处连向天际,眺望周遭,浑然一体。然后我才知道西山的卓绝出众,与小土丘不同。渺远无际与洁白盛大之气混同,不知极限,广远无涯地与天地同游,没有尽期。举起酒杯斟满酒,喝到乏力醉倒,不知太阳落山。苍茫的暮色由远而近,直到什么都

远而至，至无所见，而犹不欲归。心凝形释，与万化冥合，然后知吾向之未始游，游于是乎始，故为之文以志。是岁元和四年也。

看不清，仍然不想回家。我心神专注形体释放，与天地万物冥合为一。然后才明白我过去不曾算游历，真正的游玩从游西山才开始，所以写这篇文章记下。这年是元和四年。

注释

1 **法华：**寺名。在今湖南永州零陵区内东山。

2 **染溪：**潇水支流。一名冉溪，柳宗元将之命名为愚溪。

3 **斫（zhuó）：**用刀、斧等砍劈。**榛（zhēn）莽：**丛杂的草木。

4 **茷（fá）：**草叶茂盛。

5 **箕踞（jī jù）：**两腿舒展而坐，形如簸箕，是一种随意不拘礼节的坐法。**遨：**以目游观。

6 **衽（rèn）席：**卧席。

7 **岈（xiā）然：**深空的样子。

8 **洼（wā）然：**低凹的样子。

9 **垤（dié）：**蚂蚁做窝时堆在穴口的小土堆。

10 **攒蹙（zǎn cù）：**紧密积聚在一起。

11 **培塿（pǒu lǒu）：**小土丘。

12 **悠悠：**渺远无际。

13 **颢气：**洁白盛大之气。

14 **洋洋：**广远无涯貌。

15 **引觞：**举起酒杯。

16 **颓然：**乏力欲倒的样子。

钴鉧[1]潭记

导读

唐元和四年（809）于永州作。时柳宗元37岁。本文为《永州八记》中的一篇，作者起首用恬淡的笔调叙述小潭的形成，营造出清新的氛围。又通过运用一系列动词，形象生动地描绘潭水的种种风貌，用字无重复，尤其精彩。在构思方面，作者通过描写风景的优美与原居者因"不胜官租、私券之委积"而迁居的对比，在不动声色中反映苛政的可怖。

原文

钴鉧潭在西山西，其始盖冉水[2]自南奔注，抵[3]山石，屈折东流，其颠委[4]势峻，荡击益暴，啮其涯[5]，故旁广而中深，毕至石乃止。流沫成轮，然后徐行，其清而平者且十亩余，有树环焉，有泉悬焉。

其上有居者，以予之亟[6]游也，一旦款门来告曰："不胜官租、私券之

译文

钴鉧潭在西山的西麓，它的起源大概是冉水向南面奔流，抵触到山石，就折向东流，冉水这一段首尾流势峻急，激荡撞击愈加猛烈，冲蚀水岸，所以钴鉧潭四周宽广而中间深陷，一直冲刷到露出山石才休止。流水激荡起的水沫如车轮般旋转，然后缓缓流走，潭中清澈平静的水面大约有十多亩，四周树木环绕，泉水高悬。

有一户住在潭边的人，因为我多次游览，有一天来敲门告诉我说："我承受不了繁重的官府租税和私人债务，已经

委积[7]，既芟山[8]而更居，愿以潭上田贸[9]财以缓祸。”予乐而如其言。则崇[10]其台，延其槛，行其泉于高者而坠之潭，有声潀然[11]。尤与中秋观月为宜，于以见天之高，气之迥[12]。孰使予乐居夷而忘故土者，非兹潭也欤？

在山中开荒要搬迁了，愿意用潭边的田地换钱财来缓解祸患。”我高兴地按照他说的做了。于是升高了潭边的石台，延展了潭上的栏杆，疏导高处的泉水使它坠入潭中，发出淙淙之声。此处尤其适合中秋赏月，可以看到天空的高旷，颢气的辽远。是什么使我乐于住在蛮夷之地而忘掉故乡呢，不就是这个钴鉧潭吗？

注释

1 **钴鉧(gǔ mǔ)潭：**在湖南永州西山西麓。形如熨斗，故名。钴鉧，熨斗。
2 **冉水：**潇水支流，一名染溪。柳宗元更名为愚溪。
3 **抵：**触碰。
4 **颠委：**首尾。
5 **啮(niè)：**咬。此处用拟人手法，指泉水冲蚀。**涯：**水岸。
6 **亟(qì)：**屡次。
7 **不胜(shèng)：**承受不了。**券：**契据，债务。
8 **芟(shān)：**割草，此处指开荒。
9 **贸：**交换。
10 **崇：**加高，升高。
11 **潀(cóng)：**水声。
12 **迥：**辽远。

钴鉧潭西小丘记

导读

唐元和四年（809）十月于永州作。时柳宗元37岁。本文为《永州八记》中的一篇。柳宗元的山水散文语言自然流畅，细腻清新，文中几组排比句的运用既充满动态，前后又有逻辑的关联，构思精巧。虽名为写山水，但作者用唐氏之弃地暗喻自己的处境，又以小丘最终得遇，而人不如丘，表达了内心的失落。

原文

得西山后八日，寻山口西北道二百步，又得钴鉧潭。潭西二十五步，当湍而浚者为鱼梁[1]。梁之上有丘焉，生竹树。其石之突怒偃蹇[2]，负土而出争为奇状者，殆不可数。其嵚然相累[3]而下者，若牛马之饮于溪；其冲然角列[4]而上者，若熊罴[5]之登于山。丘之小不能一亩，可以笼[6]而有之。

译文

发现西山后的第八天，我沿着西山山口向西北方走二百步，又发现了钴鉧潭。潭向西二十五步，在水流深急的地方有一道鱼梁。鱼梁的上方有一座小丘，翠竹和树木丛生。小丘上的石头挺立高耸，顶着泥土凸出地面，争相呈现出奇形怪状，多得几乎数不过来。那些高耸相叠，层层而下的，如同牛马往溪边饮水；那些卓然凸出的，如熊罴向高山攀登。潭丘的面积小得不足一亩，却能将以上竹树怪石包罗其中。

注释

1 **湍**(tuān):水势急速。**浚**(jùn):深。**鱼梁**:顺水势设障孔以捕鱼的装置,多用木桩或编网制成。

2 **突怒**:高猛突起的样子。**偃蹇**(yǎn jiǎn):高耸。

3 **嵚**(qīn)**然**:山石高耸突出的样子。**累**:重叠,相连。

4 **冲然**:凸出的样子。**角列**:卓然特立。

5 **罴**(pí):熊的一种,即棕熊,毛棕褐色,能爬树,会游泳。

6 **笼**(lǒng):包括,包罗。

原文

问其主,曰:"唐氏之弃地,货而不售[1]。"问其价,曰:"止四百。"余怜[2]而售之。李深源、元克己时同游,皆大喜,出自意外。即更取器用,铲刈[3]秽草,伐去恶木,烈火而焚之。嘉木立,美竹露,奇石显。由其中以望,则山之高,云之浮,溪之流,鸟兽之遨游,举熙熙然回巧[4]献技,以效兹丘之下。枕席而卧,则清泠[5]之状与目谋,瀯瀯[6]之声与耳谋,悠然而虚者与神谋,渊然而静者与心谋。不匝[7]旬而得异地者二,虽古好事之士,或未能至焉。

译文

询问小丘的主人,回答说:"是唐家舍弃的土地,想卖却没卖出。"询问它的价钱,回答说:"仅四百文铜钱。"我喜爱它便买了下来。李深源、元克己当时与我一同游览,都非常高兴,感到出乎意外。随即轮换着使用器具,铲割杂草,砍伐粗劣的树木,点燃大火把它们烧掉。于是好的树木存立,良秀的竹子挺露,奇异的山石显现。从小丘远眺,山峰的高峻,云彩的飘浮,溪水的清流,鸟兽的奔走嬉戏,都欢欣地呈巧献技,呈献在小丘下。席地躺卧,清澈凉爽的景色悦目,瀯瀯的水声悦耳,安闲无欲的境界悦神,深沉幽静的气质悦心。不满十天我就发现了两处胜地,即便是古代喜欢游山玩水的人,或许也做不到吧。

嘻！以兹丘之胜，致之沣、镐，鄠、杜，则贵游之士争买者，日增千金而愈不可得。今弃是州也，农夫渔父过而陋之，贾四百，连岁不能售。而我与深源、克己独喜得之，是其果有遭[8]乎？书于石，所以贺兹丘之遭也。

唉！凭着这小丘的胜景，放到长安郊外的沣、镐、鄠、杜一带，那显贵的人士会争着购买，每天加价千金却愈加难以得到。如今小丘被弃置在永州，农夫渔父路过都轻视它，作价四百文，连续几年都卖不出去。唯有我和深源、克己喜欢而买下，可算是小丘终于碰上好的际遇了吗？我把这事书写在山石上，用以祝贺这座小丘的际遇。

注释

1 **货**：出卖。**售**：卖掉。

2 **怜**：爱。

3 **刈**（yì）：割。

4 **熙熙**：温和欢快貌。**回巧**：呈巧。

5 **清泠**（líng）：清净凉爽。

6 **瀯瀯**（yíng）：水流声。

7 **匝**（zā）：满。

8 **遭**：际遇。

至小丘西小石潭记

导读

唐元和四年（809）十月于永州作。时柳宗元37岁。本文为《永州八记》中的一篇。全文用简练的文笔营造出“清凉”的气氛。首先是风景的清新，作者用衬托的手法，以石写潭之清，以鱼写水之透，以静写景之幽。其次是心境的清凉，作者以不敢逗留幽静之处衬托出内心的凄寂。

原文

从小丘西行百二十步，隔篁竹[1]，闻水声，如鸣佩环[2]，心乐之。伐竹取道，下见小潭，水尤清冽[3]。全石以为底，近岸卷石底以出。为坻[4]为屿，为嵁[5]为岩。青树翠蔓，蒙络[6]摇缀，参差披拂。

潭中鱼可百许头，皆若空游无所依。日光下澈，影布石上，佁然[7]不

译文

我从小丘向西走一百二十步，隔着竹林，听到流水声，如同佩玉相击，心生欢喜。砍伐竹子开辟道路，便看到下面有一个小水潭，潭水尤其澄清寒凉。潭底是一整块石头，靠近岸边的地方石头向上翻卷露出水面。有的像水中高地，有的像小岛，有的凹凸不平，有的巨大高耸。潭上碧绿的林木和青翠的藤蔓，笼罩缠绕、连绵摇曳，长短不齐的枝条随风飘荡。

潭中的鱼有一百多条，都仿佛悬游在空中无凭无依。日光洒透而下，鱼儿

动，俶尔[8]远逝，往来翕忽[9]，似与游者相乐。

潭西南而望，斗[10]折蛇行，明灭可见。其岸势犬牙差互[11]，不可知其源。

坐潭上，四面竹树环合，寂寥无人，凄神寒骨，悄怆[12]幽邃。以其境过清，不可久居，乃记之而去。

同游者：吴武陵、龚古、余弟宗玄[13]。隶而从者，崔氏二小生，曰恕己，曰奉壹。

的影子散布在潭底石头上，静静地一动不动，忽然又游走，消失在远方，往来迅疾的样子，好似在与游人玩乐。

向小石潭的西南方眺望，小溪如北斗星般曲折，如蛇爬行般蜿蜒流淌，时隐时现，约略可见。水岸的地势犬牙交错，无法溯寻源头。

坐于潭边，四面竹树环绕，寂静冷清，空无人迹，使人神志幽凄，寒意彻骨，悲寂深长。由于此处过于冷清，不宜久留，于是我记下所观所想便离去。

同游的人有吴武陵、龚古和我的弟弟宗玄。跟随而来的，是两名崔姓青年，一名叫恕己，一名叫奉壹。

注释

1 **篁(huáng)竹**：竹林。
2 **佩环**：古人挂在身上的玉制环形配饰，走动时会发出声响。
3 **清冽(liè)**：澄清而寒凉。
4 **坻(chí)**：水中的小洲或高地。
5 **嵁**：凹凸不平的山岩。
6 **蒙络**：笼罩。
7 **佁(yǐ)然**：静止貌。
8 **俶(chù)尔**：忽然。
9 **翕(xī)忽**：急速貌。
10 **斗(dǒu)**：北斗星。
11 **差(cī)互**：交错。
12 **悄怆(chuàng)**：寂静得令人感到悲伤。

袁家渴记[1]

导读

唐元和七年（812）于永州作。时柳宗元40岁。本文为《永州八记》中的一篇，作者写景动静结合，声色并茂，尤其是对山风的描写，生动形象，让读者如入画境。

原文

由冉溪西南水行十里，山水之可取者五，莫若钴鉧潭。由溪口而西陆行，可取者八九，莫若西山。由朝阳岩东南水行至芜江[2]，可取者三，莫若袁家渴。皆永中幽丽奇处也。

楚、越之间方言，谓水之反流[3]者为“渴”，音若“衣褐”之“褐”。渴上与南馆[4]高嶂合，下与百家濑[5]合。其中重洲小溪，澄潭浅渚，间厕[6]曲折，平者

译文

从冉溪乘船向西南航行十里，值得观赏的山水景致有五处，没有哪个比得上钴鉧潭。从冉溪向西步行，值得观赏的景致有八九处，没有哪个比得上西山。由朝阳岩乘船向东南，航行到芜江，值得观赏的景致有三处，没有哪个比得上袁家渴。这些都是永州幽静秀丽的地方。

楚、越地区的方言，把西向流动的河水称为“渴”，读音如“褐衣”的“褐”。袁家渴上游与南馆高峰源接，下游在百家濑汇流。流域中层出洲渚和小溪，澄明的潭水和清浅的小洲，杂列曲折，水流平静处幽深而呈现出黑色，湍

深黑，峻者沸白。舟行若穷，忽又无际。

急处沸腾而激起白浪。船行至水路似乎已穷尽处，忽然前方又辽阔无涯。

注释

1 **渴（hé）：**方言。水反流。

2 **朝阳岩：**位于今湖南永州西南芝山区潇水西岸，唐元结游历此处时，因其岩向东，“以朝阳名之”。**芜江：**水名，位于永州零陵东，潇水支流。

3 **反流：**中国境内河水大多向东流，故河水向西流谓之反流。

4 **南馆：**疑为山名。

5 **百家濑（lài）：**渡口名。在今永州零陵。

6 **间厕：**杂列。

原文

有小山出水中，山皆美石，上生青丛，冬夏常蔚然。其旁多岩洞，其下多白砾，其树多枫柟石楠，楩槠樟柚[1]，草则兰芷[2]。又有异卉，类合欢[3]而蔓生，轇轕[4]水石。每风自四山而下，振动大木，掩苒[5]众草，纷红骇绿，蓊葧[6]香气，冲涛旋濑，退贮溪谷。摇扬葳蕤[7]，与时推移。其大都如此，余无以穷其状。

译文

有座小山在水中突起，山上尽是美丽的石头，上面青葱的草木丛生，无论冬夏都很茂盛。山边有很多岩洞，山下有许多白色碎石。山上的树木大多是枫、楠、石楠、楩、槠、樟、柚，草则是兰草和白芷。还有一种奇异的花草，样子像合欢树却是蔓生，交错缠绕在水中的石头上。每当风从四面的山上吹下，便摇撼大树，吹拂柔弱茂盛的草，繁盛的红花绿叶纷乱摇荡，散发出浓烈的香气，大风冲起波涛，卷起急流，使河水倒流至溪谷。迎风飘扬的叶波草浪，随着时间不断变化。它的景色大体如此，我无法把它的样子完全描摹出来。

永之人未尝游焉，余得之不敢专也，出而传于世。其地世主袁氏，故以名焉。

永州的人从未去过那里游览，我发现它后不敢独自享受，便把它写出来公诸于世。此地的主人姓袁，所以将它命名为袁家渴。

注释

1 **枫**：枫树，落叶乔木，春季开花，叶互生，通常三裂，边缘有锯齿，秋季变成红色，树脂可入药，亦称“枫香树”。**楠**：常绿大乔木，木材坚固，是贵重的建筑材料，又可做船只、器物等。**石楠**：植物名。夏季开白色花朵，秋后结红色果实，叶可入药。**楩**（pián）：亦称黄楩木。高大乔木。**槠**（zhū）：常绿乔木，叶长椭圆形，花黄绿色，果实球形。木材坚硬，可制器具。**樟**：常绿乔木，木质坚硬细致，有香气，做成箱柜可防蠹虫。**柚**：常绿乔木，果实称“柚子”，可食用。

2 **芷**（zhǐ）：香草名。

3 **合欢**：豆科，落叶乔木。叶似槐，为羽状复叶，至晚即合。

4 **轇轕**（jiāo gé）：纵横交错貌。

5 **苒**（rǎn）：轻柔。

6 **蓊葧**（wěng bó）：草木茂盛。

7 **葳蕤**（wēi ruí）：草木茂盛，枝叶下垂的样子。

小石城山记

导读

唐元和七年（812）十月于永州作，时柳宗元40岁。本文为《永州八记》中的一篇，作者同样以景起兴，从对小石城山的描写引申到对“造物者”存在的质疑，以此抒发自身如小石城山一样被埋没于南荒的郁愤。

原文

自西山[1]道口径北，逾黄茅岭[2]而下，有二道：其一西出，寻之无所得；其一少北而东，不过四十丈，土断而川分，有积石横当其垠[3]。其上为睥睨、梁欐[4]之形，其旁出堡坞，有若门焉。窥之正黑，投以小石，洞然有水声，其响之激越，良久乃已。环之可上，望甚远，无土壤而生嘉树美箭[5]，益奇而坚，其疏数偃仰[6]，类智者所施设也。

噫！吾疑造物者之有无久矣。及是，愈以为诚有。又怪其不为之于中州，而列是夷狄[7]，更千百年不得一售其伎，是固劳而无用，神者傥不宜如是，则其果无乎？或曰："以慰夫贤而辱于此

译文

从西山的路口径直向北，越过黄茅岭往下走，有两条路：一条向西伸展，我曾探寻风景而没有收获；另一条稍微偏北再转向东，不到四十丈远的地方，岭土断裂，由河川分割，有一堆垒积的石头横挡在路的尽头。积石上有的石块垒如矮墙，有的石块叠如屋梁，石堆侧面伸出一座小城堡，有洞穴如城门。向内窥视，一片漆黑，投进小石块，里面激起洞然回响的水声，水声激扬高亢，很久才消失。积石可以盘旋攀援，在高处可望得很远。积石上没有土壤却生长着秀美的树木和竹子，更加显得独特坚挺。它们疏密得当，俯仰相宜，仿佛是智者有意布置的。

唉！我怀疑造物主有无已很久了。到了这里，更加认为造物主确实存在。但又奇怪他不把景物安排在中原地区，却安置在这蛮荒之地，千百年更替也不能向人们展示它的风采，简直是劳而无功，神明的造物主或许不该如此，那么他大概是不存在吧？有人说："这是用来慰藉那些贤明却屈辱地来到这里的人的。"

者。"或曰:"其气之灵不为伟人,而独为是物,故楚之南少人而多石。"是二者,余未信之。	又有人说:"这个地方的灵秀之气,不造就伟人而只创造这些奇特景物,所以楚地之南人才少而奇石多。"这两种说法,我都不信。

注释

1 **西山:** 即《始得西山宴游记》中的西山。

2 **黄茅岭:** 在永州潇水西岸,今名芝山。

3 **垠**(yín)**:** 边际,尽头。

4 **睥睨**(pì nì)**:** 古代城墙上的矮墙。**梁欐**(lì)**:** 栋梁,屋梁。

5 **箭:** 竹子。

6 **数**(cù)**:** 细密,稠密。**偃**(yǎn)**仰:** 俯仰。

7 **夷狄:** 古代称四境未开化的民族。此处指永州。

石渠记

导读

唐元和七年(812)正月八日于永州作。时柳宗元40岁。本文为《永州八记》中的一篇。文章题为写石渠,作者以石渠水的流动为线索来引领读者的视线:开始从石渠听到泉水的声音,到泉水从石渠中漫出,流到石泓,西行到岩石下,向北堕入深潭,再向北徐徐流入袁家渴,沿线的风景自然地随笔墨展开。"有泉幽幽然"的"幽"为全文定下了基调。石泓、昌蒲、青藓、清潭、鲦鱼、奇卉、美箭皆为幽雅之色;泉水曲折的水路为幽深之态;风过深谷,"视之既静,其听始远"为幽静之声。作者从多个维度书写石渠的幽美以及自己心境的清幽。

原文

自渴[1]西南行，不能百步，得石渠，民桥[2]其上。有泉幽幽然，其鸣乍大乍细。渠之广，或咫尺，或倍尺，其长可十许步。其流抵大石，伏出其下。逾[3]石而往，有石泓[4]，昌蒲被之[5]，青藓环周。又折西行，旁陷岩石下，北堕小潭。潭幅员减百尺[6]，清深多鲦鱼[7]。又北曲行纡余[8]，睨若无穷，然卒入于渴。其侧皆诡石怪木，奇卉美箭，可列坐而庥[9]焉。风摇其巅，韵动崖谷。视之既静，其听始远。

译文

从袁家渴向西南方向走，不到一百步，就能找到一条用石头筑成的水渠，当地百姓在石渠上架了一座桥。一股清幽的泉水在石渠里缓缓流淌，水声忽然响亮忽然轻微。石渠的宽度，有的地方不足一尺，有的地方有二尺，石渠的长度有十余步。当渠水碰到大石头时，就从它的下面淌过去。渠水越过石头往前流，便是一个布满石头的小水潭，菖蒲覆盖在它的上面，青色的苔藓环绕在它的周围。渠水从此处又转向西方，沿着岩石旁沉潜而过，再向北落入一个小水潭。小水潭的面积不足百尺，清澈幽深的潭水中有许多白鲦鱼。渠水又向北蜿蜒曲折地流去，看上去似乎没有尽头，然而最终还是流入了袁家渴。石渠的两旁都是形状诡异的石头和树木，以及奇异的花卉和秀美的细竹，游人可以并排坐在这里得到荫庇。风摇荡着竹尖树梢，和谐悦耳的声响在悬崖深谷中回荡。看着花竹草木已静止了，而听着它们发出的声音才开始传向远方。

注释

1 **渴（hé）：** 此处指袁家渴。详见前《袁家渴记》。

2 **桥：** 架桥。

3 **逾**(yú)**:** 越过。

4 **泓**(hóng)**:** 潭，深水。

5 **昌蒲：** 即菖蒲。多年生草本植物。生在水边，有淡红色根茎，叶子呈剑形，夏天开花，淡黄色，肉穗花序。**被：** 覆盖。

6 **幅员：** 广狭为幅，周围为员。引申为范围。**减：** 不足。

7 **鲦**(tiáo)**鱼：** 即白鲦，产于淡水，大者长尺许，形狭长，背淡黑微青，腹白鳞细，好群游水面。

8 **纡余**(yū yú)**:** 曲折婉转。

9 **庥**(xiū)**:** 同“休”。荫庇。

原文

予从州牧[1]得之，揽去翳朽[2]，决疏土石，既崇[3]而焚，既酾[4]而盈。惜其未始有传焉者，故累记其所属，遗[5]之其人，书之其阳[6]，俾[7]后好事者求之得以易。元和七年正月八日，蠲[8]渠至大石。十月十九日，逾石得石泓小潭。渠之美于是始穷[9]也。

译文

我跟随永州刺史一起寻访到这个地方，于是聚拢清除此处的枯草朽木，排疏水道中的土石，把枯草朽木堆积起来用火烧掉，水道得到疏导，石渠中便泉水满盈。可惜这石渠还未被人们所传闻，所以我不厌其烦地记录下它的位置和景物，把它留给喜欢游山玩水的人，在石渠的北边立石书写，使今后喜好游览的人能很容易找到这个地方。元和七年正月八日，我们清理石渠到大石头那个地方。十月十九日，我们越过大石头清理到了石泓和小水潭处。石渠的美景到这里方才穷尽。

注释

1 **州牧：** 此处指永州刺史。

2 **揽：** 把松散的东西聚拢。**翳：** 树木枯死。

3 **崇：** 聚积，堆积。

4 **酾(shī):** 疏导。

5 **遗:** 赠予，送给。

6 **其阳:** 石渠之北。阳，山之南，水之北。

7 **俾:** 使。

8 **蠲(juān):** 清除，疏通。

9 **穷:** 尽。

石涧记

导读

唐元和七年（812）十月于永州作。时柳宗元40岁。本文为《永州八记》中的一篇，文章如一幅清丽的山水册页：画面的近景是石涧此岸。顺着观者的视线向远处延伸，是水纹交错、绵延至两岸的宽大石板，岸上有士子数人，闲散坐于胡床上，是为中景。画的远景是神秘的深山幽林。作者同年所作《南涧中题》的“南涧”即此石涧，诗中忧乐各半，而本文透着一种宁静心绪，两者可参看。

原文

石渠之事既穷[1]，上由桥西北，下土山之阴[2]，民又桥焉。其水之大，倍石渠三之一[3]。亘[4]石为底，达于两涯[5]。若床若

译文

清理、游赏完石渠，从石渠的桥上向西北方向走，下了土山的北坡，百姓又在石涧上架了一座桥。桥下涧水的流量比石渠的多了三分之一。绵延不绝的石块铺满涧底，一直延伸到两岸。这

堂[6]，若陈筵席，若限阃奥[7]。水平布[8]其上，流若织文[9]，响若操琴。揭跣[10]而往，折竹箭[11]，扫陈叶，排腐木，可罗胡床十八九[12]。居之[13]。交络[14]之流，触激[15]之音，皆在床下；翠羽[16]之木，龙鳞之石，均荫[17]其上。古之人其有乐乎此耶？后之来者，有能追予之践履[18]耶？得之日，与石渠同。由渴[19]而来者，先石渠，后石涧；由百家濑[20]上而来者，先石涧，后石渠。涧之可穷者，皆出石城村东南，其间可乐者数焉。其上深山幽林，逾峭险[21]，道狭不可穷也。

些石块有的像床，有的像屋基，有的像摆宴席，有的像隔开内室的门槛。涧水平铺在石板上流过，水纹如同丝织品的花纹，水声仿佛弹琴声。我们提起衣服，赤脚蹚过涧水，折细竹做扫帚，扫去堆积已久的树叶，清除腐朽的枝木，清理出能摆放十八九张胡床的空地。人坐在上面，涧中交织的水纹，涌溅的水声，都在胡床之下；青葱的树叶，龙鳞状的石头，都荫蔽在胡床之上。古时候的人有谁曾享受过这石涧美景的愉悦？后来的人，有谁能够追随我的足迹来到这里？发现石涧的时间，与发现石渠的一样。从袁家渴来这里，先经过石渠，再到石涧；从百家濑上来的人，先到石涧，再到石渠。石涧可探寻的流迹，都出自石城村东南方，其中可以游赏的地方有好几处。石涧上是深幽的山林，更加陡峭险峻，山路太险窄而无法探寻。

注释

1 **石渠：**指上文《石渠记》所记的石渠。

2 **阴：**山之北，水之南。

3 **三之一：**三分之一。

4 **亘(gèn)：**绵延。

5 **涯：**水边，岸边。

6 **堂：**此处指屋基。

7 **限**：门槛。**阃(kǔn)奥**：内室深处。此处泛指内室。

8 **平布**：犹平铺。

9 **织文**：丝织品的花纹。

10 **揭跣(xiǎn)**：提起衣服，赤脚蹚过涧水。

11 **竹箭**：细竹。

12 **罗**：陈列，摆放。**胡床**：一种可以折叠的轻便绳椅，椅脚交叉即能折叠，背后设有靠背。

13 **居**：坐。

14 **交络**：犹交织。

15 **激**：水流因受阻而腾涌、飞溅。

16 **翠羽**：青葱的树叶。

17 **荫**：遮蔽。

18 **践履**：踪迹，行迹。

19 **渴**：指袁家渴，见前《袁家渴记》。

20 **百家濑**：渡口名。在今永州零陵。

21 **峭险**：指陡峭险峻的山路。

全义县复北门记[1]

导读

唐元和五年（810）于永州作。时柳宗元38岁。全义县（今广西兴安）县令卢遵是柳宗元的舅弟，卢遵为便利百姓，修复了县城的北门。柳宗元作文歌颂，并将此便民之举提升到“由道废邪，用贤弃愚”的高度来称赞，体现了其革物维新的思想。作者在文末特别以韵文描写百姓欢欣的景象，如在水墨画上略施淡色晕染，别有生意。

原文

贤者之兴[2]，而愚者之废[3]，废而复之为是，循而习之为非[4]，恒人[5]犹且知之，不足乎列[6]也。然而复其事必由乎贤者，推是类以从于政，其事可少哉！贤莫大于成功，愚莫大于吝且诬。桂之中岭而邑者曰全义，卫公城之[7]，南越以平[8]。卢遵[9]为全义，视其城，塞[10]北门，凿他雉[11]以出。

译文

贤能的人创办的事业，愚昧的人将之败坏。败坏了恢复它就对了，因循沿袭愚昧的败坏行为而习以为常就不对了。普通人尚且懂得这个道理，用不着一一叙述。但是恢复被败坏了的事业一定是由贤能的人进行的，把这类道理推广到为官从政，记述这样的事例可以少吗！贤能莫过于能成就一番事业，愚昧莫过于自私吝啬而又口出诬罔之言。桂州境内有个建在山岭中的县城名叫全义，是卫国公李靖修筑的城，他凭借这座城平定了南越。卢遵当全义县令时，巡视这座城，发现北门被堵塞，却挖开城墙的另一个地方作出口。

注释

1 **全义县：**今广西兴安。**复：**修复。

2 **兴：**创办。

3 **废：**败坏，衰败。

4 **循：**因循。**习：**通“袭”。因袭。

5 **恒人：**普通人。

6 **列：**陈述，叙述。

7 **卫公：**指唐初名将李靖，封卫国公。世称“李卫公”。**城：**筑城。

8 **平：**平定。

9 **卢遵：**柳宗元舅弟。时任全义县令。

10 **塞：**堵塞。

11 **雉(zhì):** 古代计算城墙面积的单位。长三丈，高一丈为一雉。

原文

问之，其门人曰：“余百年矣。”或曰：“巫言是不利于令，故塞之。”或曰：“以宾旅之多，有惧竭其饩馈[1]者，欲回其途，故塞之。”遵曰：“是非吝且诬欤？贤者之作，思利乎人，反是，罪也。余其复之。”询于群吏，群吏叶厥谋[2]。上于大府[3]，大府以俞[4]。邑人便焉，欢舞里闾[5]。居者思正其家，行者乐出其途。由道废邪，用贤弃愚，推以革物，宜民之苏。若是而不列[6]，殆[7]非孔子徒也。为之记云。

译文

询问其中情形，守门的人回答说：“这样已有一百多年了。”有人说：“巫者讲这北门对县令不吉利，所以把它堵塞了。”又有人说：“因为在这里出入的旅客太多，有人担心旅客会耗尽他们的粮食供给，想让旅客绕行，所以把它堵塞了。”卢遵说：“这不是吝惜和欺骗吗？贤能的人做事，考虑的是要对人们有利，否则，便是罪过。我准备修复它。”卢遵向官吏们征求意见，官吏们共同议论他的计划。上报到州府，州府同意了。北门修复后，全县的人都感到便利，在乡里欢欣鼓舞。当地百姓由此想到如何治理好自己的家庭，来往的行人则乐意从这里经过。遵循正道，摒弃歪门邪道，采用贤能的人的兴利除弊的做法，抛弃败坏贤者所创事业的愚昧，将这种道理推及事物改革方面，有利于百姓休养生息。如果这样的事不陈述出来，大概算不得是孔子的信徒了。我为此事写了这篇记。

注释

1 **饩馈(xì kuì):** 泛指粮食。

2 **叶:** 通“协”。共同。

3 **大府:** 上级官府。此处指州府。

4 **俞:** 答应，允许。

5 **里闾(lǘ):** 乡里。

6 **列:** 陈述。

7 **殆:** 大概。

永州韦使君[1]新堂记

导读

永州刺史韦宙在任内修建新堂，柳宗元撰文记之。全文借构建园林之道喻为官之道。句式参差，富于节奏感，骈散结合，音调和美。

原文

将为穹谷、嵁岩、渊池于郊邑之中[2]，则必辇[3]山石，沟涧壑，凌绝险阻，疲极人力，乃可以有为也。然而求天作地生之状，咸无得焉。逸其人，因其地，全其天，昔之所难，今于是乎在。

永州实惟九疑之麓[4]。其始度[5]土者，环山为城。有石焉，翳于奥草[6]；有泉

译文

如果要在城邑内造幽谷、高岩和深池的景致，就必定要用辇车搬运山石，沟贯溪涧山谷，克服艰难险阻，耗竭人力，才会有所成就。但要谋求天造地设的形态，谁都无法做到。不劳役那里的人民，顺应那里的地形，保持那里的天然形态，都是过去难以做到的事，如今在此处实现了。

永州其实位于九嶷山的山脚下。当初测算土地的人，环山筑起城墙。有石头，遮蔽在深草之中；有泉水，潜藏

焉，伏于土涂[7]。蛇虺之所蟠[8]，狸鼠之所游。茂树恶木，嘉葩毒卉，乱杂而争植，号为秽墟。

在泥泞之下，成为毒蛇盘踞的地方，狸猫老鼠游戏的场所。嘉树与劣木，香花与毒草，混杂同处竞相生长，因此被称为草木杂生的废墟。

注释

1 **韦使君：**韦宙，时任永州刺史。汉朝称刺史为使君，后世沿用。

2 **穹（qióng）谷：**幽深的山谷。**嵁岩：**高峻的山岩。

3 **辇（niǎn）：**用手拉车运送，用辇车搬运。

4 **九疑：**山名，即九嶷山。**麓（lù）：**山脚。

5 **度（duó）：**计算，测算。

6 **翳（yì）：**遮蔽。**奥：**深。

7 **涂：**泥巴，泥泞。

8 **蛇虺（huǐ）：**泛指蛇类。**蟠：**盘曲，盘踞。

原文

韦公之来既逾月，理甚无事，望其地，且异之。始命芟其芜[1]，行[2]其涂，积之丘如[3]，蠲之浏如[4]。既焚既酾[5]，奇势迭出。清浊辨质，美恶异位。视其植，则清秀敷舒；视其蓄，则溶漾纡余[6]。怪石森然，周于四隅，或列或跪，或立或仆，窍穴逶邃[7]，堆阜[8]突怒。乃作栋宇，以为

译文

韦公来永州已有一个多月，政治清明，闲暇无事看见这个地方，觉得诧异。这才派人割除丛生的杂草，贯通泥涂，割除的杂草堆积高耸如小山，疏浚的泉水清净澄澈。荒草既已焚烧，泉水既已疏浚，奇丽的形态就一一显现。清泉浊水因秉性判别，美树恶木各得其所。看这里生长的草木，清秀舒展；观这里蓄积的泉水，荡漾萦回。怪石林立，环绕四周，有的排列成行有的独跪，有的直立有的倾倒，洞穴迂曲深奥，土丘高猛

观游。凡其物类，无不合形辅势，效伎于堂庑[9]之下。外之连山高原，林麓之崖，间厕隐显；迩[10]延野绿，远混天碧，咸会于谯门[11]之外。

突立。于是在此建造房屋，以作观赏游览。所造景物，没有不与地形地貌相协调，纷纷在堂庑下献技。向外连着群山和高原，树木葱茏的山麓边际，交错隐现；近处绵延着郊野的翠绿，混入远天的碧蓝，都集聚在城门上的高楼之外。

注释

1 **芟**(shān)**:** 割除。**芜:** 丛生的杂草。

2 **行:** 贯通。

3 **丘如:** 高耸貌。

4 **蠲**(juān)**:** 疏浚。**浏如:** 清澈貌。

5 **釃**(shī)**:** 疏导。

6 **溶漾:** 水波荡漾貌。**纡**(yū)**余:** 曲折婉转。

7 **逶邃**(wēi suì)**:** 迂曲深奥。

8 **阜**(fù)**:** 土丘。

9 **堂庑**(wǔ)**:** 传统建筑中厅堂两侧连接较矮的侧房。

10 **迩**(ěr)**:** 近。

11 **谯**(qiáo)**门:** 城门上用以望远的高楼。

原文

已乃延客入观，继以宴娱。或赞且贺曰："见公之作，知公之志。公之因土而得胜，岂不欲因俗以成化[1]？公之择恶而取美，岂不欲除残而佑仁？公之蠲浊而流清，岂不欲

译文

刺史旋即请客人进来参观，接着又设宴娱客。有人边赞美边恭贺说："看到您的作为，就知道您的志向。您顺应地形因而发现胜景，难道就不是想顺应人民的习俗来成就德化？您挑拣出恶木毒草取用嘉树香花，难道不就是想铲除残暴来佑助善良？您清除污浊使清

废贪而立廉？公之居高以望远，岂不欲家抚而户晓？夫然，则是堂也，岂独草木土石水泉之适欤？山原林麓之观欤？将使继公之理者，视其细，知其大也。”

宗元请志诸石，措诸屋漏[2]，以为二千石楷法[3]。

泉流淌，难道不就是想终止贪贿来树立廉洁？您站在高处远望，难道不就是想使每家都得到抚慰，每户都了解您的心愿？既然这样，那么建造这座新堂，难道仅仅是草木土石水泉的悦目吗？群山高原林木的可观赏吗？这将会让今后接替您治理的人，见到这小事，认识其中的大道啊！”

宗元请求将此事刻在石碑上，嵌进内屋里，作为刺史的效法典范。

注释

1 **成化：**成就德化。

2 **屋漏：**古代室内西北隅施设小帐，安藏神主，称作“屋漏”。此处指内屋。

3 **二千石：**此处指刺史。**楷法：**效法的典范。

游黄溪[1]记

导读

唐元和八年（813）于永州作，时柳宗元 41 岁。全文分三个层次描写黄溪之胜景。

第一段写黄溪的地位。从唐代地图可知，柳宗元所划的范围“北之晋，西适豳，东极吴，南至楚越之交”已涵盖了唐代东部大部分地域，而他认为其中以永州风景为最佳，可知永州的山水之胜，继而他又将黄溪立为永州之最，可见对黄溪风景的推崇。

第二段用地理志的写法介绍黄溪的具体位置，这既紧扣了创作意图“以启后之好游者”，又能让读者如临其境，跟随他的路线攀登游览。本段笔法工细，又敷以各种色彩，如一幅精致写实的浅绛山水画。

第三段进一步介绍黄溪的历史背景。

原文

北之晋[2]，西适豳[3]，东极吴[4]，南至楚越[5]之交，其间名山水而州者以百数，永[6]最善。环永之治百里，北至于浯溪[7]，西至于湘[8]之源，南至于泷泉[9]，东至于黄溪东屯，其间名山水而村者以百数，黄溪最善。

译文

北到晋州，西到豳州，往东直到吴地，南到楚越交界的地方，其间用山水的名称来为州命名的数以百计，其中以永州为最好。永州治所方圆一百里内，北到浯溪，西到湘江的源头，南到泷泉，东到黄溪东屯，其间用山水的名称来为村落命名的也数以百计，其中以黄溪为最好。

注释

1 **黄溪：**水名。发源于湖南永州零陵区东阳明山，与白水汇合入湘江。

2 **之：**往，到。**晋：**春秋诸侯国名。在今山西、河北一带。

3 **适：**往，到。**豳**（bīn）**：**古国名。在今陕西。

4 **极：**至。**吴：**古国名。在今江苏。

5 **楚：**春秋战国时国名，在今湖北、湖南一带。**越：**指今广东、广西一带。

6 **永：**永州。今湖南永州。

7 **浯**（wú）**溪：**水名。发源于湖南永州双牌县，在县城南郊流入湘江。

8 **湘：**湘江。

9 **泷**（lóng）**泉：**水名。据何书置《柳宗元研究》，泷泉距湖南零陵六十里，南起青口，北至泷泊，是潇水汹涌澎湃的一段，全长七十里。

原文

黄溪距州治七十里，由东屯南行六百步，至黄神祠。祠之上两山墙立，丹碧之华叶骈植[1]，与山升降。其缺者为崖峭岩窟，水之中皆小石平布。黄神之上，揭[2]水八十步，至初潭，最奇丽，殆不可状[3]。其略若剖大瓮[4]，侧立千尺，溪水即焉。黛蓄膏渟[5]，来若白虹[6]，沉沉无声。有鱼数百尾，方来会石下。（作者自注：楚越之人，数鱼以尾，不以头也。）南去又行百步，至第二潭。石皆巍然，临浚流，若颏颔龂腭[7]。其下大石杂列，可坐饮食。有鸟赤首乌翼，大如鹄[8]，方东向立。自是又南数里，地皆一状，树益壮，石益瘦，水鸣皆锵然[9]。又南一里，至大冥[10]之川，山舒水缓，有土田。

译文

黄溪距离永州治所七十里，从东屯往南走六百步，就到黄神祠。黄神祠旁有两座山像墙壁一样耸立，而其间红花绿草相并而植，与山势一同起起伏伏。当中没有花草的地方就是悬崖峭壁和巉岩洞穴，溪水底部布满了小石子。从黄神祠往上，提起衣裳涉水走八十步，就到了初潭，这里最为奇特清丽，几乎难以描绘。初潭大致像被剖开的大水罐，倾斜而立，有千尺之高，溪水流向这里。青黑色的潭水积聚如膏脂一般凝滞，阳光照耀水面，折射出像白虹一样的光晕，潭水深沉寂静无声。数百尾鱼正游聚在石块之下。（作者自注：楚越之人，数鱼用尾，不用头。）再往南走百步，就到了第二个水潭。溪石都高大雄壮，下临激流，形状像人的下巴、牙龈、上腭。潭下有大石错杂排列，可以坐在上面饮食。有一只红头黑翼的鸟，大得好像天鹅，面向东方站立着。从这儿又往南几里，地貌都一样，树木更加粗壮茂盛，山石愈发尖峭，水声像金宝珠玉相击般清脆。再往南一里，就到了广阔幽深的平地，山势舒展，水流轻缓，已经出现了农田。

注释

1 **华：**花。**骈：**并列。

2 **揭（qì）：**提起衣裳。

3 **状：**形容，描绘。

4 **略：**大致。**剖：**破开。**瓮（wèng）：**小口大腹的陶制汲水罐。

5 **黛：**青黑色。**渟（tíng）：**水聚集不流。

6 **白虹：**日月周围的白色晕圈。

7 **颏颔（kē hàn）：**下巴。**龂腭（yín è）：**牙龈和上腭。

8 **鹄（hú）：**天鹅。

9 **锵（qiāng）然：**形容金宝珠玉等声音清脆。

10 **大冥：**谓蒙昧昏暗。此指广阔幽深貌。

原文

始，黄神为人时，居其地。传者曰："黄神王姓，莽[1]之世也。莽既死，神更号黄氏，逃来，择其深峭者潜[2]焉。"始莽尝曰："余黄虞之后也。"故号其女曰黄皇室主。黄与王声相迩[3]，而又有本，其所以传言者益验。神既居是，民咸安焉。以为有道，死乃俎豆[4]之，为立祠。后稍徙近乎民，今祠在山阴溪水上。元和八年五月十六日，既归，为记，以启

译文

当初，黄神活着的时候，就居住在这里。有道听途说的人说："黄神本姓王，是王莽的同宗。王莽死后，王神改姓黄，逃到永州，选择在深邃陡峭的山中隐居下来。"当初王莽曾说过："我是黄虞的后代。"所以把女儿称作黄皇室主，黄与王读音相近，而又有王姓为黄帝之后的说法，所以这一传言更加得到了证实。既然黄神居住在这里，老百姓就都安居于此。大家都认为他有德行，死后就祭祀他，并为他建立专祠。后来逐渐迁移到靠近老百姓的住处，现在的黄神祠在山北面的溪水之上。元和八年五月十六日，我归来以后，写了这篇游

后之好游者。

记，以告知此后喜欢游玩的人。

注释

1 **莽：**王莽，字巨君，东汉人，曾建立“新”朝代汉。

2 **潜：**隐藏，隐蔽。

3 **迩（ěr）：**近。

4 **俎（zǔ）豆：**祭祀。

零陵三亭记

导读

本文是柳宗元为薛存义在零陵县施政惠民，筑亭娱民所作的记。第二段描写其施政与筑亭的细节，多用四字句，间以杂言，部分设对仗或排比，用强烈的音韵节奏表现出动态的画面感。柳宗元一向主张“文以明道”，在这篇山水记中就将风物的清和闲适与政治的清明联系起来，以赞誉执政者的贤良。

原文

邑之有观游[1]，或者以为非政[2]，是大不然。夫气烦则虑乱，视壅[3]则志滞。君子必有游息之物[4]、高明之具[5]，使之清

译文

城邑里有观赏游玩的地方，有人认为与政理无关，其实根本不是这样。如果空气烦闷，那么思绪就混乱，如果视线障蔽，那么情志就沉抑。君子一定要有游玩休息的场所、高雅的设施，使人精神

宁平夷[6]，恒若有余，然后理达而事成。

清明宁静平和，保持游刃有余的样子，然后才能思理通达而处理好政务。

注释

1 **观游**：观赏游览。

2 **非政**：与政理无关。

3 **壅**(yōng)：障蔽。

4 **物**：场所，环境。

5 **具**：器物，设施。

6 **清宁**：清明宁静。**平夷**：平和，平易。

原文

零陵县东有山麓，泉出石中，沮洳[1]污途，群畜食焉，墙藩[2]以蔽之，为县者积数十人，莫知发视。河东薛存义以吏能闻荆楚间，潭部举之[3]，假湘源令[4]。会零陵政庞赋扰[5]，民讼于牧，推能济弊，来莅[6]兹邑。遁逃复还，愁痛笑歌，逋[7]租匿役，期月辨理。宿蠹藏奸，披露首服[8]。民既卒税，相与欢归道途，迎贺里闾。

译文

零陵县的东面有一座山，一股泉水从山石中涌出，山脚下低洼之地潮湿泥泞，各种牲畜都在此处吃草，由于被围墙篱笆遮蔽，所以在此做过县令的已达数十人了，却没有一个人发现。河东人薛存义以他为政的才能在荆楚之间闻名，湖南观察使举荐他，被授以代理湘源县令。恰逢零陵县政令庞杂、赋税繁乱，百姓们告到了州府，州府推举贤能的人士到零陵县任职以助除弊。于是逃亡的人重返家乡，悲痛的人笑逐颜开，拖欠租税、躲避劳役的，也都在一个月内处理完了。积久的弊政和隐藏着的违法犯罪的人都被揭露或投案自首了。老百姓交完租税后，一同归返，一路欢歌笑语，乡里喜迎庆贺。

注释

1 **沮洳**(jù rù)**:** 低湿之地。

2 **藩:** 围墙和篱笆。

3 **潭部:** 指湖南观察使。**举:** 推选，推荐。

4 **假:** 代理。旧时官吏代理政事，正式任命以前称假。**湘源:** 县名，属永州。辖境包括今广西全州和资源的一部分。

5 **会:** 恰好。**庬**(páng)**:** 多而杂乱。**扰:** 烦乱。

6 **莅:** 治理，管理。

7 **逋**(bū)**:** 拖欠。

8 **首服:** 自首而服罪。

原文

门不施胥吏之席，耳不闻鼛鼓[1]之召。鸡豚糗醑[2]，得及宗族。州牧尚焉，旁邑仿焉。然而未尝以剧[3]自挠，山水鸟鱼之乐，澹然自若也。乃发[4]墙藩，驱群畜，决疏沮洳，搜剔山麓，万石如林，积坳为池。爰有嘉木美卉，垂水藂[5]峰，珑玲萧条，清风自生，翠烟自留，不植而遂。鱼乐广闲，鸟慕静深，别孕巢穴，沉浮啸萃，不畜而

译文

百姓门前不用设征租胥吏的坐席，耳朵不用听差役大鼓的征召。粮食酒肉不但够吃，而且还有剩余的用来祭奠祖宗。于是州府对此非常赞赏，其他的县则争相效仿。然而薛存义却并没有因此而自鸣得意，而是寄情于山水鸟鱼之乐，淡然处之，若无其事。他让人在山脚下铲除藩篱，驱赶牲畜，挖通低湿洼地疏导水流，搜寻山脚，壁立的石块非常多，就像树林一般，在山坳里积水而成池塘。于是便有上好的树木、美丽的花卉，树林山峰倒映水中，精致闲雅，清风徐徐，碧岚缭绕，不用再加工就成了一处美妙的景致。鱼在水中自在悠闲地游来游去，鸟在静谧的深林中栖息、筑巢，鸣叫之声此起彼伏。不用经营便有很多鸟儿聚焦于此。

富。伐木坠江，流于邑门。陶土以埴[6]，亦在署侧。人无劳力，工得以利。乃作三亭，陟降晦明，高者冠山巅，下者俯清池。更衣膳饔[7]，列置备具，宾以燕好[8]，旅以馆舍。高明游息之道，具于是邑，由薛为首。

砍下树木，顺江而下可以直达城门。挖土烧陶器，也只在官署的边上。人一点也不劳累却有很高的效率。于是在这里建造了三座亭子，这三座亭子，有的位于高亮之处，有的地处低暗之地，高处的亭子高及山顶，低处的亭子近临池水。在那里，休息室和膳食房都准备得很齐全，可以用来宴请宾客，还可以用来接待旅人住宿。高雅智慧的游玩休息方法，在这座县城中齐备，薛存义是做到的第一人。

注释

1 **鼛（gāo）鼓：**古代有事时用来召集人的一种大鼓。

2 **糗（qiǔ）：**炒熟的米麦等谷物。**醑（xǔ）：**古代用器物漉酒，去糟取清叫醑。

3 **剧：**指繁剧的政务，引申为政绩。

4 **发：**挖掘。

5 **藂（cóng）：**丛生的草木。

6 **陶土：**以土制陶。**埴（zhí）：**细腻的黄黏土。

7 **更衣：**更换衣服。**饔（yōng）：**做饭，烹煮。

8 **燕好：**设宴款待并赠与礼品。

原文

在昔裨谌谋野而获[1]，宓子弹琴而理[2]。乱虑滞志，无所容人。则夫观游者，果为政之具欤？薛之志，其果出

译文

在从前，裨谌在郊野考虑问题就一定能想出好的计谋，宓子弹琴时能想出治理国家的好办法。如果人思绪混乱、心志停滞，那么一定思考不出好计谋。这样看来观赏游览，果真是处理好政务的手段吗？薛存义

于是欤？及其弊也，则以玩替政，以荒去理，使继是者咸有薛之志，则邑民之福，其可既[3]乎？余爱其始，而欲久其道，乃撰其事以书于石。薛拜手[4]曰："吾志也。"遂刻之。

的想法，果真是出自这里吗？它的弊端就是人如果整天想着游玩，就不会去考虑政事，政务治理不好就荒废了。假使继任者们都有薛存义这样的心志，那么这个县里老百姓的幸福能够实现吗？我喜欢这个开头，并且也希望它能长久地保存下来，于是就把这些事记下来写在石碑上。薛存义向我拱手说："这也是我的想法。"于是就刻石纪念。

注释

1 **"在昔"句：**据《左氏·襄公三十一年》载："裨谌能谋，谋于野则获，谋于邑则否。"裨谌，郑国大夫。

2 **宓子：**宓不齐，春秋末鲁国人。曾为单父宰，《吕氏春秋·察贤》载其身不下堂，鸣琴而治。

3 **既：**尽，完。此处引申为实现，完成。

4 **拜手：**古代的一种跪拜礼。行礼时，跪下，两手拱合到地，头靠在手上。

贺进士王参元[1]失火书

导读

唐元和四年（809）于永州作。时柳宗元 37 岁。柳宗元以祝贺的方式表达对家中失火的好友的问候。本文构思奇巧，起首以祝贺之语让人带着疑问和好奇一口气读下去，欲罢不能。而在论述中作者层层推进，诙谐幽默而有理有据。

原文

得杨八[2]书，知足下[3]遇火灾，家无余储。仆始闻而骇，中而疑，终乃大喜，盖将吊而更以贺也。道远言略，犹未能究知其状，若果荡焉泯焉而悉无有，乃吾所以尤贺者也。

足下勤奉养，宁朝夕，唯恬安无事是望也。乃今有焚炀赫烈之虞[4]，以震骇左右[5]，而脂膏滫瀡[6]之具，或以不给，吾是以始而骇也。

凡人之言皆曰：盈虚倚伏，去来之不可常。或将大有为也，乃始厄困震悸，于是有水火之孽[7]，有群小[8]之愠，劳苦变动，而后能光明，古之人皆然。斯道辽阔诞谩，虽圣人不能以是必信，是故中而疑也。

译文

收到杨八的信，得知您遭遇火灾，家中所余无物。我刚听到时觉得惊诧，接着便是疑虑，最后竟非常高兴，本来打算慰问现在却改为祝贺了。道路遥远，消息简略，还不能确切了解详细情况，假如火灾真烧得一无所有，那么我就更要向您祝贺了。

您殷勤赡养父母，早晚侍候，只期望恬静安乐无恙。如今受到烈火焚烧的忧患，使您震惊惧怕，而且府上的油盐酱醋，或许已难自给，因此我刚听说时感到惊诧。

人们常说：盛衰消长互相依存，往复无常。也许人在大有作为之前，起初会艰难困苦，惊怖恐惧，于是有水火之灾，有小人们的怨恨，经历过劳累辛苦、变化动荡，然后才能荣耀显扬，古时的人都是这样。这个道理空疏虚妄，即使圣人也不认为它完全可信，因此我随后又产生了疑虑。

注释

1 **王参元：**濮州（今河南濮阳）人。唐元和二年（807）举进士。他擅长书法，有名于当世。

2 **杨八:** 杨敬之，字茂孝，虢州弘农（今河南灵宝）人。同辈家族中排行第八。

3 **足下:** 古代下称上或同辈相称的敬词。

4 **焚炀:** 烈火。**赫烈:** 大火猛烈燃烧的样子。**虞:** 忧患。

5 **左右:** 古时对人不直称其名，只称左右，以表示尊敬；信札中亦常用以称呼对方。

6 **脂膏:** 油脂。**滫瀡**（xiǔ suǐ）**:** 用淘米汁浸泡食物使柔滑，以调和食物。此处泛指各种调料。

7 **孽**（niè）**:** 灾害。

8 **群小:** 众小人。

原文

以足下读古人书，为文章，善小学[1]，其为多能若是，而进不能出群士之上，以取显贵者，无他故焉。京城人多言足下家有积货，士之好廉名者皆畏忌，不敢道足下之善，独自得之，心蓄之，衔忍而不出诸口。以公道之难明，而世之多嫌也。一出口，则嗤嗤[2]者以为得重赂。仆自贞元十五年见足下之文章，蓄之者盖六七年未尝言。是仆私一身而负公道久矣，非特负足下也。及为御史、尚书郎，自以幸为

译文

凭您熟读古书，会写文章，精通小学，如此多才多艺，然而仕进却不能超出一般士大夫之上，以取得显耀的地位，这没有别的原因。京城的人们大都说您家富有积蓄，喜好廉洁名声的士人都畏避顾忌，不敢称道您的才能，只是自己知晓，蓄藏于心，心里忍着不说出来。由于公道难以昭明，而世人又多疑虑。一旦说出来，那么讥笑者就认为他们必定是得了您丰厚的贿赂。我自从贞元十五年读到您的文章，心里蓄藏对您的赞誉已有六七年而从未说出来。这是我独顾私心因而违背公道已很久了，不仅仅对不起您而已。到担任监察御史和尚书郎

天子近臣，得奋其舌，思以发明足下之郁塞。然时称道于行列，犹有顾视而窃笑者。仆良恨修己之不亮，素誉之不立，而为世嫌之所加，常与孟幾道[3]言而痛之。乃今幸为天火之所涤荡，凡众之疑虑，举为灰埃。黔其庐，赭其垣，以示其无有，而足下之才能乃可显白而不污。其实出矣，是祝融、回禄[4]之相吾子也。则仆与幾道十年之相知，不若兹火一夕之为足下誉也。宥[5]而彰之，使夫蓄于心者，咸得开其喙，发策决科者，授子而不栗。虽欲如向之蓄缩受侮，其可得乎？于兹吾有望乎尔，是以终乃大喜也。

时，自认为有幸做了皇帝的近侍之臣，可以畅所欲言，便想借此阐明您仕进的郁滞。但是在同僚间称道您的时候，仍然有互相观望悄悄讪笑的人。我的确遗憾自己的修行不能昭明，素洁的名声没有树立，因而为世人所猜疑，我常常与孟幾道谈及此事而痛心。如今您家幸亏被天火涤荡，众人的疑虑都化作灰烬尘埃。房屋焚黑，墙垣熏红，以昭示家产已一无所有，那么您的才能就可以明白地显现而不再被玷污了。您的实情显现，是火神对阁下的帮助。那么我和孟幾道十年来对您的了解，还不如这场火灾一个晚上带给您的赞誉。它保佑彰显您的才学，使那些将对您的赞誉藏之于心的人，都能够开口而言，科考策问的主考官们，也可以选拔您而不再忌畏。即使有人要像过去那样畏缩缄言、遭受讥辱，还可以做到吗？因此我对您寄予很大的希望，因此我最后竟非常高兴。

注释

1 **小学：**研究文字字形、字义及字音的学问。

2 **嗤嗤：**此处指讥笑。

3 **孟幾道：**孟简，字幾道，德州平昌（今山东临邑德平镇）人。唐贞元七年（791）登进士第，又举博学宏词科。孟简为柳宗元好友。

4 **祝融：**帝喾时的火官，后被尊为火神。亦为火或火灾的代称。**回禄：**传说中的火神。

5 **宥(yòu):** 通"佑"。保佑。

原文

古者列国有灾，同位者皆相吊。许不吊灾，君子恶之[1]。今吾之所陈若是，有以异乎古，故将吊而更以贺也。颜、曾之养[2]，其为乐也大矣，又何阙焉？

足下前要仆文章古书，极不忘，候得数十幅乃并往耳。吴二十一武陵来，言足下为《醉赋》及《对问》大善，可寄一本。仆近亦好作文，与在京城时颇异，思与足下辈言之，桎梏[3]甚固，未可得也。因人南来，致书访死生。不悉。宗元白。

译文

古时候诸侯国发生灾祸，其他的诸侯都会慰问。许国没有慰问，君子都憎恶它。现在我说的这些情况，与古代有所不同，因此把慰问改成了祝贺。像颜回那样安贫乐道，像曾参那样侍亲至孝，其中的乐趣大极了，哪里还有什么缺憾呢？

您之前要看我的文章和古书，我一点也没有忘记，等我积累数十篇后就一并送去。吴武陵来永州，说您的《醉赋》和《对问》写得非常好，请寄一本来。我近来也喜欢写文章，与我在京城时很不同，想与你们谈论此问题，由于生活束缚很紧，故而无法实现。趁着有人到南方来，您写信探问我的生死存亡，我才有机会给您写信。不尽欲言。宗元谨告。

注释

1 **许不吊灾，君子恶之:** 许，春秋诸侯国名。据《左传》载，鲁昭公十八年(前524)，宋、卫、陈、郑四国发生火灾，许国没有派人慰问。这是不义的行为，因此当时的有识之士推测许国很快就会灭亡。

2 **颜、曾之养:** 指孔子的弟子颜回和曾参。据记载，颜回安贫乐道，曾参侍亲至孝。

3 **桎梏(zhì gù):**束缚。

答韦中立论师道书

导读

作为唐代古文运动的代表，柳宗元倡导古文是为了推行古道，复兴儒学，这封书信为其阐述文学理论的重要作品。在文中他提出了重要的文学主张——“文以明道”，并进一步阐述“明道”的具体要求，即文章务必戒“剽”“弛”“昧没”“偃蹇”，而要求达到“奥”“明”“通”“节”“清”“重”，并列举了自己写文章的学习门径。全篇文气潇洒，其中大量排比句工整精巧，体现了作者深厚的文字功力。

原文

二十一日，宗元白：“辱[1]书云欲相师，仆道不笃，业甚浅近，环顾其中，未见可师者。虽常好言论，为文章，甚不自是也。不意吾子自京师来蛮夷间[2]，乃幸见取。仆自卜固无取，假令有取，亦不敢为人师。为众人师且不

译文

二十一日，宗元谨告：承蒙你来信说要拜我为师。我的德行修养不深厚，学业很浅薄，环视自己的学养，找不到可供人学习之处。虽然时常好发议论，写文章，自己却觉得很不行。没想到你从京城来到这蛮夷之地，我的文章有幸被你认为可取。我自己掂量固然没有可取之处，即使有，也不敢做别人的老师。做一般人的老师尚且不敢，更何况敢做

敢，况敢为吾子师乎？

你的老师呢？

孟子称：“人之患在好为人师。”由魏晋氏以下，人益不事师。今之世，不闻有师，有，辄哗笑之，以为狂人。独韩愈奋不顾流俗，犯笑侮，收召后学，作《师说》，因抗颜而为师。世果群怪聚骂，指目牵引，而增与为言辞。愈以是得狂名，居长安，炊不暇熟，又挈挈[3]而东。如是者数矣。

孟子说：“人们的毛病在于喜欢当别人的老师。”自魏晋以来，人们更加不侍奉老师。而今世间没听说过有老师，如果说有，人们便讥笑他，认为他是狂人。唯独韩愈奋然不顾世俗之见，顶着嘲笑和讥辱，招收后辈学生，写了《师说》，就严正地做起老师了。世人果然群起责怪辱骂他，指指点点、拉拉扯扯，并且添油加醋地非议。韩愈因此得狂妄之名，居住在长安，饭都来不及煮熟，就急急忙忙地离京东行。像这样的事情多次发生。

注释

1 **辱：**谦词，承蒙。

2 **吾子：**古时对人的尊称。**蛮夷：**古代泛指中原以外的少数民族。此处指柳宗元所在的永州。

3 **挈挈（qiè）：**急切貌。

原文

屈子[1]赋曰：“邑犬群吠，吠所怪也。”仆往闻庸、蜀之南[2]，恒雨少日，日出则犬吠，余以为过言。前六七年，仆来南。二年冬，幸大雪逾岭，被

译文

屈原在《楚辞·九章·怀沙》中说：“小城里的狗群聚狂吠，是狂吠它们感到奇怪的事物。”我过去听说庸、蜀以南，经常下雨而很少出太阳。太阳一出来狗就叫，我以为是夸大其词。六七年前，我来到南方。元和二年冬天，恰遇

南越[3]中数州。数州之犬，皆苍黄[4]吠噬狂走者累日，至无雪乃已，然后始信前所闻者。今韩愈既自以为蜀之日，而吾子又欲使吾为越之雪，不以病乎？非独见病，亦以病吾子。然雪与日岂有过哉？顾吠者犬耳。度今天下不吠者几人，而谁敢衒[5]怪于群目，以召闹取怒乎？

仆自谪过以来，益少志虑。居南中九年，增脚气病，渐不喜闹，岂可使呶呶者早暮咈吾耳[6]、骚吾心？则固僵仆烦愦，愈不可过矣。平居望外遭齿舌不少，独欠为人师耳。

大雪越过了五岭，覆盖了岭南的几个州。这几个州的狗持续慌张吠咬奔跑了好多天，直到雪化了才停止，然后我才开始相信之前所听的传闻。如今韩愈已经自己做了蜀地的太阳，而你又希望让我成为岭南的雪，不是困扰我吗？不仅我被困扰，你也会被困扰。然而，雪和太阳难道有过错吗？吠叫的不过是狗罢了。算一下天下不像狗一样狂吠的人有几个，谁又敢在众目睽睽之下卖弄被人见怪之事，招致众人的喧闹愤怒呢？

我自从因过错被贬谪以来，志愿和思虑越来越少。在南方居住了九年，增添了脚气病，渐渐不喜欢喧闹，怎么能让啰嗦唠叨的人早晚都吵扰我的双耳、烦扰我的内心呢？我本来就昏昏地僵卧在床，这样就更不能生活了。平常意外地遭人非议已不少，只差做人老师这一项了。

注释

1 **屈子：**屈原。

2 **庸：**古国名，在今湖北。**蜀：**古国名，在今四川成都一带。

3 **南越：**古国名，在今广东、广西一带。汉高祖刘邦曾立赵佗为南越王。

4 **苍黄：**同“仓皇”。匆促慌张貌。

5 **衒**（xuàn）**：**卖弄。

6 **呶呶**（náo）**：**形容说起话来没完没了、喧嚷不停。

原文

抑又闻之，古者重冠礼[1]，将以责成人之道，是圣人所尤用心者也。数百年来，人不复行。近有孙昌胤[2]者，独发愤行之。既成礼，明日造朝，至外廷，荐笏[3]言于卿士曰：“某子冠毕。”应之者咸怃然[4]。京兆尹郑叔则怫然曳笏却立[5]，曰：“何预我耶？”廷中皆大笑。天下不以非郑尹而快孙子，何哉？独为所不为也。今之命师者大类此。

吾子行厚而辞深，凡所作皆恢恢然有古人形貌，虽仆敢为师，亦何所增加也？假而以仆年先吾子，闻道著书之日不后，诚欲往来言所闻，则仆固愿悉陈中所得者，吾子苟自择之，取某事去某事，则可矣。若定是非以教吾子，仆材不足，而又畏前所陈者，其为不敢也

译文

可是我又听说，古代重视冠礼，用以要求成年人懂得做人的道理，是圣人特别重视的事情。数百年来，人们不再举行冠礼。最近有个叫孙昌胤的人独自下决心要举行冠礼。冠礼完毕后，第二天上朝，到了外廷，他举起笏板对大臣们说：“我的儿子已经行过冠礼了。”听见此话的人都感到惊愕。京兆尹郑叔则愤怒地垂下笏板退后几步才站稳说：“这与我有什么关系呢？”外廷的官员都大笑。天下的人并不以此非难郑叔而嘲笑孙昌胤，为什么呢？因为孙昌胤独自做了众人所不做的事。如今自命做老师的人大致与此类似。

你的品行敦厚而文辞功底精深，所写的文章都气魄广大有古人的情志风貌，即使我敢当你的老师，对你又有什么帮助呢？假如因为我的年岁比你大，学习和著书的时间不晚于你，你也的确希望往来谈论见闻体会，那我当然愿意尽己所学倾心而谈，你不妨自行选择，自行扬弃，就可以了。如果要以我判定的是非曲直来教你，我的才学不够，又担心前面所说的那些情况，所以不敢这样做是毋庸置疑的了。你之前所想看的我的

决矣。吾子前所欲见吾文，既悉以陈之，非以耀明于子，聊欲以观子气色诚好恶何如也。今书来，言者皆大过。吾子诚非佞誉诬谀之徒，直见爱甚，故然耳。

文章，已全部交予你了，我并非用它们来向你炫耀高明，只是姑且想用它们来观察你的反应，了解你真实的喜恶是什么罢了。现在你写信来，所说言辞都夸大了。你的确不是阿谀奉承、巧言谄媚的人，这样说只不过是因为你太爱敬我，所以才会这样罢了。

注释

1 **冠礼：**古代男子未成年时束发不戴帽，至二十岁成年时才由长辈为其束发，戴上新帽。

2 **孙昌胤：**唐代诗人。

3 **笏（hù）：**古代大臣上朝拿着的手板，用玉、象牙或竹片制成，上面可以记事。

4 **怃（wǔ）然：**惊愕貌。

5 **京兆尹：**借指京师地区的行政长官。**怫（fú）然：**愤怒貌。**却立：**退后几步才站住。

原文

始吾幼且少，为文章，以辞为工。及长，乃知文者以明道，是固不苟为炳炳烺烺[1]，务采色，夸声音而以为能也。凡吾所陈，皆自谓近道，而不知道之果近乎？远乎？吾子好道而可吾文，或者其于道不远矣。故吾每

译文

当初我年少时，写文章力求辞藻华丽。年纪稍长，才懂得文章应用以阐明道理，于是不再随意地写辞采声韵优美的文章，以追求华丽的辞藻，夸耀声调音韵以为能事了。凡是我所奉上的文章，都自以为接近于道，但不知道是否果真接近？还是远离？你崇尚大道又认可我的文章，或许它们

为文章，未尝敢以轻心掉之，惧其剽而不留也[2]；未尝敢以怠心易之，惧其弛而不严也；未尝敢以昏气出之，惧其昧没[3]而杂也；未尝敢以矜气作之，惧其偃蹇[4]而骄也。抑之欲其奥，扬之欲其明；疏之欲其通，廉之欲其节；激而发之欲其清，固而存之欲其重，此吾所以羽翼[5]夫道也。本之《书》以求其质，本之《诗》以求其恒，本之《礼》以求其宜，本之《春秋》以求其断，本之《易》以求其动，此吾所以取道之原也。参之穀梁氏[6]以厉其气，参之《孟》《荀》以畅其支[7]，参之《庄》《老》以肆其端，参之《国语》以博其趣，参之《离骚》以致其幽，参之太史公以著其洁[8]，此吾所以旁推交通而以为之文也。

凡若此者，果是耶？非耶？有取乎？抑其无取乎？吾子幸观焉，择焉，有余以告焉。苟亟来以广是

离道不远了吧。所以每当我写文章，从来不敢轻率对待，怕浅薄而不深刻；从来不敢怠慢，怕它松散而不严谨；从来不敢在昏聩糊涂时写出，怕它意思隐晦，模糊混杂；从来不敢以矜夸的姿态去写，怕显得骄横傲慢。抑制文思期望文章深刻，挥洒文笔期望文章明朗；梳理文意期望文章通达，删削文辞期望文章有节制；激发文风期望文章清隽，凝聚文气期望文章厚重，这些就是我用来辅佐道的方法。依据《尚书》务求文章质朴，依据《诗经》务求文章永恒，依据《礼经》务求文章合乎时宜，依据《春秋》务求文章明断是非，依据《周易》务求文章变化灵动，这些就是我汲取的“道”的本源。参考《穀梁传》以磨砺文气，参考《孟子》《荀子》以畅达条理，参考《庄子》《老子》以恣纵文思，参考《国语》以丰实志趣，参考《离骚》以穷达微隐，参考《史记》以彰明精炼峻洁，这些就是我博采众长融会贯通的写作方法。

以上说的这些，到底对还是不对呢？有可取之处还是没可取之处呢？希望你考察、选择，请闲暇时告知我。假如你常来探讨以扩展为文之道，即

道，子不有得焉，则我得矣，又何以师云尔哉？取其实而去其名，无招越、蜀吠怪而为外廷所笑，则幸矣。宗元复白。

使你没有收获，但我会有收获，又何必称我为老师呢？取为师的实质而去掉老师的称谓，不招致岭南和蜀地的狗因奇怪而吠叫，并被外廷的官员所讥笑，那就值得庆幸了。宗元谨告。

注释

1 **炳炳烺烺**（lǎng）**：**指文章辞采声韵优美。

2 **剽**（piāo）**：**轻浮，浅薄。

3 **昧没**（mèi mò）**：**隐晦。

4 **偃蹇**（yǎn jiǎn）**：**骄横傲慢。

5 **羽翼：**辅佐。

6 **榖梁氏：**指榖梁子所著解说《春秋》的著作《春秋榖梁传》。《春秋》三传之一。另两部为《左氏春秋》《春秋公羊传》。

7 **支：**条理。

8 **太史公：**指司马迁所著《史记》。**著：**彰明。

图书在版编目(CIP)数据

柳宗元集/张洲导读、注译．—长沙:岳麓书社,2018.12

(古典名著普及文库)

ISBN 978-7-5538-0858-1

Ⅰ.①柳… Ⅱ.①张… Ⅲ.①唐诗—诗集②古典散文—散文集—中国—唐代 Ⅳ.①I214.232

中国版本图书馆 CIP 数据核字(2018)第 055110 号

LIU ZONGYUAN JI

柳宗元集

导读注译:张 洲

责任编辑:李郑龙

责任校对:舒 舍

封面设计:罗志义

岳麓书社出版发行

地址:湖南省长沙市爱民路 47 号

直销电话:0731-88804152 0731-88885616

邮编:410006

岳麓书社网址:www.yueluhistory.com

2018 年 12 月第 1 版第 1 次印刷

开本:890mm×1240mm 1/32

印张:9.5

字数:270 千字

ISBN 978-7-5538-0858-1

定价:28.00 元

承印:长沙鸿发印务实业有限公司

如有印装质量问题,请与本社印务部联系

电话:0731-88884129

